緑のカプセルの謎

ジョン・ディクスン・カー

小さな町の菓子店の商品に，毒入りチョコレート・ボンボンがまぜられ，死者が出るという惨事が発生した。事件を巡って村人が疑心暗鬼になるなかで，村の実業家が，みずから提案した心理学的なテスト中に殺害される。透明人間のような風体《ふうてい》の人物に緑のカプセルを口に入れられるという寸劇で，青酸を飲まされたのだ。目撃証言は当てにならない，という実業家の仮説どおりに食いちがう証言。事件を記録していた映画撮影機《シネカメラ》の謎。そして，フェル博士の毒殺講義。シリーズを代表する傑作ミステリが新訳で登場！

登場人物

マーカス・チェズニー……桃栽培の実業家
マージョリー・ウィルズ……マーカスの姪
ドクター・ジョゼフ（ジョー）・チェズニー……マーカスの弟。医師
ウィルバー・エメット……チェズニー家の果樹園の責任者
ジョージ・ハーディング……化学者。マージョリーの婚約者《フィアンセ》
ギルバート・イングラム教授……マーカスの友人
ミセス・テリー……煙草店兼菓子店の経営者
クロウ少佐……地区警察本部長
ボストウィック……警視
アンドルー・マッカンドルー・エリオット……ロンドン警視庁《スコットランド・ヤード》犯罪捜査部《C I D》警部
ギディオン・フェル博士……探偵
パメラ……
リーナ……｝チェズニー家のメイド

緑のカプセルの謎

ジョン・ディクスン・カー
三　角　和　代　訳

創元推理文庫

THE PROBLEM OF THE GREEN CAPSULE

by

John Dickson Carr

1939

目次

1　墓場通りにて　九
2　苦いチョコレート　二五
3　苦いアーモンド　四三
4　黒いサングラス　五四
5　代役《ローカム・テニンズ》　六六
6　罠の準備　八三
7　食いちがう証言　九七
8　トリックの箱　一一三
9　三重のアリバイ　一二九
10　悩める警部　一四五
11　不要な質問　一五六
12　鏡のなかの再会　一六六
13　心を読む？　一八六

14 信頼できる時計 二〇一
15 フィルムの写したもの 二一四
16 厚紙の手がかり 二三〇
17 白いカーネーション 二四六
18 毒殺者とは 二六四
19 読みあげられる記録 二七七
20 心理学的殺人事件 二九〇
解説 三橋 曉 三一五

緑のカプセルの謎　心理学的殺人事件

1　墓場通りにて

男が記憶しているように、始まりはポンペイの廃墟だった。ひたすら暑く、静まり返ったあの日の午後を忘れたことはない――静寂をイギリス人の声が破った墓場通り、噴火で破壊された庭の赤い夾竹桃《きょうちくとう》、つけたサングラスが仮面のように見える者たちにかこまれた白い服の女。

そんな光景を目撃した男は仕事のため、ナポリで一週間を過ごしたあとだった。どんな内容だったかは、この物語には関係ない。けれどその件にかかりきりとなって、ようやく九月十九日月曜の午後に時間が空いた。夕刻にはローマへむけて出発し、パリを経由してロンドンへもどる。それまで少しぶらぶらと観光をしたい気分になった。どんなときでも現在にも過去にも心惹かれるたちだったからだ。そうしたわけで、太陽が照りつけて一日のなかでも気だるくなる時間帯、男は墓場通りに立っていた。

その通りはポンペイをかこむ壁の外にあった。ヘルクラネウム門から延び、左右に歩道がついて石畳が敷かれた幅広の谷筋のように、低い丘を下っている。そびえたつ青々とした糸杉がこの死者の通りで生命の息吹《いぶき》を感じさせ、貴族の霊廟《れいびょう》や低い祭壇型の墓がたいして黒く朽ちることもなく残っていた。男は自分の足音を耳にして、旅人に顧《かえり》みられない一角に足を踏み入れたのだとしみじみ感じた――灼熱の厳しい陽射しが、荷馬車の車輪ですり減った石畳に、ひび割れからにょきりと突きでた雑草に、影が動くようにすばやく走るちっぽけな茶色のトカゲに注ぐ。霊廟のむこうにベスビオ火山が現れ、陽炎《かげろう》で青くくすんでいるが、五、六マイルの距離があってもやはり大きく見える。

この陽気に、目蓋《まぶた》も重くなってきた。どの道をいくら歩いてもがらんどうの店の跡が並び、壁画や折れた円柱の残る中庭が見え隠れするだけでは、かつての賑わいを頭のなかで再現する想像力も涸れてくる。観光を始めてとうに一時間を超えていたし、ポンペイの町にやってきてから出会った人間と言えばガイドつきの謎めいた団体だけで、それも幸運通りの角で突然姿を見せてから、石ころをカラカラいわせて幽霊よろしく消えたのだった。

墓場通りを進むと町の果てにたどり着いた。ここで切りあげるか、それとも引き返してさらに散策するか考えあぐねていると、霊廟のあいだに家が見えた。かなり大きなもので、あきらかにポンペイ繁栄の絶頂期に、中心部の喧騒からほどよく離れた位置に建てられた貴族の別荘だ。階段をあがってなかに入ってみた。

大広間は仄暗《ほのぐら》く、湿っぽいにおいがして、ここまで見てきた中心街の修復済みの家ほどには状態を保てていない。しかしその先は列柱廊にかこまれた庭で、日光が燦々《さんさん》と降り注いでいた。庭には草が生い茂り、夾竹桃の赤い花が満開で、崩れた噴水を赤松がかこんでいる。背の高い草むらをかすめる物音に続いて、イギリスの言葉が聞こえた。

噴水の横に白い服の若い女がいて、彼のほうに顔をむけていた。その美貌だけではなく、知性も見てとれる。ダークブラウンの髪は真ん中分けで耳にかけられ、毛先がうなじで小さくカールしている。卵形の顔に小ぶりのふっくらしたくちびる、いたってまじめな表情をしているのに、間隔の開いた目からはユーモアを解することが伝わってきた。瞳は灰色、まぶたは閉じ気味で、物思いに沈んだ雰囲気。振る舞いに気を配ってはいない。白いワンピースをぼんやりとなでている。けれど、緊張していた。弓なりになった眉を見ただけでもそれがわかる。

女と向かいあわせに立つのは黒髪の青年で、灰色のフランネルのスーツ姿だった。小型の映画撮影機《シネカメラ》を片目に押しつけてファインダーを覗いている。シネカメラがウーンと音をだし、カチカチといいだした。頬を押しつけて撮影する彼の声は、口が半分隠れているためにくぐもっていた。

「ほら、なにかやって!」と、うながした。「にっこりするとか、お辞儀するとか、煙草に火をつけるとか、なんでもいいからなにかやって! そこに突っ立っているだけじゃ、写真と同じになっちゃうよ」

「でも、ジョージ、どうしたらいいの?」

「だから、にっこりするとか、お辞儀するとか——」

女はあきらかに意識しすぎていた。どんな動きもすべて記録されると知れば、誰でもそうなる。不自然なほどいかめしい表情になってから、彼女はなんとかひきつったほほえみを浮かべた。白いハンドバッグをもちあげて振った。続いて、逃げるチャンスはないかと視線をあちらこちらへ飛ばしたが、結局、シネカメラを見て声をあげて笑った。

「フィルムを使い切ってしまうからな」青年は映画会社の重役めいた大声をあげた。

ふたりからわずか十数フィートしか離れていない大広間で見守る男は、突然、確信した。若い女が心理的に危険なほど追い詰められていること、ほがらかな外見はごまかしであること、そして小型のシネカメラが執拗にカチカチと音をたてるのが、目玉に追われる悪夢のように、女の居心地の悪さを加速させていること。

「ねえ、本当にどうしたらいいの？」

「歩きまわったらどうだい。右のほうへ動いて。うしろの円柱を入れたい」

腰に拳をあてて見ていた同じグループの別の男が、鼻を鳴らすような音をたてた。休日の服装の印象よりもじつはずっと歳がいっているのを、黒いサングラスでいくらか隠している、威勢のいい小柄な男だ。口元には皺《しわ》、つばの反り返ったパナマ帽の縁から白いものがまじりだした髪が少し見えている。

「おのぼりさん！」彼は小馬鹿にしたように言った。「まさしくきみは、おのぼりさんだ。うしろの円柱を入れたいだと？　マージョリーだけでも不足、ポンペイの屋敷だけでも不足、ポンペイの屋敷にいるマージョリーの映像でなければいかんか。そんなのはうんざりだ」

「そいつのどこがいけない？」雷のような声が詰問した。短い赤毛のあごひげと口ひげを生やし、上背があってがっしりした男だ。機嫌を損ねたカップルの反対側に立っている。

「おのぼりさんだ」パナマ帽の男が言う。

「ちっともそうは思わないね」がっしり男が切り返す。「それにあんたの態度も理解できんよ、マーカス。観光名所に来ると、決まって近づきたがらない。おれの見極めが正しければだな、それが観光名所だからというだけの理由でだ。いやはや、聞かせてもらいたいものだ」――庭に響き渡る声で彼はそう言った――「名所を見ないのに、なんのために観光に来る？　あんたは観光をする大勢の人間をけなす。だがな、ずっと昔から大勢の人間が観光に来てるんだったら、なにか見るべきものがあるのかもしれんと思ったことはないのか？」

「行儀が悪いぞ」パナマ帽の男が言った。「怒鳴るのはやめろ。おまえにはわからないし、わかる日も来ない。たとえば、おまえはなにを観光してきた？　いまいる場所はどこだ？」

「そんなもの、簡単に調べられる」がっしり男が言う。「ここはどこかな、お若いの？」

彼はシネカメラを抱えた黒髪の青年を振り返った。青年はこのときには、本気で大笑いしていた女を撮影するのをしぶしぶやめ、肩にかけたシネカメラをケースに収納し、ポケットからガイドブックを取りだすと真剣にページをめくっていった。

そこで咳払いをした。

「〝三十四番、お薦めの星ふたつ、アリウス・ディオメデス館〟」青年は強調するようにもったいぶって読みあげた。「〝ただし、そう呼ばれているのはたんに――〟」

「なにを言ってる」がっしり男が口を挟む。「そいつは十分前に観光したぞ。骸骨がたくさん発見された家だ」

「骸骨ってどういうこと？」女が反論した。「骸骨なんかひとつも見なかったけれど、ドクター・ジョー」

　黒いサングラスの奥で、がっしり男の表情は一段と気色ばんだ。「骸骨を見たなどとは言ってないじゃないか」彼は振り返り、ツイードのキャップをぐいと頭に押しつけた。「骸骨がたくさん発見された家だと言ったんだ。すぐそこの家だよ、覚えていないか？　熱い火山灰に奴隷たちが埋まり、ずっとあとになって発見されたんだ。床じゅうに転がっていたのさ。九柱戯《きゅうちゅうぎ》（九本のピンを使うボウリング式のゲーム）のピンみたいにな。柱が緑に塗ってあった家だよ」

　パナマ帽をかぶった小柄で威勢のいい男は組んだ腕を揺さぶった。どこか意地の悪い表情を浮かべている。

「関心があるだろうから教えるがな、ジョー、そうじゃなかったぞ」

「なにがそうじゃなかっただって？」ドクター・ジョーが言い返す。

「緑に塗ってあった、というところさ。何回目だろうな、わたしの主張の正しさが証明されるのは。平均的な人間であるおまえには――そしてそっちのふたりも――見聞きしたことを正確に報告する能力がちっとも備わっていないのさ。おまえは観察していない。観察できない。そうじゃないか、教授？」

　彼はふりむいた。そこにはこのグループの残りの二名が、列柱廊の円柱の内側の陰に立っていた。この光景を見守っていた男はふたりに気づいてもいなかった。陽射しのなかの四人と同じように、はっきり見えるとはいかないが、ひとりが中年でひとりが若いということだけはわかった。虫眼鏡の助けを借りて、ふたりは列柱廊の手すりの下から拾ったらしい石だか溶岩だかを調べているところだ。ふたりとも黒いサングラスをかけている。

「アリウス・ディオメデス館じゃなければ」手すりのほうから声が響いた。「ここは誰の家なんだね？」

「やっとわかりました」シネカメラとガイドブックを手にした青年がみずから声をあげた。「違うページを見てました。ここは三十九番ですよね？　そうだ、ここです。〝三十九番、お薦めの星三つ。アウルス・レピドゥス館、別名、毒殺者の家〟」

　沈黙が続いた。

　この時点まで彼らは、暑さや旅の疲れから年配の者たちが多少機嫌が悪くなっているだけの、ありふれた家族か友人の旅仲間に見えていた。血縁ならではの似たところがあるし、ずばずば言いあっているところからも、ドクター・ジョーとパナマ帽の小柄な男（マーカスと呼ばれる男）は兄弟と推測していいだろう。マージョリーと呼ばれる女も身内だ。すべては普段どおりの彼らの姿なのだ。

　だが、ガイドブックの言葉が読みあげられると、中庭が凍《い》てつくか、闇に包まれたかのように、くっきりと雰囲気が変わった。ガイドブックの青年だけがそれに気づいていない。ほかの誰もがはっと振り返ったところで固まっている。四組のサングラスが女にむけられ、仮面の輪のなかに女が立っているような按配だ。日光がサングラスで反射し、仮面と同じように目元が見えず、ますます不気味に感じられた。

ドクター・ジョーが不安そうな声で言う。「なんという別名だと?」

「毒殺者です」青年が答えた。「〝剣と皮を剝いだ柳――〈レピドゥス〉とは〈樹皮を剝いだ〉、〈磨かれた〉という意味であり、ここから転じて〈洗練された〉あるいは〈好ましい〉という意味になる――の意匠を大広間に通じる入り口のモザイク舗装に組みこんでいることから、モムゼン（ドイツの歴史家）はこの館が誰のものであったかを断定――〟」

「それはわかったから、ここの主人がなにをしたというんだ?」

「〝――それはウァロ（古代ローマの学者）によると毒キノコソースを使って家族五人を殺害した男である〟」青年は読みあげるのを続けた。あらたに興味を抱いた様子で、遺体がいまでもありはしないかと期待するようにまわりを見た。

「へえ、なかなかやりますね!」青年は言いたした。「昔なら、大勢に毒を盛ったって楽に逃げることができただろうなあ」

　そのとき突然、彼はなにかおかしいとようやく気づいた。うなじのあたりの硬い髪の毛まで逆《さか》立つような雰囲気だ。ガイドブックを閉じ、静かに口をひらいた。

「あの」出し抜けにこう話す。「あの、ぼくはなにかいけないことでも言いましたか?」

「もちろん、そんなことはないわ」マージョリーが落ち着き払って答えた。「それどころか大歓迎でしょう、マーカスおじさんの趣味は犯罪の研究ですものね?」

「そのとおり」マーカスおじは答えた。青年にむきなおる。「なあ、ミスター――おっと、わたしはきみの名を忘れてばかりいるな?」

「忘れてなんかいないくせに！」マージョリーが叫んだ。

それでも青年がマーカスに文句ひとつ言わず下手《したて》に出ていることから、マーカスはマージョリーのおじであるだけではなく、親代わりであることはあきらかだ。

「ハーディングです。ジョージ・ハーディング」

「ああ、そうだった。さて、ミスター・ハーディング、教えてくれ。バース近くのソドベリー・クロスという地名を聞いたことがあるか？」

「ありませんが。なぜそんなことをお訊きになるんです？」

「わたしたちの暮らすのがそこだからだよ」マーカスが答えた。

彼はきびきびと歩き、大熱弁を振るう構えのように噴水の縁に腰を下ろした。パナマ帽もサングラスも取り、膝に載せる。仮面を外したことで針金のような白髪まじりの髪が膨らみ、折れ曲がって、六十年櫛でとかしてきても押さえつけられていないのがわかる。青い目は輝き、頭がよさそうであるが意地の悪さが窺えた。時折、しなびた口元をなでている。

「さて、ミスター・ハーディング。事実にむきあおうじゃないか。きみとマージョリーのあいだの色恋沙汰は船上のお遊びとはわけが違うようだな。ふたりとも真剣、あるいは真剣だと考えているらしいが」

一行にふたたび変化が訪れた。列柱廊の手すりの内側にいる二名の男も顔色を変えた。ひとりは（観察する男が見たところによると）元気な様子の中年男で、禿頭《とくとう》にフェルト帽をかなりうしろに傾けてかぶっている。目には仮面をつけているが、いい暮らしぶりが伝わってくる丸丸とした顔だ。その男が咳払いをした。

「あの、差し支えなければ、わたしは少し席を外して――」

中年男の連れである、お世辞にも美男子とは言えない長身の若者は背をむけ、そつなく素知らぬふりをして家の内部をじっくりながめだした。

マーカスがふたりを見やる。

「なにを今更」彼はそっけなく言った。「あんたたちはまあ、ふたりとも家族の一員ではない。だが、よく知る仲だろう。そこにいてくれ。つまらん気遣いはやめろ」

女が穏やかに言った。「マーカスおじさん。いまこの場で、その話をもちださないとだめなの？」

「そうとも」

「そのとおりだ」ドクター・ジョーが荒々しく賛成する。おおげさにいかめしくもったいをつけた表情をしている。「たまにはいいことを言うな、マーカス――そのとおりだ」

ジョージ・ハーディング本人もいかめしくもったいをつけて、勇気を振り絞った表情になった。

「おっしゃるとおりなんだろうとは思いますが――」彼は凛々《りり》しい口調で話を始めようとした。

「ああ、よくわかっているとも」マーカスが言った。「こまった顔はしないでくれ。別にめずらしいことでもなんでもないさ。たいていの人間は結婚するし、結婚はすなわち生活することだとわかっている。きみたちふたりもそのはずだな。さて、この結婚についての問題はすべて、わたしが認めるかどうかにかかっていて――」

「それにおれも認めるかどうか」ドクター・ジョーが厳格な調子で言う。

「小うるさくてすまないが」マーカスがいらついて言った。「もちろん、弟の承認もいる。知りあって一カ月ほど、それも旅先という状況だ。きみが姪につきまとうようになってから、わたしは弁護士事務所に電報を打ち、きみについてのあらゆる調査を依頼した。どうやら、まともな者らしいな。経歴に傷はないし、悪い噂もない。家族もなければ財産もなく――」

ジョージ・ハーディングがなにか説明しようとしたが、マーカスが遮った。

「言う必要はない。きみの化学の研究のことはすっかり知っているぞ。成功すれば一財産になるそうじゃないか。ふたりの生活が研究頼りでも、わたしは金など出さないからな。〝あたらしい研究〟にこれっぽっちも興味はないし、研究なんぞ、とくに化学のものは大嫌いだ。間抜けならばそんなものでももてはやすんだろうが、わたしはうんざりだ。だが、きみはきっといつで儲けるだろう。まじめにコツコツやってきて、ある程度の蓄えはあるし、多少はマージョリーから金が出る。そこはよくわかっているな？」

ふたたびジョージがなにか説明しようとしたが、今回はマージョリーが邪魔をした。頬はかすかに紅潮しているが、率直な目つきをして冷静極まりない。

「〝はい〟とだけ言って」そう勧めた。「あなたはそう言うしかない」

フェルト帽の禿頭の男は手すりに肘をついてかすかに顔を曇らせて見ていたが、このとき、教室で注目を集めるかのように手を振った。

「ちょっと待ってくださいよ、マーカス」彼が口を挟んだ。「ウィルバーとわたしは家族の一員じゃないが、この件で席を外さなくていいとあんたは言ったね。だから、ちょっといいかな。まるで被告であるかのようにその青年に尋問する必要はあるのかね——」

マーカスはフェルト帽の男を見やった。

「どんな形式の質問も決まって〝尋問〟だとする妙な考えかたを一部の輩《やから》が忘れてくれたらいいがな。作家というのはどいつもそう思っているらしい。教授、あんたでさえも、そんな考えに取り憑かれているな。まったく頭にくる。わたしはミスター・ハーディングにじっくり話を聞いているだけだ。わかったか？」

「はい」ジョージが言った。

「ふう、好きにしたまえ」教授が愛想よく切り返す。

マーカスは噴水に転がり落ちない程度にできるだけ深く腰掛けた。一段とうんざりした表情になった。

「すべてを理解するために」彼はわずかに声の調子を変えて話を続ける。「わたしたちについて知っておかねばならないことがある。マージョリーからなにか聞いているか？　聞いていないだろう。わたしたちが一年のこの時期に三カ月の休暇を取るのを習慣にして、旅に怠けていられる資産家だと思っているのならば、そんな考えは捨てろ。わたしが資産家というのは本当だ。しかし、怠け者ではないし、めったに旅もしない。家族のほかの者もそうだ。わたしがそう取り計らっているからな。わたしは働くが、自分のことは商売人というより学者に近いと思っている。それでも、商売人としてはなかなかのものだ。弟のジョゼフはソドベリー・クロスの開業医だ。見た目は怠け者だが、こいつも働いている。やはり、わたしがそう取り計らっているからだ。たいした医者ではないが、村の者たちには好かれている」

ドクター・ジョーの表情は黒いサングラスの奥で険しくなった。

「黙っていろよ」マーカスが冷ややかに言う。「次にウィルバー――そこのウィルバー・エメットト――はわたしの事業の責任者だ」

列柱廊の手すりの内側に立つ、背が高く、ひどく醜い容貌の若者に、マーカスはあごをしゃくった。ウィルバー・エメットは表情を変えなかった。マーカスに対し、ジョージ・ハーディングに負けないほど慇懃《いんぎん》な態度で接しているが、ジョージに比べると萎縮しているのでぎこちなかった。まるでいつでもメモを取れるよう構えているふうだ。

「雇い入れて以来」マーカスが話を続ける。「彼もまたせっせと働いていることを保証しよう。ギルバート・イングラム教授は、ああ、そこの太った禿頭の男だが、たんなる家族の友人だ。彼は働いていないが、わたしに言われれば働くだろう。いいかね、ミスター・ハーディング。まずそこを理解してもらいたいし、それにわたしを理解してもらいたい。わたしは一家のあるじであり、家族のことで失敗はしない。暴君ではないぞ。しみったれでもなければ、わからず屋でもない。みんなそう言ってくれるはずだ」彼は首を突きだした。「だが、やかまし屋で頑固な、でしゃばりじいさんで、本当のことを知りたがっている。何事も自分なりのやりかたで通したいし、たいていそのようにする。そこはいいな?」

「はい」ジョージが言う。

「よろしい」マーカスはほほえんだ。「それではだな、そのようなわたしたちがよりによって三カ月の休暇を取ったのはなぜかと、きみは思っているだろう。教えてやる。ソドベリー・クロスの村に、大勢の者に毒を盛って楽しむ頭のおかしい犯罪者がいるからだ」

またもや沈黙が舞い降りた。マーカスがサングラスをかけると、黒サングラスの輪がふたたび完成した。

「猫に舌を引っこ抜かれたか?」マーカスが訊いた。「村に歴史的な公共の水飲み場だとか市場十字架(中世に市場の目印として建てられた)があると言うのとは、わけが違う。大勢の者に毒を盛って楽しむ頭のおかしい犯罪者がいると言ったんだ。こいつは楽しむためだけに、三人の子供と十八歳の若い女にストリキニーネを盛った。子供のひとりは亡くなった。マージョリーがとくにかわいがっていた子だ」

ジョージ・ハーディングは口を開けてなにか言おうとしたが、今度も黙ってしまった。手にしたガイドブックに視線を落とし、慌ててポケットに突っこんだ。

「すみません——」そう切りだした。

「いいから聞け。マージョリーは精神的にまいって何週間ものあいだ具合が悪かった。それからほかにも——雰囲気が悪くてな」マーカスはサングラスをいじった。「それで旅に出ることにした」

「マージョリーはいまだに元気にならないがね」ドクター・ジョーが地面を見つめてつぶやく。

マーカスが彼を黙らせた。

「ミスター・ハーディング、今度の水曜日にわたしたちはナポリから筥崎丸《はこざきまる》で帰国する。だから、今年の六月十七日にソドベリー・クロスでなにがあったのか、少しは情報を頭に入れておけ。ミセス・テリーという女がいて、ハイ・ストリートで煙草店兼菓子店を営んでいる。子供たちはミセス・テリーが売ったチョコレート・ボンボンに入ったストリキニーネを食べてしまった。予想はつくだろうが、店では毒入りチョコレートを定番商品として販売はしていない。警察は毒入りのものが無害なものとすり替えられたと考えている――なんらかの方法で」彼はそこでためらった。「問題は、チョコレートに近づくことのできた者、ある特定の時間内にすり替えをおこなえた者がソドベリー・クロスではよく知られた人物だったことだ。ここまではいいか？」

話に聞き入っているジョージをマーカスの黒いサングラスが厳しくにらむ。

「そう思います」

「わたしの本音を言えば、帰国したくてたまらない――」

「そうだとも！」ドクター・ジョージが大いに安堵して叫んだ。「故郷にはまともな煙草、まともな紅茶、まともな――」

例の特別醜い顔をした若者が、両手を青いブレザーのポケットに入れ、列柱廊の物陰から、重々しい表情で初めてしゃべった。深みのある声で、いくぶん謎めいた言葉は巫女《みこ》の予言めいて聞こえた。「社長」ウィルバー・エメットはこう口を挟んだ。「七月と八月に留守にすべきではありませんでしたよ。マクラケンに早生銀《わせぎん》は任せられません」

「どうか理解してくれ、ミスター・ハーディング」マーカスが厳しい声で言う。「わたしたちは嫌われ者の集団ではない。好きなように行動できる。取りたいときに休暇を取り、帰りたいときに帰国する。少なくとも、わたしはそうする。いまはとにかくどうしても帰国したい。それは村を悩ませるこの問題を解決できると考えたからだ。数カ月前に部分的な答えはわかっていた。だが、ある種の——」ふたたび彼はためらい、くっと片手をあげて振ってから、膝に置いた。「きみもソドベリー・クロスに来れば、ある種のほのめかしに気づくだろう。ある種の雰囲気。ある種の噂。そうした村に行く覚悟はできているか?」

「はい」ジョージが言った。

　大広間の入り口から観察していた男は、この庭の一場面をつねに思いだすこととなる。古代の円柱に縁取られたこの場面は、その後に起こることをふしぎと象徴していた、さながら銀幕を見たように。しかし、その場の彼にはそんな想像すらつくはずはなかった。毒殺者アウルス・レピドゥスの家の観光はそこまでにした。振り返って墓場通りに出ると、すぐそこのヘルクラネウム門へ歩いた。ベスビオ山のてっぺんのあたりに、細く立ちのぼる煙が渦巻き這いよっていた。ロンドン警視庁《スコットランド・ヤード》犯罪捜査部《CID》のアンドルー・マッカンドルー・エリオット警部は一段高くなった歩道に腰を下ろして煙草に火をつけ、道をすばやく走っていく茶色のトカゲを思案顔で見つめた。

2　苦いチョコレート

マーカス・チェズニーの屋敷であるベルガード館で殺人が起きた夜、エリオット警部は愛車──ことのほか自慢にしているもの──でロンドンをあとにし、ソドベリー・クロスには十一時半に到着した。昼間のまぶしい太陽が沈んでからはひどく暗い夜であったが、天候はよく、十月三日にしては暖かかった。

これは宿命のようなものだったのだと、暗澹《あんたん》とした気分で考えた。ハドリー警視に捜査を引き継ぐよう命じられても、頭にあることを口に出しはしなかった。彼にはポンペイでの一場面だけではなく、ある薬局での忘れてしまいたい出来事もつきまとっていた。

「例のごとく」出発前、ハドリーが苦々しい口調で不満を漏らしていた。「手がかりが去年のアイロンほども冷えてしまってから、スコットランド・ヤードが呼ばれた。四カ月近くも経って！　曲がった蝶《ちょうつがい》番事件で冷えた手がかりでもうまくやったきみなら、なにかできるかもしれない。だが、あまり楽観するな。この件について聞いているか？」

「わたしは──事件発生当時、新聞で少し読みました」

「また不穏なことが起こりはじめた。チェズニー一家が海外旅行から帰国して以来、大騒ぎらしい。匿名の手紙や、壁へのいたずら書き、そういったたぐいのことだ。けしからん事件だよ、きみ。子供に毒を盛るなど」

エリオットは少し言いよどんだ。鈍い怒りを抱えていたからだ。

「犯人はチェズニー家のひとりだと思われますか?」

「わからん。クロウ少佐——地区警察本部長だが——は考えかたに癖がある。柔軟な考えかたの持ち主に見えて興奮しやすくてね。なにか思いつくと、頑としてそれを変えようとしない。そうは言っても、ここまでにわかっていることを教えてくれるはずだ。気のいい人間だから、きみはクロウの下でうまく仕事をしてくれ。そうだ、なにか助けが必要になれば、フェル博士が近くにいる。バースで湯治《とうじ》中なんだ。電話をかけて、気分転換に一仕事したくないか訊いてみるといい」

若くまじめで骨の髄までスコットランド人らしいアンドルー・マッカンドルー・エリオットは、あの巨体の博士が近くにいると知ってかなり勇気づけられた。頭にあることをフェル博士にならば話すかもしれない。博士はそんなふうに本音を話したくなるような人物だった。

こうして十一時半にエリオットはソドベリー・クロスにやってきて、警察署に車をとめた。ここの規模は町と村のあいだぐらいだ。しかし、市場町でありロンドン・ロードまですぐだから、かなりの交通量がある。もっとも、夜も更けたこの時間には、村じゅうが眠りに包まれていた。エリオットの車のライトが照らすのは明かりのない窓ばかり。ほかに明かりと言えば、ヴィクトリア女王在位六十年記念の水飲み場を照らす時計台だけだった。

地区警察本部長クロウ少佐とボストウィック警視が、署内の警視の部屋で彼を待っていた。

「遅くなって申し訳ありません」エリオットは本部長に挨拶した。「ですが、カーンの手前でパンクしてしまって、それで――」

「ああ、気にしないでいいよ」本部長が言う。「わたしたちも宵《よい》っ張りだから。どこに泊まるつもりかね？」

「ハドリー警視から《青獅子亭》を薦められました」

「そこが一番だ。すぐに宿にむかってあるじたちを叩き起こして部屋で休みたいかね、それとも、まずは事件について話を聞きたいかね？」

「お話を先によろしいでしょうか。ますます遅い時間になってしまい申し訳ありませんが」

部屋にしばらく沈黙が広がった。カチカチとうるさい時計の音、それにガスランプのせわしなく揺れる炎の音がするだけだ。クロウ本部長は煙草をエリオットに勧めた。やや小柄で、穏やかな物腰と声の男で、白いものがまじった口ひげを蓄えて短く整えている。人は彼が少佐まで昇進したことに驚いてしまうが、知りあってみるととても優秀なのだと気づく、そんなたぐいの元軍人なのだ。本部長は自分も煙草に火をつけ、気まずそうに視線を床に落とした。

「謝るのは」彼は言う。「こちらのほうだよ、警部。もっと早くにスコットランド・ヤードに連絡すべきだったんだ。結局、こうしてご足労願うことになったのだからね。ただ、ここにきて騒ぎが大きくなった。マーカス・チェズニーと家族と友人たちが帰国してからだ。村の人たちも事件解決にむけて事態は大きく動くと考えてくれるだろう」――本部長の笑みに皮肉なところはなかった――「スコットランド・ヤードが捜査をするというだけでも。目下、多くの村人がミス・ウィルズの逮捕を望んでいるんだよ。ミス・マージョリー・ウィルズだ。けれど、じゅうぶんな証拠がなくてね」

エリオットは私見を述べたい誘惑に駆られたが、なにも言わずにおいた。

「事件のむずかしさはわかってくれるだろう」本部長が話を進める。「ミセス・テリーの店を思い浮かべてもらえれば——きみも似たような店をごまんと見てきたはずだよ。かなり小さくてね、間口は狭いが奥行きがある。左側に各種煙草のカウンター。右側に菓子のカウンターだ。通路は人がむきを変えるのがやっとの幅しかない。通路のつきあたりは小さな貸本スペースだ。わかるね？」

エリオットはうなずく。

「ソドベリー・クロスには煙草店兼菓子店が三軒しかない。テリーの店がこれまでのところ、一番人気だ——それもすでに過去のことかもしれないが。みんなあそこへ行っていた。ミセス・テリーは陽気な人物できぱきしているうえ、夫に死なれて五人の子供が残されている。人情というやつだ、これもわかるね？」

またもやエリオットはうなずいた。

「ああした店で菓子をどう売るかもわかるだろう。ガラスのショーケースのなかにいくらか商品もあるが、ほとんどはカウンター上のガラス容器や蓋のない箱に並べてある。問題の日、ここには箱が五つあった。少し斜めにして中身が見えるようにしてね。三つの箱にチョコレート・ボンボン、ひとつに板チョコ、残りのひとつにキャラメルが入っていたんだ。

さて、そこに毒入りチョコレートを紛れこませたいとしよう。こんなに簡単なことはない！まずほかの店でチョコレートを買っておく――どこにでも売っているありふれた商品だ。アルコールに溶かしたストリキニーネを皮下注射器に満たし、たとえば六個程度のチョコレートに一、二グレイン（一グレインは約六十五ミリグラム）を注入する。ちっぽけな穴など見えはしない。

続いて、手のひらにチョコレートを隠し、目当ての店へ行く。この事件ではミセス・テリーの店だ。煙草をくれと頼めば、彼女は煙草のカウンターの奥へ行く。五十本か百本入りのプレイヤーズを頼めばいい。こちらに背をむけるだけではなく、高い棚に置いてある百本入りの箱に苦労して手を伸ばしたり、梯子をあがったりするように仕向けるんだ。その隙に、準備しておいたチョコレートを菓子カウンターの蓋のない箱に落とすだけ。あの店には一日に百人の客があるんだからね、誰がやったのかわかる者もいなければ、証明できる者もいないよ」

本部長は話をするうちに立ちあがっていた。顔にはかすかに赤みが差している。

「実際それが手口だったのでしょうか？」エリオットは訊ねた。

「待ってくれ！　いま話したとおりだとすると、犯人は殺しを楽しみたいだけで相手は誰でもよく、捕まりさえしなければいいという卑劣な事件になる。それが悩ましいところでね。

まず、マーカス・チェズニーと家族や友人たちについて説明したほうがいいな。マーカスはここから四分の一マイルほど行った大きな屋敷に住んでいるから、きみは途中見かけたかもしれない。立派でそれはきれいにしてある家で、なにもかも最新式で最高のものだけを使っている。ベルガード館という。桃にちなんで」

「なんと言われました？」

「桃だよ。マーカスの有名な温室について聞いたことはないか？　彼は半エーカーに及ぶ温室をもっているんだ。父親と祖父が世界最高の贅沢な桃というのを栽培していて、マーカスがそれを引き継いだ。ロンドンのウエスト・エンドの高級ホテルで法外な値段をつけて売っている大きな桃だよ。彼は旬ではない時期に温室で桃を育てる。陽射しや気温は桃の栽培には関係ないと言ってね。秘訣ははかりしれない価値があって門外不出だそうだ。ベルガード、早生銀《わせぎん》、そして彼の果樹園特産のロイヤル完熟といった品種を栽培し、かなりの利益をあげている。年収は六桁になるという話だ」

ここでクロウ本部長はためらってから、客人を鋭く見つめた。

「マーカス本人については、村の人気者とは言えない。抜け目がなくてきつい性格だからね。みんなひどく彼を嫌っているか、資産家ということで、我慢しながらそれなりに敬意を払っているかだ。パブでみんなこう話すね。〝ああ、奴はなんと言っても、あのチェズニー家の者だからな！〟。そしてやれやれと首を振って忍び笑いを漏らし、大ジョッキをカウンターにドンと置く。加えて、あの一家にはなにかおかしなところがあるとみんな思っている。それがなにかは、誰もはっきり指摘できないんだが。

マージョリー・ウィルズは彼の姪だ。亡くなった妹の娘でね。とてもいい娘で、それは周知の事実だ。けれど、たまにカッとなる。愛らしく無邪気な姿からは想像もできない言葉を使っているのを聞いたことがあるよ。そういうのがお得意な鬼軍曹でも仰天しそうなのをね。

それから医者のジョー・チェズニーがいる。彼があの家族の救いだよ。村人みんなに好かれている。鼻息の荒い牡牛のような態度で、医者としての腕はわたしとしてはそこまで買っていないが、多くの人が彼を信頼しているね。マーカスと同居はしていない——ベルガード館に診療所を併設して騒がしくなることに、マーカスが耐えられるとは思えない。だから、ジョーは同じ通りの少し先に暮らしてるんだ。お次は引退した教授のイングラム。物静かな感じのいい人物でマーカスの大親友だよ。やはり同じ通りのこぢんまりした家に暮らし、このあたりではとても評判のいい人だ。最後は責任者といおうか、マーカスの〝育児室〟の現場監督であるエメット。村人には知られていないか、気にもされていないという男だ。

ようやく本題だ！　六月十七日は金曜で市《いち》の立つ日だったから、村にはたくさんの人がいた。ミセス・テリーの店にはその日になるまで毒入りチョコレートなどなかったことは、前提事実として考えていいだろう。理由は、先ほども言ったように、彼女に五人の子供がいるからだよ。それにひとりが前日の十六日が誕生日だったため、ミセス・テリーは夕方にちょっとした誕生日会をひらいた。そのときほかの菓子と一緒に、問題のカウンターの上の箱それぞれからひとつかみずつ使っている。それを食べて具合の悪くなった者はいなかった。

その金曜日に店へ出入りしたすべての者——ひとり残らずだ——のリストを作った。思ったよりむずかしくはなかったよ。客の大部分が貸本を利用していて、ミセス・テリーが貸出記録をつけているからだ。その日、店にやってきたのは常連ばかりだった。それは間違いない。そういえば、マーカス・チェズニーその人もリストに入っていたね。ジョー・チェズニー医師の名も。だが、イングラム教授もエメット青年も店には行っていない」

エリオットは手帳を取りだして、そこに書きつけていたいくつもの興味深い考えを見つめた。「ミス・ウィルズについては、いかがですか？」彼は訊ねた――するとふたたび、暖かい夜と歌うガスランプ、本部長の不安そうな目をひしひしと意識することになった。

「その話をするところだったんだ。ミス・ウィルズはじつは店にまったく足を踏み入れていない。こんな経緯だった。午後四時頃、ちょうど学校が終わった時間に、あの娘はおじの車でソドベリー・クロスの中心街にやってきた。ちょっとした苦情があったらしく、肉屋のパッカーズのところへ行ったんだ。そして肉屋をあとにしたところで、フランキー・デールに出会った。八歳の子供だよ。彼女はフランキーが以前から大のお気に入りだったと、たくさんの人が認めている。こう声をかけた――目撃者が耳にしていたんだ――〝ねえ、フランキー。テリーさんのお店に行って、チョコレート・ボンボンを三ペンスぶん買ってきてくれない？〟。そして六ペンス銀貨を手渡した。

ミセス・テリーの店は肉屋から五十ヤードほどの距離にある。フランキーはお使いにいった。繰り返しになるが、ガラスのショーケースの上にはチョコレート・ボンボンの箱が三つあった。フランキーは子供なら普通そうだろうが、とくにこれとあれというように細かく商品を選びはしなかった。ただ真ん中の箱をしっかり指さしてこう言った。〝これ、三ペンスぶんください〟」

「ちょっとよろしいですか」エリオットが遮った。「その時間までに、ボンボンを購入した者はほかにいなかったんですか？」

「いなかった。リコリス味のグミ、板チョコ、ブルズアイのキャラメルはよく売れたが、チョコレート・ボンボンはその日、ここで初めて売れたそうだ」

「そうですか。どうぞお話を続けてください」

「ミセス・テリーはボンボンを計量した。重さ四分の一ポンドで六ペンスの価格に設定された商品で、フランキーは三ペンスぶんのボンボン六個を手に入れた。小さな紙袋に入れてもらってから、走ってミス・ウィルズのもとへもどった。この日は雨が降っていてね。それでミス・ウィルズは大きなポケットのついたレインコートを着ていたんだよ。彼女はいったん紙袋をポケットに入れた。だが、考えなおしたようにしてそれを取りだした。いや、正確に言えば、紙袋をひとつ取りだした。言いたいことはわかるね？」

「ええ」

「彼女は袋を開けてなかを見て言った。〝フランキー、白いクリームの詰まったボンボンを買ってきたのね。わたしはピンクの中身のがほしかったの。悪いけれど、テリーさんに交換してもらってきてくれない？〟。もちろん、ミセス・テリーは親切に交換に応じた。中央の箱に返品されたものをあけると、紙袋に右側の箱のボンボンを入れなおした。フランキーはこれをミス・ウィルズに手渡し、釣りはそのままお駄賃として与えられた」

「そのあとは」話を続けたクロウ本部長は深々と息を吸うと、つらそうな目をむけた。「あっけなかった。フランキーはその場では駄賃の三ペンスを使わなかった。お茶の時間だったからうちに帰ったんだ。しかし、お茶を済ますとまたミセス・テリーの店にむかった。お使いのときに自分もボンボンを買おうと決めていたのかもしれないが、断言はできないね。だが、彼は二ペンスをボンボンに――白いクリームが入ったものに――一ペンスをグミに使ったんだよ。六時十五分頃、アンダーソン夫妻のところで働くメイドのロイス・カーテンが、夫妻の子供ふたりを連れてミセス・テリーの店にやってきた。三つの箱すべてからさまざまな味のボンボンをまぜて重さ半ポンドぶん買った。

中央の箱のボンボンを口に入れた者は全員がひどく苦いと愚痴をこぼした。フランキーは――あの腕白小僧《わんぱく》め、可哀想に――苦いぐらいで吐きだそうとはしなかった。二ペンスも使ったんだからな。それで買ったものを全部飲みこむように食べてしまったそうだ。一時間ほどして苦痛に襲われ、ひどくもがき苦しみながら、その夜の十一時に息絶えた。

そこへいくと、アンダーソンがチョコレートを小さく一口齧《かじ》った。すると大声をあげ、苦すぎて――本人は〝へんな味〟という言いかたをした――食べられないと訴えたんだ。ロイス・カーテンは妙に思って、問題のボンボンを一口齧った。トミー・アンダーソンは自分だってどうしても食べたいと一口齧ってから、同じく大騒ぎを始めた。だからロイスがそのボンボンも齧ってみると、やはり苦かった。チョコレートは不良品だと判断してバッグに入れ、折を見てミセス・テリーの店へ苦情を言いにいくことにした。三人の誰も命を落とすことはなかったが、その夜、ロイスは危ない状態に陥った。もちろん、ストリキニーネ中毒で」

本部長はいったん話をやめた。ずっと静かな声で話してはいたが、目には声と相反する感情が浮かんでいるように見えてならない。煙草の火を消し、ふたたび腰を下ろした。そして話を再開する。

「この地方で暮らして十二年になるが、ひとつの事件でここまで騒ぎになったものは初めてだ。第一報はもちろん、ミセス・テリーが毒入りチョコレートを売っているというもので、すべての非難は彼女にむけられた。肉と同じようにチョコレートも傷むとなんとなく思っている者も一部にはいるようだね。ミセス・テリーはノイローゼのようになったよ。そりゃあそうだろう。金切り声をあげて叫び、エプロンで顔を覆った。村人は店の窓を叩き割り、フランキー・デールの父親は気がふれたようになった。

だが、一日、二日のうちに村人は正気を取りもどしていき、あれこれ質問しあうようになった。ジョー・チェズニーは《青獅子亭》のパブでこれは故意の毒殺だとずばり語った。彼はフランキーの手当をしたんだ。あの子はボンボンを四つ食べ、ストリキニーネを八グレイン（約五百二十ミリグラム）以上も飲みこんだ。知ってのとおり、一グレインでも致死量になることもある。残りの三人の被害者は二グレイン（約百三十ミリグラム）を分けあった形になった。店の中央の箱に残っていたボンボンは分析された。そのうち二個にそれぞれ二グレインを超えるストリキニーネが含まれていたし、ロイス・カーテンが購入して紙袋に残っていたボンボンからもさらに二個が毒入りとわかった。彼女と子供たちが口をつけた二個に加えて。言い換えると、十個のボンボンが毒入りだったんだ。しかも、それぞれに致死量をはるかに超えるだけ含まれていた。何者かが人を殺そうとした。被害者をこのうえなく苦しませた末に殺そうとしたんだよ。

さて——わかりきったことだが——可能性のある答えは三つだ。

その一、ミセス・テリーが故意にボンボンに毒を入れた。最初、反射的に騒ぎが起きたときを除けば、誰も信じていない説だ。

その二、昼間、店に行った何者かは、ミセス・テリーが背をむけた隙に中央の箱へ毒入りボンボンを加えた。わたしが先ほど指摘したやりかただね。

その三、マージョリー・ウィルズがやった。フランキーから無害なボンボン入りの袋を受けとった際、準備しておいた毒入りの同じような紙袋をレインコートのポケットに潜ませていた。フランキーはこちらをもたされて交換にいった。こうして毒入りボンボンは中央の箱に入れられた。ここまではいいね？」

エリオットは顔をしかめた。

「ええ、本部長、仮説としてはわかります。ですが——」

「そこなんだ！」本部長は催眠術にかかったような目で客人を見つめて話を遮った。「きみがなにを言おうとしたか、わかっている。これには穴がある。ミス・ウィルズはボンボンを六個買った。けれど、中央の箱にあった毒入りボンボンは合計十個だったことになる。用意しておいた六個入りの紙袋を交換にもたせたのならば、余分の四個はどこから現れた？ もしも六個ではなく十個入りの紙袋が用意されていたとしたら、箱にもどしたとき、ミセス・テリーが気づかなかったのはなぜだね？」

地元警察のボストウィック警視はここまで一言も口をきいていなかった。どっしりした大男で、腕組みをしてカレンダーを見つめたままずっと座っていた。その彼がようやく咳払いをした。

「人によっては、ミセス・テリーが気づいたはずもないと思うでしょうな。商品の交換で急いでいるときには」ふたたび咳払いをしてこう言いたした。「スコットランド・ヤードだろうが、スコットランド・ヤードでなかろうが、なんとしてでもこの卑劣な殺人鬼を捕まえるまでです」

暖かい部屋にそれをうわまわる熱い感情が満ちた。クロウ本部長がエリオットを見やる。

「ボストウィックは偏見をもたないよう鍛えられている。だが、その男でさえこう思っているんだから、ほかの村人の考えは想像できるだろう?」

「なるほど」そう言ったもののエリオットは内心、少々おののいていた。「では、一般にはミス・ウィルズだと信じられているのですか――?」

「それはきみが自分で探るべきことだ。一般の人々はそうした際どいことを議論したがらない、わたしたちとは違って。そこが問題でね。最初はまったくお話にならない無意味な仮説で、どこから見てもひねくれた考えでもあり、耳にした誰もが仰天した。ところが――《青獅子亭》の客のほとんどは幸いにも知らないことだが、一八七一年にブライトンで発生した有名な毒殺事件と状況がほぼ同じだというのがまずかった。六十年も前にクリスティアナ・エドマンズの事件について耳にしたことがあるかね? 彼女は毒入りチョコレートを仕掛けた。子供に店へもっていかせ、交換することでね。まったく同じ方法だよ。準備した紙袋を隠しもつ――わたしが考えるに――毛皮のマフに。これを手品師のようにして子供に渡した」

エリオットは考えこんだ。「クリスティアナ・エドマンズはたしか、心を病んでいましたね。ブロードムア犯罪者精神病院で息を引きとったのでは」

「そうだ」本部長が無愛想に答える。「そしてこの娘もそうなると信じる者がいる」

間を置いて、本部長はそれに反証しようという意気込みで話を続けた。

「だがね、ミス・ウィルズに対する告発の内容を確認してみなさい！　あるいは、告発するに足る証拠のなさを。裁判所に通用するわけがない。それは断言できる。まず、彼女が毒物を手に入れたという形跡がない。百万分の一グレインですら購入したり、借りたり、見つけたり、あるいは盗んだりしたと証明できないんだからね。地元の者たちは簡単にこの問題は解決すると思っているが。とはいえミス・ウィルズはチェズニー医師の大のお気に入りだ。そしてチェズニー医師は少々不注意な人物で、ストリキニーネを煙草のようにそこらに放置すると言われている。彼が診療所にストリキニーネを置いているのは事実だが、用途の説明はわたしたちにしてくれたよ。

第二に、ミセス・テリーその人が、交換のためにフランキー・デールがもってきた紙袋にはチョコレート・ボンボンが六個しか入っていなかったと断言している。

第三に、もしもマージョリー・ウィルズの犯行だとすれば、信じがたいほどお粗末な方法でやったことになるんじゃないかね。判断能力を欠いていたクリスティアナ・エドマンズでもした予防措置さえ怠っている。なんと言ってもブライトンは近所とのつきあいが希薄な都会だ。エドマンズは面識のない子供を選んでチョコレートを交換させ、事件後に身元の割れる危険をうまいこと回避する手段を取った。ところが、この娘ときたら！――ここのような小さな村の真ん中で顔見知りの少年に声をかけたんだよ、それも目撃者が複数いる前で。あろうことか、彼女は自分で自分に注意を惹きつけた！　本当にチョコレートに毒を入れたかったのならば、エドマンズがやったような完全に疑われない方法でやったはずだ。

そうじゃないんだ、警部。彼女を告発しても無駄だ。やり手の弁護士ならば二十分で論破するだろうし、わたしたちには村のうるさがたを満足させるためだけに逮捕をする余裕などない。さらには、こんな疑いが的外れであってほしいとも願っている。あの娘は愛らしくて、悪い評判などいままでなにひとつなかったんだよ。チェズニー一家は概して変わり者だということぐらいで」

「村人が彼女をそこまで非難するのは、チェズニー家が旅行に出る前から始まっていたことですか？」

「いや、多少はそうした意見もくすぶっていたがね。表にどかんと現れたのは一家が旅に出たあとだ。そして彼らが帰国してからは、ますますひどくなっている。ここにいる警視は、短気な者たちがマーカスの温室をぶっ壊しにいくのではないかとやきもきしてきた。もっとも、わたしはその心配はしていないよ。村の人間は口ではあれこれ言うがじっと耐えている。警察がきっと犯人を捕まえると期待しているから、荒っぽいことなどしない。ただし、こちらがなんとかできればの話だ。まったく、わたしとしてもなにか手を打ちたいというのに！」本部長は急に悲しげになった。「わたしにも子供がいるから、村の者たちに負けないくらい、この事件は気に食わない。それに、マーカス・チェズニーの態度も失礼千万でね。反撃する気満々でヨーロッパから帰ってきて、警察は失敗したから自分が事件を解決してやると言いだした。実際、あの男は一昨日《おととい》この署に顔を出すと、まるで意味のわからない質問をしていったんだ――」

エリオットは耳をそばだてた。

「マーカス・チェズニーが質問を？　どんなことですか？」

本部長が窺うようにボストウィック警視を見やると、警視はかなり逡巡してからしゃべりだした。

「あの紳士が知りたがったのは」彼は皮肉を込めて言う。「ミセス・テリーのカウンターの上にあったチョコレートの箱の正確な大きさだ。どうしてそんなことを知りたいのかとわたしが訊ねたら、彼は怒りを爆発させて余計なお世話だと言った。そこでわたしはミセス・テリーに訊けばいいと切り返した。すると彼は」――警視はいかにも楽しそうに忍び笑いを漏らした――「彼はもうひとつわたしに訊きたいことがあったそうだが、わたしがどうしようもない間抜けなので質問はやめた、解決したら答えだけ教えてやると言った。わたしに観察力のないことは昔から知っていたが、とうとう脳みそがないことを知ったと」

「マーカスの固定観念《イデイ・フイークス》なんだよ」本部長が説明する。「人間というのはたいてい、見聞きしたことを正確に描写することができないという――」

「知っています」エリオットが言う。

「きみが？」

エリオットには返事をする暇がなかった。その瞬間に電話が鳴ったからだ。クロウ本部長はいらだった様子で時計に視線を走らせた。時計のカチカチいう音が部屋に響く。その針は十二時二十分を指している。ボストウィック警視がドシドシと電話に近づいて受話器を手にすると、エリオットも本部長も思わずおぼろげであまりよくない夢に誘われていった。本部長は疲れて落ちこみ、エリオットは疲れのほうはともかく、少なくとも落ちこんでいた。ふたりをはっと我に返らせたのは、ボストウィックの声だった——「本部長？」と繰り返す声にごくわずかな棘《とげ》があったようだ。クロウ本部長は突然振り返ったので、椅子がごつんと机にぶつかった。

「ドクター・ジョーですよ」警視がのろのろと言う。「本部長がお話しされたほうがいいです」

警視の額には玉の汗が光っていたが、目つきからはどんな電話なのかはほとんど読みとれない。彼は受話器を差しだした。

クロウ本部長が電話に出て、一分ほどだろうか、黙って耳を傾けていた。静寂のうちに電話のむこうの声がべらべらしゃべっているのがエリオットには聞こえたが、はっきりした言葉はひとつも認識できなかった。やがて本部長はそっと受話器をもどした。

「医師のジョー・チェズニーだったよ」警視がすでに誰か伝えているのだから不要なのに、本部長は相手の名を繰り返した。「マーカスが亡くなった。ジョーは青酸による毒死だと言っている」

またもや時計のカチカチいう音が部屋に響き、本部長が咳払いをした。

「それにだね、マーカスは自分の命で自説を証明したらしい。わたしがジョーの話を正しく理解しているとすれば、マーカスが毒を摂取するのをあの家の者たちが揃って目の前で見ていたが、ひとりとしてどうやったのかわからないそうだ」

3　苦いアーモンド

ベルガード館はなかなか趣味のいい家だった。堂々たる規模だが先祖伝来の由緒ある邸宅というわけではなく、またそうしたものに見せようともしていない。黄色のオランダ製煉瓦を使用した頑丈な造りで、上部の妻壁部分は青色だが、それもいまではいくらかくすんでいた。横長の低い壁面に角度の急な切妻屋根が載っている。

けれど、この瞬間のエリオット警部に細かいところまでは目に入らなかった。空が厚い雲に覆われていたのだ。家の正面には照明のひとつも灯っていない。だが、私道に入ってよく見えないままに左へ曲がると、煌々《こうこう》と明かりが漏れていた。道路からも見えていた明かりだ。エリオットが私道で車をとめると、クロウ本部長とボストウィック警視が後部座席から降りた。

「少しよろしいでしょうか」エリオットは丁重に訊ねた。「屋敷に入る前にはっきりさせておくべきことがあります。本件についてわたしはどういった立場にあるのでしょうか。ここへ呼ばれたのは菓子店の毒殺事件捜査のためでしたが、本件は――」

暗闇でも、クロウ本部長に苦笑いしながら見つめられている気がした。

「きみは何事もはっきりさせておきたいんだね？　いや、それは好都合だよ」訊ねた本部長が慌ててそうつけ足した。「本件はきみの事件だってことだよ、お若いの。きみが捜査の指揮をとってくれ。もちろん、ボストウィックの指示の下で。事件のあらましを聞いたら、わたしは帰って休むよ。さあ、行こうか」

正面の扉をノックすることはせず、エリオットはまっすぐ家の横手へむかい、曲がり角の先を覗いた。ベルガード館はさほど奥行きはないようだ。こちら側には三部屋が並んでいる。各室にはふたつのフランス窓があり、幅の狭い芝生の通路に面し、これと平行に栗の木が並んでいる。最初の部屋──家の正面に近いほうから数えて──は暗かった。光が漏れているのはほかの二部屋のフランス窓からで、とくに三番目の部屋の光が強い。なめらかな芝生の緑をくっきりと見せている。栗の木の黄色い葉の一枚一枚までも照らし、地面に鮮烈な対比の影を落としていた。

エリオットは二番目の部屋を覗いた。誰もいないし、厚いベルベットのカーテンがかかっているが、フランス窓はひらいていた。ここは昔でいう音楽室で、ピアノとラジオ蓄音機が一台ずつあり、しつらえは凝っている。椅子の並びが乱れているようだ。閉じられた折れ戸は奥の三番目の部屋との仕切りだった。静まり返っていること自体が、いくつもの嫌な可能性を告げている。

「こんばんは！」エリオットは呼びかけた。

誰も返事をしない。一番奥の部屋を外の窓から覗こうと移動した。そこでぴたりと足をとめる。

奥の部屋のすぐ表、家と栗の木のあいだの狭い青々とした芝生の通路に、お目にかかったこともないほど奇妙な取り合わせの品々が落ちていたのだ。まず、シルクハットが見えた。古めかしいタイプのクラウンが高くて艶《つや》やかなシルクハットで、表面がひどく擦れて毛羽立っている。その隣には、丈が長くてポケットの大きな、これまた古めかしいレインコートが放りだしてあり、やはりずいぶんと傷んでいるようだ。その近くに茶色いウールのマフラー――そして黒いサングラス。最後に、この打ち捨てられた衣類の山のなかに黒い革の肩掛け鞄。医師の往診鞄よりやや大きなものだが、旅行鞄ほどではない。文字が入っている。〝医学博士、R・H・ネモ〟。

「まるで」クロウ本部長が淡々と言う。「何者かが服を脱ぎ捨てたようだな」

エリオットは返事をしなかった。部屋を覗いたところで、そこに広がっていたのは好ましい光景ではなかったからだ。

どちらのフランス窓も二番目の部屋同様、半開きだった。事務室か書斎というしつらえだ。中央に大きな机があり、デスクマットとペン皿が置かれ、事務椅子がその奥、エリオットから見て左にある。この椅子に座った人物は隣の部屋に通じる折れ戸に向かいあっていたのだろう。机の上にあるブロンズランプの電球は強烈に光っている。目の眩《くら》むほどのまぶしさから撮影照明用電球だとわかった。室内で撮影するときに使うものだ。ランプのシェードを傾け、事務椅子に座る者の顔と身体をしっかり照らす角度にしてある。そして、椅子には現に人がいた。

マーカス・チェズニーが身体を斜めにして座っていた。肩を丸め、弾みをつけて立ちあがろうとしているかのように、両手で肘掛けを握りしめている。だが、生きているというのは錯覚でしかない。脚は投げだされ、体重は背もたれに預けている。顔はチアノーゼを起こし、額の静脈が目立つ濃紺の線となって浮きでていた。そこに落ちかかる白髪まじりの髪との対比は驚くほどだ。鬱血《うっけつ》した目蓋《まぶた》は閉じられ、くちびるにはうっすらと泡のあとが残っている。

撮影照明用電球は傾けられて彼に的を絞り、白い光で無慈悲にくっきりと照らしているのだった。マーカス・チェズニーの背後の壁には磨かれた木製のマントルピースがある。そこにある盤面の白い置き時計が小さな振り子を忙しく左右に揺らし、時を刻む大きな音をたてていた。針は十二時二十五分を指している。

「ああ、彼は死んでいる」クロウ本部長がはきはきした口調をめざそうとした。「だが――見てみなさい――」

その試みも虚《むな》しく、本部長の声は尻すぼみになった。時計の音がいたずらに大きい。そして、窓の外からでもビター・アーモンドのにおいが嗅げた。

「なにをでしょうか?」エリオットは細部を記憶しながら言った。

「ひどい死にかたに見える。痛みがあったのではないかな」

「そうですね」

「ジョー・チェズニーは青酸だと言っていた。だからこの特有のにおいがするんだ。実際に嗅ぐのは初めてだが、青酸はビター・アーモンドのにおいがするというのは誰でも知っている。

ないかね？」

だが、青酸は稲妻のように襲いかかり、即死させるのであって、痛みなどまったくないんじゃ
「いえ、本部長。まったく痛みを与えない毒はありません。青酸は急速に効き目を現しますが、長時間ではなく、数分という意味で早いと言われるのであり――」

しかし、ここでこんなことを話している場合ではない。捜査を進めなければ。だが窓辺に立って室内の悲惨なありさまを見ていると、豊かな想像力が凶行時の様子をやけに鮮明に再現してしまう。机の奥には部屋のつきあたりの折れ戸に向かいあう形で、亡くなった男が強烈なランプに照らされて座っていた。まるで照明で灯された舞台だ。もし、あの折れ戸がひらいていて、隣の部屋にこちらをむいて人々が座っていれば、この部屋はまさしく舞台に見えただろう。折れ戸は緞帳《どんちょう》で、マーカス・チェズニーは俳優といったところだ。そして窓の外には奇妙な舞台小道具の、シルクハット、レインコート、茶色のマフラー、黒いサングラス、架空の医者の名が入った黒い鞄。

エリオットが自分の時計で時間を確認したところ、マントルピースの時計とぴったり同じで、その旨を手帳に書いておいた。そうしてからようやく部屋に入った。

ビター・アーモンドのにおいは、マーカスの口あたりでとくに強かった。亡くなってからほんの少ししか時間が経っていない。両手は最後の痙攣《けいれん》の名残で、まだ肘掛けを摑んでいた。ディナー・ジャケット姿の腹は前に突きでて、胸ポケットのハンカチーフの奥には折りたたまれた紙片の端が覗いている。

毒を摂取したのだとしても、マーカスが使ったはずの包みだとか容器だとかが見当たらなかった。デスクマットと整頓されたペン皿のある机はきれいに拭かれている。ほかに載っているのはふたつだけ。ひとつは鉛筆だ。デスクマットの上に置いてある。丸や六角形というより平べったいもので、色は暗い青。これはペン皿のなかではなく、デスクマットの上に置いてある。机にあるもうひとつの品は安チョコレートの二ポンド入りの箱だった。蓋は閉じている。箱の光沢ある厚紙は、青い壁紙を思わせる花のデザインで飾ってあり、蓋に金色の文字でヘンリーズ・チョコレート・ペパーミント・ボンボンとある。

「おーい！」隣の部屋から声が響いた。

絨毯が厚いため、まったく足音が聞こえなかった。それに光の中心以外は暗いので、何者かが折れ戸を手さぐりして引き開けたのがこちらから見えなくてもふしぎはない。ドクター・ジョゼフ・チェズニーは足早に部屋に入ってくると足をとめた。

「おっと」ドクター・ジョーが言った。肩で息をしている。「あんたか、クロウ本部長。それにボストウィック。ありがたい」

本部長はそっけない挨拶をした。

「どこにいるのかといぶかしんでいたよ。こちらはエリオット警部。スコットランド・ヤードからわたしたちに手を貸すために来てくれた人だ。なにがあったか、この人に話してくれないか」

ドクター・ジョーが穿鑿《せんさく》するようにエリオットを見やった。風が吹くように彼が部屋に入ってきたことで空気が乱れていた。この医師はビター・アーモンドのにおいに加えてブランデーの香りをもちこんでいた。赤毛の短いあごひげと口ひげは、くちびるを歪《ゆが》めるのと息をするのに合わせてピクピク揺れている。この家ではイタリアで見かけたときより控え目で、厚手のツイードといういでたちにもかかわらず、身体もひとまわり小さくなったと思えるほどだ。まばらな赤い髪、まばらな赤い眉の下にあるのはどこまでも愛想のよい目で、目元の皺《しわ》が絶えず動いて顔の下半分が蝶番《ちょうつがい》でぶらさがっているようだ。けれど目下、丸々とした顔は愛想とは無縁だった。

「なにがあったか、このおれもわからないよ」不満気に彼はそうこぼした。「ここにいなかったんだからな。同時に別々の場所には存在できない。それにいまは、二階で別の患者を診察していたんだ」

「別の患者? 誰だね?」

「ウィルバー・エメットだよ」

「ウィルバー・エメット!」本部長が叫ぶ。「まさか彼も——?」

「いやいや違うよ、死んではいない。後頭部をしたたかに殴られているがね。脳震盪《のうしんとう》を起こしている」ドクター・ジョーは説明しながら、握りしめた両手を洗濯でもするように揉みあわせている。「なあ、隣の部屋へ行かないか? おれはそれと一緒にここにいても気になんかしないが」彼は兄を指さした。「その手の電球は長持ちしない。つけたままだといずれ電球が切れ、あんたたち警察は暗闇で仕事をするはめになる」彼はふたたび手を揉みあわせた。「手がかりを探すだとか、そういうのをやるんだろ？」

本部長がうなずいたので、エリオットは指にハンカチを巻きつけて明かりを消した。ジョゼフ・チェズニーはいささか急ぎ足で騒がしく隣の部屋へむかった。音楽室で一行にむきなおったときの顔から、彼は強い不安のせいで攻撃的になっているとエリオットは見てとった。

クロウ本部長が折れ戸を途中まで閉めた。

「さて、では」快活な調子でそう言った。「電話を貸してもらえるならば、警視から警察医に連絡をしてもらって――」

「なんのために医者がいる？　おれが医者じゃないか。兄は間違いなく死んでいる」

「形式上のことでね、ジョー。それはわかるだろう」

「おれの医者としての腕について文句でもあるのなら――」

「なにを馬鹿なことを。さあ、警部、調べを進めて」

ドクター・ジョーがエリオットに顔をむけた。「あんたがスコットランド・ヤードから来た人だね？」そう訊いてから、考えこむ仕草を見せた。「ちょっと待て！　どうしてこんなに早く来ることができたんだ？」ここでまた考えこんだ。「そんなの無理だ」

「別件で、すでにこちらの村に来ていたんですよ、ドクター。子供たちに毒が盛られた件で」

「そうなのか」ドクター・ジョーの顔色が変わった。「ふむ、すでに仕事を抱えてるってわけか」

「そうなんです」エリオットは認めた。「さて、ドクター。今夜なにが起こったのか考えをお

「たわけたことさ、ここで起こったのは」すぐさま医師は凄みのある声で言った。「そう、たわけたことだ。マーカスは寸劇をやりたがった。そして、なんとまあ、本当にやったのさ！」

「寸劇、ですか？」

「なにをやったかは教えてやれないぞ」ドクター・ジョーが釘を刺した。「おれはここにいなかったんだからな。だが、なにをやろうとしていたかならば、教えてやれる。連中は夕食のあいだずっとその件で議論していたんだ。話自体は繰り返されてきたものだが、今夜になってはっきり形になった。マーカスはこう言ったんだ。百人中、九十九人は証人としてまったく役に立たないとさ。目の前でなにが起きているのか九十九人は見えておらず、火事、交通事故、暴動などが起きても、警察は全然話が食いちがう証言を集めることになって、証拠としては意味がないってね」急に関心をもったように彼はエリオットを見つめた。「ところで、それは本当のことかい？」

「ええ、よくあることです。ですが、本件とどんな関係があるのでしょう」

「うん、全員がマーカスに反対したんだよ。それぞれ根拠は違うが、全員が自分の目は欺《あざむ》かれないと言った。おれ自身もそう断言した」ドクター・ジョーは弁解がましく語った。「おれはいまだってそう信じているがね。それで結局マーカスはちょっとした実験をしたいと言いだした。大学かどこかで使われた心理学的なテストをやってみないかと提案したんだ。ちょっとした寸劇をやる。それが終わってから、見た内容についての質問に答えるというわけだ。回答の六十パーセントが間違いであることにマーカスは賭けたがった」

ドクター・ジョーはクロウ本部長に訴えた。

「あんたはマーカスのことがわかってるな。おれはいつも言うんだが、兄は誰かさんに――ほら、学校で読まされた作家だよ――どのみちちっとも重要じゃないのに花一本を正確に描写するために二十マイル歩いたという、あいつに似ている。それにマーカスはなにか思い立ったら、その場ですぐ、邪魔されずにやらないと気が済まない。だから、連中はこのささやかなゲームに参加したわけさ。その最中に誰かがやってきてマーカスを殺した。どういうことかって言うと、連中はひとり残らず殺人犯を見て、その動きをなにひとつ漏らさず見たはずなんだよ、絶対に！　それなのに、なにが起こったのか、ひとつとして意見が一致しない」

ドクター・ジョーが口をつぐんだ。声はしゃがれた雷鳴のようになっていたし、顔は真っ赤だったので、目つきを見るとエリオットは、堪え切れなくなって泣きだしはしないかと心配になってしまった。真剣そのものであるのはわかるが、泣きじゃくられてもこまってしまう。

クロウ本部長が口をひらいた。

「だが、目撃したのなら、殺人犯がどんな風貌だったか説明できないとはおかしくないかね？」

「無理なのさ。そいつは透明人間みたいにぐるぐる巻きになっていたから」

「なにみたいにだって？」

「うむ、レインコートの襟を立て、顔にすっぽりマフラーを巻き、黒いサングラスをかけ、帽子を深くかぶっていたのさ。まったく見られたものじゃなかったと連中は話していたが、寸劇の演出だと思ったらしい。まったく、おっかないじゃないか！　この――この悪鬼がやってきて――」

「だがね――」

「よろしいでしょうか」エリオット警部は遮った。順序よく話を聞いていきたかった。この事件はどうもややこしくなりそうな予感がしたからだ。医師にむきなおった。「〝連中〟がその人殺しを見たというお話ですが、具体的にはどなたたちですか？」

「イングラム教授、マージョリー、ジョージなんとかいう青年」

「ほかにどなたか？」

「いや、知るかぎりではおらんよ。マーカスはおれにも参加させたがった。だが、先ほどから言っているが、おれはここにいなかった。往診があって。どうせ遅い時間にしか寸劇は始めないから、深夜十二時までにもどると約束するなら待つとマーカスは言った。もちろん、そんな約束はしなかったぞ。できれば間に合わせるが、十一時四十五分までにもどらなければ、おれ抜きで始めてくれと言っておいた」
一、二度、洟をすすりあげると、ドクター・ジョーは落ち着いた。椅子に腰を下ろした。熊が鉤爪《かぎづめ》を突きだすように大きな手と前腕をあげてから、ぱんと膝に置いた。
「その寸劇は何時に始まったんですか」エリオットは質問を続けた。

「時計が十二時を鳴らすときだったそうだ。みんなの都合がつくのがその時間だけだったとか」

「その人殺しについてですが、ドクター。なにかご存じのことはありませんか？」

「あるものか！　十二時だと、村の反対側の患者の家を出たところだ。むずかしい患者でね。お産だったんだ。ひょっとしたら間に合うかもしれないと思い、ここへ車でもどってきた。だが、間に合わなかった。十二時十分頃に隣の部屋へ入ってみると、可哀想な兄がおれにも、ほかの誰にも手の施《ほどこ》しようのない状態になっていた」ここであらたに思いついたことがあったらしく、それで医師の心は明るくなったようだ。彼は目の赤くなった顔をあげた。「もうひとつ話せることがあるよ」へつらうような声で言う。「今度のことにはひとつだけ歓迎すべきことがある。奴らにわからせることができるな？　そうだろう？　村人たちを黙らせられるな？　いいかね、警部。あんたはミセス・テリーの店の毒殺事件の捜査に来たと言った。じゃあ、これからおれが教えることはたぶん知っているんだろうが、とにかく話しておくよ。三カ月以上にわたって、いや四カ月に近いな、村の者たちは姪が人殺しだと言いつづけてきた。そうなんだよ。人がのたうちまわって苦しむのを見るために、姪が毒を盛ったなどと噂したのさ。直接おれには言わなかった。そりゃそうだろう！　だが、裏でこそこそ言っていた。だから、いまこそ奴らにわからせることができるな？　証明されたことがあるからだ。兄を殺したのが誰であっても、それはマージョリーじゃなかった。それに毒殺者が誰であっても、それはマージョリーではあり得ない。たとえそれを証明するためにマーカスがくたばるしかなかったとしても、マージョリーの無実が証明されるほうが大事だ。もう一度言おうか？　そのほうが大事だ」

彼はそんなことを口にして急に立ちあがると、後悔でもしたように拳をだらりと下げた。部屋の向こう側の、どうやら廊下に通じているらしいドアがひらいていた。そして、マージョリー・ウィルズが入ってきた。

音楽室にはクリスタルのシャンデリアがあり、ろうそく形電球はどれも灯っていた。マージョリーは入るときに少しまばたきをした。小さな黒いスリッパを履いて絨毯を音もなく急ぎ足で歩いてくると、ドクター・ジョーの肩に手を置いた。

「おじさん、二階に来て」彼女はうながした。「ウィルバーの呼吸がおかしいの」

そこで顔をあげると、ぎょっとしてほかの者たちを見つめた。最初のうち灰色の目は無表情だったものの、エリオットに視線をむけるとなにかを感じとってその目を細めた。ひどく集中しているようだったが、やがて元通りの目にもどり、背筋を伸ばした。

彼女はこう言った。

「あなた――以前にお会いしたことがない？」

4　黒いサングラス

これに対して、エリオットはまたもや本当のことを言わずにおいた。自分なりのある理由から鋭く怒鳴りつけるような返事をしたものだから、本部長が目を丸くした。

「あるもんですか、ミス・ウィルズ」そう言ったのだ。「お座りになりませんか」

とまどった表情でエリオットは見つめられ続けている。言わずにおいた彼の記憶はいかに鮮明なことか。これほど存在を意識してしまう人に出会ったのは初めてだった。短いあいだ見かけただけなのに、じかにふれたような鮮烈さだ。彼女の身のこなしをすべて知っている気さえする。どんなふうにふりむくか、どんなふうに片手を額にもっていくか。

「気が動転して勘違いしているんだよ、マージョリー」ドクター・ジョーがそう言い、肩に置かれた彼女の手に軽くふれた。「この人はスコットランド・ヤードの警部だ。彼は――」

「スコットランド・ヤードからわざわざ」彼女は言う。「そのぐらい最悪の事態ということね？」

そして声をあげて笑いはじめた。

すぐに自制したが、そうした冗談を言ってみても目は笑わなかった。細部に至るまでエリオットが覚えているとおりだった――艶《つや》やかなダークブラウンの髪を真ん中分けにして耳にかけ、毛先がうなじで小さくカールしている。広い額、弓なりの眉、物思いに沈んだ灰色の目。口元はいつでも落ち着きをたたえている。いわゆる美人ではないことを今日エリオットは見てとったが、そんなことは気にもならなかった。

「ごめんなさい」彼女はふたたびとまどった表情をしていたが、立ち直ると、まっすぐにエリオットを見つめた。「ぼんやりしていました。なにか言われました？」

「お座りになりませんかと申し上げました、ミス・ウィルズ。よろしければ、おじ様が亡くなったことについてお話を伺いたいのですが」

彼女は折れ戸の奥の暗い部屋へすばやく視線を投げた。一瞬、床を見て両手を一、二度握りしめてから、顔をきっとあげた。表面上は冷静に見える。だが、エリオットが彼女に見いだしたあれだけのユーモアと知性も、四カ月ものあいだ噂を囁《ささや》かれるという攻撃は防ぎ切れなかったらしい。

「あの電球はまだ焼き切れたんじゃないわね？」そう言って手の甲でごしごしと額を擦った。

「わたしを逮捕するためにいらしたの？」

「いいえ」

「では――なにを訊きたいのかしら」

「今夜のことを、あなたの思うように説明してくだされば大丈夫です、ミス・ウィルズ。ドクター・チェズニー、患者さんのもとへ行かれてよろしいですよ」

エリオットの慌てず騒がず、どんと構えたスコットランド人らしい丁重なところが効果を発揮してきた。思案顔で視線を返したマージョリーの呼吸は、やや穏やかになった。エリオットが勧めた椅子に腰を下ろして脚を組む。地味な黒いディナードレスを着て、指輪などのアクセサリーはひとつもない――婚約指輪さえも。

「警部、ここでないとだめですか？　この部屋で」

「はい」

「おじが仮説を思いついたんです」彼女は話を始めた。「そうなると、実験しないではいられない人だった。その結果がこれ」

「ミス・ウィルズ、実験のきっかけは夕食の席での議論だったそうですね」

「そうです」

「議論を始めたのはどなたですか？　その話題を振ったのは」

「そりゃ、マーカスおじさんよ」彼女は驚いたように答えた。

「そしてあなたはおじ様の説に反対された？」

「ええ」

「なぜですか、ミス・ウィルズ？　どのような根拠で？」

「ねえ、そんなことって関係あります？」マージョリーは大声をあげて少し目を見ひらき、いらだっている素振りをした。だが、エリオットの結んだ口元に譲らないところを見てとると、混乱し憤《いきどお》りながらも話を続けた。「なぜかって？　ただ反抗したかったからよ。旅行から帰って以来、わたしはずっと嫌な女なの。ジョージと一緒でも。いえ、ジョージが一緒にいると余計に。ジョージというのはわたしの婚約者《フィアンセ》で、旅先で出会った人。それにね、マーカスおじさんはあんまり自信満々だった。もうひとつ、おじさんへの反論というのは、わたしが日頃から本気で信じていることだったから」

「それはどんなことです？」

「男性はちゃんと見ていないということ」マージョリーは静かに言う。「だからあなたたち男は証人としてはだめなの。まわりに注意を払っていない。いつだって自分の心配事を考え、自分の内面を見て、自分の仕事だとか悩みにばかり集中している。つまり観察していないのよ。証明しましょうか？　女はほかの女の着ているものをベルトやブレスレットまで漏らさず見ているって、男はいつも冗談めかして馬鹿にするでしょう。でもね、女が男の着ているものには目を留めないと思う？　あとで訊かれて説明できないとでも？　ほかの女だけを観察しているわけじゃないの。あらゆるものについて、ごく普通の観察をしているのよ。でも、警部さん、あなたはほかの人が着ているものに目を留めたことがありますか？　たとえば別の男の服に。ないでしょう。スーツやネクタイがよほど趣味の悪いものでなければ、ちらりと見たらもう注意を払わない。細かなところまで目に留めたことがある？　その男の靴や手に」

彼女は口をつぐみ、折れ戸のほうをふりむいた。

「こんなことをお話しするのは、知性のある女ならば、自分の見たものについて騙されたりしないとマーカスおじさんにきっぱり言ったから。実験してもわたしは間違わないと言ってやったの。実際、間違いませんでした」

白熱したマージョリーは勢いよく身を乗りだした。

「あのね」彼女は話を続ける。「あのとき何者かがやってきて――」

「ちょっと待ってください、ミス・ウィルズ。ほかにおじ様の仮説に反対した人は？」

「まずジョーおじさん。深い根拠はなくて一般論として反対したわ。それからイングラム教授もかなり強く反対しました。だって、心理学の教授だったんですものね。一般的には六十パーセントを間違うというのはいい線だけれど、教授本人は間違ったりしないって。自分は観察眼を磨いているし、そういう実験につきもののひっかけも全部知ってると言ったのよ。自分が間違わないことに五十ポンドを賭けようってマーカスおじさんに提案してた」

彼女はドクター・ジョーの椅子に視線を走らせたが、彼はすでにいなくなっていた、気づかれることもなく。たいした早業《はやわざ》だ。逆にボストウィック警視が部屋にもどっていて、クロウ本部長は腕組みをしてグランドピアノに身を乗りだしている。

「それであなたの——フィアンセはなんと？」

「ジョージ？　ああ、彼も反対でした。でも、小さなシネカメラで実験を記録させてくれと言い張ったの。あとで揉め事が起こらないように」

エリオットは身体に緊張を走らせた。

「ここで起こったことを撮影したフィルムがあるということですか？」

「もちろん。だから撮影照明用電球があるんです」

「そうなのですね」エリオットは大いに心が軽くなってふうっと息を吐きだした。「さて、その実験に立ち会ったのはどなたでしょう」

「イングラム教授、ジョージ、わたしだけ。ジョーおじさんは往診があって」

「ですが、頭を殴られたらしき、もうひとりの男性はどうしました？　ミスター・エメットというかたですが。同席されなかったんですか？」

「ああ、そうじゃないのよ。あの人はマーカスおじさんの助手をすることになっていたの。彼は実験の寸劇のもうひとりの演者。どういうことだったか、お話しします。終わってから初めてわかったことですけど。夕食のあと、マーカスおじさんとウィルバー・エメットは打ち合わせをして、わたしたちに見せる寸劇について決めたんですよ。ジェスチャー・ゲームの準備をする人たちみたいにね。舞台はマーカスおじさんの事務室——隣のあの部屋です——にして、わたしたちはこの部屋で座って寸劇を見ることになった。ウィルバーは変わった服を何枚も着て登場することになったんですね。変わっていればいるほどよかったんでしょう。わたしたちはあとで、どんな服装だったか答えさせられたはず。舞台の上の細かいことを、間違えないように答えることになっていたのね。マーカスおじさんはあらかじめ質問表を作っていた。こうして十二時になりかけたとき、おじさんはわたしたちをここに集めて指示を与えたのよ——」

エリオットが遮った。

「ちょっとよろしいでしょうか。〝十二時になりかけたとき〟と言われましたね。そうしたことを始めるにはいささか遅くありませんか？」

と言ったのには、彼女の表情になにか怒りのようなものを感じたのだ。

「ええ、そうなんです。イングラム教授は家に帰りたくて、結構腹をたてていました。夕食は九時十五分には終わったんですよ。ジョージとわたしは書斎でえんえんとラミーをやって、気が遠くなりそうだった。でも、マーカスおじさんは待っていろとうるさくて」

「おじ様は、なぜ待つのか説明されましたか？」

「ジョーおじさんも参加できるように、帰りを待ってみると。でも、十一時四十五分になってももどらないので、マーカスおじさんは寸劇を始めることにしたの」

「もうひとつ確認させてください、ミス・ウィルズ。その時点ではミスター・エメットがそれに出ることはご存じなかったんですね——つまり、寸劇の出演者としておじ様を手伝うことになっていることを」

「知るわけありません！　夕食のあとは、ウィルバーを全然見かけませんでした。知っていたのは、マーカスおじさんがこのふたつの部屋を閉め切って準備をしていたことだけ」

「わかりました。お話を続けてください」

「ええと、マーカスおじさんがわたしたちをここに集めて、指示を与えたとき、カーテンは閉まっていて」――彼女はフランス窓を指さした――「むこうの折れ戸も閉まっていて、わたしたちには事務室が見えないようになっていました。おじさんはこの音楽室で、どんな手順で実験するのか簡単に説明したの」

「おじ様の言われたことをそのまま思いだせますか？」

　マージョリーがうなずく。

「たぶん。おじさんはこう言ったわね。〝まず、寸劇のあいだは真っ暗にして座ってもらう〟。ジョージが反対して、真っ暗でどうすれば実験を撮影できるのかと訊いた。マーカスおじさんは、わたしの部屋から撮影照明用電球を拝借しておいたと説明したの。わたしが今朝おじさんのために買っておいたものです。それを事務室に設置して、これから観察する舞台を直接照らすようにしておいたと。わたしたちはいやでも実験に集中しやすくなるわけです」

　ここでエリオットは、マージョリーがなにかに引っかかっているのをひしひしと感じた。香水のにおいが漂ってくるようにはっきりわかる。

「でも、そこになにか罠があるように思った」彼女はつけ足した。

「マーカスおじさんの顔つきよ！」彼女は叫んだ。「あんなおじさんに何年も我慢してきたわたしの苦労はあなたにはわからない――とにかく、おじさんはそう言ったんです。次は、〝それから、なにを目にしようとも、話すことも邪魔することも禁止だ。わかったな？〟。最後は隣の部屋に行く前に、〝注意しろ。罠があるかもしれないからな〟。そう言い残して事務室へ入って扉を閉めた。教授がこの部屋の明かりを消して、すぐに寸劇が始まったわ。

「なぜですか？」

マーカスおじさんが折れ戸を全開にした。期待と不安が混じった気分になりました。どうしてかしらね。

おじさんはひとりだった。事務室はだいたい見渡せたわ。おじさんは扉を開けるとゆっくりと奥へもどって、中央の机のむこうにこちらと向かいあわせに座ったの。撮影照明用電球がブロンズのシェードのランプに取りつけてあって、それは机の前の、少し右のほうに置いてあり、マーカスおじさんがわたしたちからはっきり見えるように照らされてた。奥の壁はまぶしいぐらいに白く反射して、おじさんの大きな影が浮かんでた。うしろのマントルピースにある時計の白い盤面も。振り子がきらめいて左右に振れているのも見えたわ。時刻はちょうど十二時だった。

マーカスおじさんが座る机の上にはチョコレートの箱がひとつありました。それに鉛筆と万年筆が一本ずつ。おじさんはまず鉛筆を、それから万年筆を手にして、それぞれで書く仕草をしたの。そこで横をむいた。事務室の片方のフランス窓がひらいて、表の芝生からシルクハットとサングラス姿の恐ろしいものが入ってきたのよ」

いったん話をやめたマージョリーは、咳払いをして動揺を振り払おうとしたがうまくいかない。

それでも話を続けた。

「つばの反ったシルクハットを入れなくても、身長は六フィートくらいあった。汚れた長いレインコートを着て襟を立てていた。顔には茶色いなにかを巻いていて、黒いサングラスをかけていて。光沢のある手袋をはめ、黒い肩掛け鞄みたいなのをもっていたっけ。もちろん、誰かわかりませんでした。でもね、見た瞬間から嫌な感じがしたの。人間というより昆虫みたいだった。ひょろりとしていて、大きな黒いサングラスをかけていたから。撮影していたジョージは思わず大声を出してた。〝ジーッ！　透明人間だ！〟――すると、そいつが振り返ってこちらを見たのよ。

そいつは往診鞄みたいなのを机に置き、こちらに背をむけて立つと、机のむこうへ歩きました。マーカスおじさんがなにか声をかけたけれど、そいつは一度もしゃべらなかった。しゃべるのはマーカスおじさんが全部やったの。あとはマントルピースの時計がチクタクいう音とジョージのシネカメラがカタカタいう音がするだけ。おじさんはたしかこう言ったと思う。〝おまえは前と同じことをやったな。ほかにどんなことをするつもりだ？〟。このとき、そいつは机の右側にいました。さっと動いて、レインコートから小さな厚紙の箱を取りだして振ると、丸々した緑のカプセルが机に転がりでた。子供の頃に飲まされたひまし油のカプセルに似ていたわ。そいつはすばやく身を乗りだしてカプセルを摑み、マーカスおじさんの頭をのけぞらせると、無理やり口に入れた」

マージョリー・ウィルズは黙った。

声が震えだしていた。喉に片手をあて、一、二度、咳払いをする。いまでは暗くなっている折れ戸を見ずにいられなくなったらしく、ついに椅子を動かしてそちらをむいた。

「それからどうなりました?」エリオットはうながした。

「どうしてもじっとしていられなくて、わたしは飛びあがったか、悲鳴をあげるかしたんです。マーカスおじさんからなにを見ても驚くなと言われていたんだから、そんなことをしてはだめだったんだけど。それに、別になんでもないみたいだったのよ。マーカスおじさんは驚き、嫌な顔をしていたけれどカプセルを飲みこんだ――そして隣のぐるぐる巻きの顔を見あげて、にらんだんです。

そうしたらすぐにシルクハットのそいつは鞄を摑み、お辞儀する仕草をしてフランス窓から外へ消えたの。マーカスおじさんはそれから少しのあいだ、喉をごくごくいわせて座ったまま、チョコレートの箱を押して置き場所を変えました。そこでいきなり顔から机に突っ伏してしまった――違う、違います!」

マージョリーは叫んだ。警官一同がざわめいたからだ。「それはいんちきだったんです。お芝居でしかなかったのよ。寸劇の終わりの合図。倒れてすぐにマーカスおじさんは笑いながら起きあがって、折れ戸に近づいてそれを閉めた。寸劇の幕は下りたということです。

わたしたちはこの部屋の明かりをつけました。イングラム教授が折れ戸をノックし、カーテンコールの拍手をするから姿を見せてくれとマーカスおじさんに頼んだ。おじさんはそりゃあもう上機嫌で笑顔だったけれど、なにか変な表情だった。上着の胸ポケットに折りたたんだ紙を入れていて、それをポンポンと叩いてこう言うの。〝さて諸君、鉛筆と紙を出して、質問に答える準備をしてくれ〟。イングラム教授が訊いたわ。〝ところで、ぞっとするような風貌の仲間は誰だったんだね？〟。おじさんは答えた。〝ああ、ウィルバーしかいないだろう。計画をすっかり手伝ってくれた〟。そして外にむかって叫んだのよ。〝よーし、ウィルバー。姿を見せていいぞ！〟。

でもなにも返事がないの。

マーカスおじさんはまた叫んだけれど、やっぱり返事がない。

それでおじさんはとうとう怒って窓辺に近づいたんです。この音楽室のフランス窓はひらいたままでした。暑いくらいの夜ですもの。この頃にはどちらの部屋にも照明が灯っていたから、家と栗の木のあいだの芝生が見えました。変わった服装が一揃い、シルクハットもサングラスも医者の名前が書かれた鞄も放りだしてあった。でも、最初はウィルバーが見えなかった。

木の向こう側にいたんです。気絶してうつ伏せで。血が口と鼻から芝生に流れ、後頭部がへこんでるみたいだった。火かき棒がそばに落ちてたから、あれで殴られたんでしょう。結構時間が経っていたのよ、ウィルバーが意識をなくしてから」

マージョリーは説明しながら、思わず顔をしかめていた。「そうよ、シルクハットとサングラスの男はウィルバーなんかじゃなかったのよ」

5　代役《ローカム・テニンズ》

「ウィルバーなんかじゃなかった？」エリオットはそっくりそのまま繰り返していた。マージョリーの言いたいことはよくわかった。想像のなかで、古めかしいシルクハットをかぶった奇妙な人影が踊りはじめている。

「まだ話は終わってません」彼女は静かだが憔悴《しょうすい》した口調で告げた。「マーカスおじさんになにが起こったか話していないから。

ウィルバーが気絶しているのを見つけてすぐのことでした。症状が出るまでどのくらいかかったかはわかりません。でも、ウィルバーを抱き起こそうとしていたとき顔をあげたら、マーカスおじさんがおかしいと気づいて。

正直言うと、わたしまで身体の具合が悪くなりました。第六感だとか言われるのはわかっているけれど、本当なんだから仕方ないのよ、あの瞬間どういうことかわかったから。おじさんは木の幹にもたれて、身体を二つ折りにしてなんとか息をしようとしてた。部屋の明かりはうしろの木の葉のあいだから漏れるばかりで、おじさんはよく見えなかったけれど、横顔に光があたると肌がざらざらして鉛色みたいだったから、声をかけたのよ。〝マーカスおじさん、どうしたの？　どこか痛いの？〟。きっと叫び声になっていたでしょうね。おじさんは激しく首を振るだけで、わたしを押しのけるような仕草をしたと思ったら、次に片足で地面を何度も踏みつける動きを見せた。かすれ声とうめき声の合間に息をしているの。わたしは駆け寄った、イングラム教授も。でも、おじさんはイングラム教授の手を強く振り払い、そして——」

マージョリーは話を続けられなかった。両手のひらで思い切り顔を叩くと目元を覆い、またバチンと叩く。

クロウ本部長がピアノから前に進みでた。

「しっかりと」こういうことに慣れていないのか、ぶっきらぼうな声になった。

ボストウィック警視は無言だ。腕組みする姿勢を変えず、好奇心も露《あら》わに彼女を見つめている。

「走りだしたのよ」マージョリーは感情を抑え切れずに言った。「あれはこの先もずっと忘れられないわ。よりによっておじさんは走りだした。右へ左へ、前へうしろへ走るの、でも、どの方向もほんの数歩しか続かない。痛みに耐えられなかったからよ。ジョージと教授がおじさんを押さえてじっとさせようとしたけれど、おじさんはその手を振りほどいてフランス窓から事務室へ駆けこんで、机の横で膝の力が抜けたようになった。わたしたちで立たせて椅子に座らせたけれど、一度もしゃべらなかった。わたしはジョーおじさんに連絡を取ろうと電話のところへ行ったの。どこにいるかは知っていたから。産気づいているミセス・エムズワースのところ。わたしが電話をかけているあいだに当のジョーおじさんが帰ってきたけれど、手遅れだった。この頃には部屋じゅうにビター・アーモンドのにおいが漂っていたのよ。わたしはまだ望みはあるんじゃないかと思っていたのに、ジョージに言われたわ。〝この部屋を出よう。おじさんはもうだめだ。間違いないよ〟。そして、そのとおりだった」

「不運だったな」クロウ本部長がうなるように言う。死に至った経緯を考えるとふさわしい言葉ではなかったが、思いやりはこもっていた。

ボストウィック警視は無言だ。

「ミス・ウィルズ」エリオットは言った。「痛ましいことが起こったばかりで、あまりつらいことをお訊きしたくはないのですが――」

「わたしは大丈夫。本当に大丈夫ですから」

「おじ様は例の緑のカプセルで毒を盛られたと思われますか」

「そうに決まってるわ。おじさんは毒が呼吸器の神経にまわったからなにも言えなかったけれど、喉を指さそうとしていたもの」

「寸劇のあいだ、おじ様はほかになにも飲んでいませんか？」

「なにも」

「そのカプセルについて詳しく説明できますか？」

「先ほども言ったように、子供の頃に飲まされたひまし油カプセルに似ていました。ブドウぐらいの大きさで、厚みのあるゼラチンでできていたわね。あんな大きさじゃ喉を通らないと思うんだけれど、飲みこめるの。それも簡単に。このあたりでは、ひまし油カプセルを使っている人がまだ大勢います」彼女ははっとして、大急ぎでエリオットの表情を窺った。頬が赤くなってきた。

エリオットはこれを無視した。

「では、確認しておきますね。あなたはこう考えられている——寸劇の直前に何者かがミスター・エメットを気絶させ……」

「そうです」

「何者かは奇妙な服装を身につけていたため、おじ様でさえ別人だと気づかなかった。続いて、何者かはミスター・エメットの演じるはずだった役柄をこなした。だが、おじ様が演出として飲むはずだった無害なカプセルのかわりに、この人物は毒入りカプセルにすり替えたと？」

「断言はできません！　でも、ええ、そうだと思う」

「ご協力に感謝します、ミス・ウィルズ。いまのところは、これだけ伺えばよろしいでしょう」

エリオットは立ちあがった。「イングラム教授とミスター・ハーディングはどちらに？　ご存じですか？」

「二階でウィルバーに付き添っています——わたしが降りてくるときまではそうだった」

「こちらに降りてきてもらうよう声をかけていただけますか？　ああ、それからもうひとつ訊きたいことが！」

マージョリーも立ちあがっていたが、ぐずぐずして、急いでいるようには見えない。表情は質問を待っている。

「事件にかんするお話は近々、詳しい供述調書にしますが、いまお訊ねしておきたいことがあります。レインコートなど問題の男の服装についてある程度は話されましたね。ですが、男のズボンと靴についてはいかがです?」

彼女の表情は固まった。「男の——?」

「ええ。しばらく前にあなたは言っておられましたね」エリオットはかすかな耳鳴りを感じながら話をした。「靴にはいつも目を留めるということを。この男の靴とズボンについてはどうでしょうか」

「あのランプは」わずかな間に続いてマージョリーは答えた。「置かれた机の上をまっすぐに照らしていました。だから、床のあたりはとても暗かったの。でも、お話しできると思う。そうよ、はっきり覚えてるわ」目に浮かんだ驚きの色は確信へと変わった。「ありふれた正装用のズボン——黒で、サイドにもっと濃い黒のストライプが一本入っていた——それにエナメル革のイブニング・シューズ」

「今夜ここにいらした男性はみなさんディナー・ジャケットを着用でしたか、ミス・ウィルズ?」

「ええ、そうですね。ジョーおじさんは別ですけど。往診があって、おじさんが言うには、イブニング・シューズを履いて患者を診るのは心理的に悪い影響を与えるって。医者が仕事に集中していないと患者に思わせるそうよ。でも、そんなことあるかしらね——」

エリオットはほほえんだのだが、嘘くさい表情になってしまったと感じていた。

「この村では、夕食のために着替える習慣の人は多いのですか？」

「わたしの知るかぎり誰も」マージョリーは答えたが、そんなことを訊ねられてますます驚いているのがわかる。「いつもならば、うちも着替えません。でも、今夜はマーカスおじさんにそうするように言われたんです。なにか理由があったのね」

「そんなことは初めてでしたか？」

「そうね、大勢のお客さんがあった頃以来です。でも、イングラム教授はお客とは言いがたいし、それはジョージもそうよ」

「ありがとうございました、ミス・ウィルズ。クロウ本部長か警視から質問がなければこれで終わりにしますが？」

ふたりとも首を横に振ったが、ボストウィックはかなり陰険な表情をしている。マージョリーは一連の質問が解せないようにエリオットを見つめてまだ留まっていたけれど、やがて廊下に出てごく静かにドアを閉めた。身震いするのが見えたようにエリオットは感じた。煌々《こうこう》と照らされた部屋に沈黙が広がる。

「ううむ」クロウ本部長が言う。「なあ」彼は眼光鋭い小さな目をエリオットに見据えて言いたした。「あの娘の証言は気に入らないよ」

「わたしもですな」ボストウィックが口をひらき、組んでいた腕をゆっくりとほどいた。

「ざっと見れば明白な事件だ」うなるように語るクロウ本部長の口調からは、本心は逆だと伝わってくる。「実験の準備をするマーカスとウィルバー・エメットの様子を何者かがひそかに見聞きし、寸劇の内容を知る。エメットを気絶させ、役柄を演じ、無害なカプセルを毒入りカプセルとすり替える。ゼラチンは溶けるまで一、二分かかっただろう。そのためマーカスはカプセルを飲んだときはなにも気づかなかった。つまり、毒を盛られたとすぐさま叫ぶこともなければ、犯人を捕まえようとすることもない。犯人は衣装を外に投げ捨て消えることができた。ゼラチンが溶け、二分ほどで毒はマーカスの命を奪った。すべてが明白だ。聞いたかぎりでは。しかしだな――」

「そうですよ！」本部長が最後の言葉から反論を続けようとしたところで、ボストウィックが怒鳴った。「なぜ、ミスター・エメットは殴られたのか？　そうでしょう、本部長？」

エリオットは、はたと気づいた。片隅で黙っていた巨体の警視に、こちらの予想をはるかに超える洞察力が備わっていたのだ。ボストウィックはもちろん階級では上位だが、それでも鋭い人だとは思ってもいなかった。警視は聞き取りのあいだ、ぼんやりしたふうに身体を前後に揺らし、測ったような一定の間を置いて壁に尻をぶつけていた。その警視が今度はなにも見逃さず、すべてを疑う表情でエリオットに視線をむけている。サーチライトがついたかのようだ。

「そのとおりなんだよ。なあ、エリオット警部」クロウ本部長も賛成した。「ボストウィックが言うように、なぜ、エメットは殴られたんだ？　打ち合わせのままにして、毒入りカプセルをエメットの手からマーカスに飲まさせなかった理由は？　犯人が実験の内容を知っていたのならば、カプセルをすり替えればいいことじゃないか。なぜ、エメットを気絶させ、その場で正体を見破られる危険を顧《かえり》みずに自分が衣装を身につけ、人前に出ていったんだね？――カプセルをすり替え、他人に汚れ仕事をさせればよかっただけなのに、それだけの危険を自分で背負ったのはなぜだろう？」

「わたしが考えるに」エリオットは忙しく頭を回転させながら言った。「そこがこの犯行の勘所です」

「この犯行の勘所？」

「はい。リハーサルの段階では、ミスター・チェズニーはカプセルなど口にするはずではなかったんですよ」

「うーむ」クロウ本部長が一瞬の間を空けてうめいた。

「ミスター・チェズニーは飲みこむ演技をするはずだった。そうですよ。この寸劇は観察力を試すため、連続して罠が仕掛けてあった。おそらく、あなたがたも大学の心理学の授業で同じような手法を体験して——」

「いない」クロウ本部長が言う。

「わたしもない」ボストウィック警視がぶっきらぼうに答える。

エリオットの不屈の精神が一気に燃えあがった。いまのやりとりだけではなく、部屋全体に漂いはじめたかすかな反感に対してもだ。自分はロンドンからやってきた気取り屋だと思われているのか？　真っ赤になっているらしく、耳たぶがじんじんするが、知ったことかと肚《はら》をくくった。

「講師が」彼は話を続けた。「なにか液体の入った瓶に口をつけ、しかめつらをして、どれだけ苦かったか話すんです。それから瓶を学生にまわす。中身は色をつけた水でしかないんですが、よくよく味をみないと、先入観からその液体は苦いと断言してしまう。逆に中身が本当に苦い液体の場合、講師は飲むふりだけをする——そしていま自分がやったとおりのことをしなさいと学生に指示します。よほど注意して見ていないと、思い切り飲んでしまうものなんですよ。

今夜も同じ手法が使われるはずだったと思えてなりません。ミスター・チェズニーは参加者に罠を見抜いてもらいたがっていた。ほら、カプセルを無理やり口に入れられて彼は驚き、嫌な顔をしていたとミス・ウィルズは話していましたよ。エメットへの指示はあくまでもカプセルを口に入れるふりであり、自分はそれを飲む演技をするということだったのではないでしょうか。けれど、本物の殺人者はカプセルを強引に口に押しこんだ。そして、寸劇を中断しないため、ミスター・チェズニーは声に出しては抵抗しなかったのです」エリオットは首を振る。「彼が用意した質問表にこれが含まれていなければ、わたしはびっくりするでしょう——〝わたしがカプセルを飲みこむのにかかった時間は？〟というような質問が」

クロウ本部長は感心した表情だ。

「いいぞ、説明がつきそうだ！」本部長はそう認めてどこかほっとした顔つきになったものの、すぐに憤《いきどお》りととまどいがほかのすべての感情を押し流してしまった。「だがそうするとだね、警部——きみの言うとおりだとしたら——やれやれ、わたしたちが相手にしているのは異常者じゃないかね？」

「そのようです、本部長」

「現実を直視しよう」クロウ本部長が言う。「異常者でもなんでも呼び名はどうあれ、その人物はこの屋敷にいた者ということになる」

「ふむ」ボストウィックがつぶやいた。「お話を続けてください!」

本部長は穏やかにしゃべった。「まずだね、今夜ここで観察力テストがおこなわれるということなどが、外部の人間に知り得ただろうか？　屋敷の人間でさえ、夕食が終わるまでは知らなかった。外部の者が都合よく、夕食の後、マーカスとエメットが打ち合わせをしているのをそこのフランス窓のあたりにいて立ち聞きしたとは考えにくい。正装用のズボンとイブニング・シューズ姿の外部の人間が、たまたまこの屋敷の者たちが夕食のために正装することにした夜にかぎって、ぶらついていたなんて、ますますもって考えにくい。確証がひとつもないことは認めるよ、情況証拠でしかない。だが——ここから先がむずかしいのはわかるかね？」

「ええ、わかります」エリオットは沈んだ口調で返事をした。

「この屋敷の何者かの犯行だとしたら、誰にそれがやれたか？　ジョー・チェズニーは往診で留守だった。彼が真夜中まで患者の家にいたのなら、完全に容疑者候補から外れる。ウィルバー・エメットは本物の人殺しにあやうく殺されかけた。となると、あとはメイドがふたりに料理人がひとりしか残らないが、こうしたことがやれるとはとても思えない者たちだ。残るただひとつの推理は——ああ、突飛に聞こえることは承知してるよ——残る可能性はひとつ。犯人はこの部屋で寸劇を観察しているはずだった三人のうちのひとり、ということになる。その人物が闇にまぎれてこの部屋をひそかにあとにし、可哀想なエメットをぶん殴り、衣装を身につけ、マーカスに毒入りカプセルを飲ませ、明かりがつく前にこの部屋へそっともどった、ということだ」

「そうなりますね、本部長。同時に、ありそうにない話ですが」エリオットは淡々と賛成した。

「だとするとだね、ほかにどう考えたらいい？」

エリオットは返事をしなかった。

いまは仮説をたてるべきときではないとわかっている。検死が済むまでは、マーカス・チェズニーの死因さえも断言はできない。青酸だろうと推測できるだけだ。けれど、本部長が最終的に導いた解決の可能性はエリオットも考えたことだった。

彼は音楽室を見まわした。だいたい縦も横も十五フィート（四・五メートルほど）、灰色の板壁で金箔の装飾が施《ほどこ》してある。フランス窓には濃い灰色で厚手のベルベットのカーテン。調度品としては、グランドピアノ、ラジオ蓄音機、廊下に面したドアの横に背の高いブール象嵌《ぞうがん》の華麗な飾り棚、ブロケード織りの張り地の小ぶりな肘掛け椅子が四脚、足台がふたつだけ。そのため、中央は空間があるといえ、人ひとりならば――窓の隣のグランドピアノさえ注意すれば――なににもぶつからずに暗闇のなかでも部屋を横切ることはできそうだ。一同がすでに気づいていたことだが、絨毯は厚みがあるので足音などは聞こえない。

「よし」本部長が言う。「試してみよう」

照明のスイッチは廊下に通じるドア横のブール象嵌飾り棚の裏にあった。エリオットがスイッチを押すと、キャンドルの炎消しをかぶせたように暗闇が降りてきた。シャンデリアの光はかなりまぶしかったので残像が目の前で揺れ、それから小さくなった。カーテンがひらいていても、外は暗い曇り空でなにも見分けられない。カーテンの留め具がかすかにカタカタと鳴った。誰かが閉めたのだ。

「わたしは両手を振っているが」本部長の声が闇から聞こえた。「見えるかね?」

「なにも」エリオットは答えた。「その場にいてください。折れ戸を開けますので」

彼は手さぐりをしながら前進し、椅子を迂回して、折れ戸にたどり着いた。簡単に開けることができ、音もたいして出なかった。そこからさらに八、九フィート前へとすり足で進んで机に行き当たると、ブロンズのランプをなでまわした。スイッチを見つけて押すと、真っ白にぎらつく光が奥の壁をぱっと照らした。続いて、どんな様子か見てみようと音楽室へあとずさる。

「ううむ」クロウ本部長が言った。

この〝事務室〟で息吹《いぶ》いているのは時計だけだった。磨きあげた黒っぽい木製のマントルピースの上、死者の頭のうしろで、無慈悲にせっせと時を刻んでいる。かなり大型で装飾を施したオルモル（ブロンズに金メッキしたもの）時計で文字盤はたっぷり幅六インチ（約十五センチ）はあり、小さな真鍮《しんちゅう》の振り子がきらめきながら左へ右へと動く。その下で死者が煩《わずら》わされることもなく座っている。時刻は十二時五十五分。

机はマホガニー製で茶色のデスクマットが敷かれ、前方の音楽室から見てわずかに右の位置にブロンズのランプ。青い花柄のチョコレートの箱が見える。つま先立ちするとエリオットにはデスクマットの上の鉛筆も確認できたが、マージョリー・ウィルズが証言していた万年筆は見当たらない。

左手の壁にフランス窓のひとつは見分けられた。右手の壁につけてロールトップ・デスク。蛇腹式の蓋は閉じてあり、上の水平部分に緑のシェードのランプがある。それに、木目を模して色を塗った天井まで届きそうなスチール製のファイル収納キャビネット。事務室に見える主なものはそのくらいだが、手前にもう一脚の椅子とこれに連なる格好で、雑誌だかカタログだかが積みあげられたものが床に崩れている。ちょうど舞台と客席を区別する仕切りの役割を果たしていたようだ。音楽室の椅子四脚の位置から判断するに、証人たちはマーカス・チェズニーから十五フィートほど離れていたらしい。

「たいして気になる点もないが」クロウ本部長が疑わしげに言う。「きみはなにか気づいたかね?」

エリオットの視線は先ほど目に留まった紙片に吸い寄せられた。死者の上着の胸ポケット、ハンカチの奥に折りたたんで突っこまれているものだ。

「あれです、本部長」彼は指さした。「ミス・ウィルズの証言にあった、ミスター・チェズニーが準備した質問の紙に違いありませんよ」

「そうだが、あれを見てなにになる?」叫ぶように本部長が言う。「なるほど彼は質問表を準備していた。それがどうした――?」

「あれこそが重要なんです」エリオットは自分も叫びたい気分になりながら答えた。「おわかりになりませんか、寸劇のすべてが目撃者たちへの一連の罠として計画されていたんです。おそらく、あの人たちが見た行動のうち半分は罠でしょう。犯人はそれを利用したんですよ。罠が犯人を助けた。それに、かばいもした。いまこのときも、たぶんまだかばっている。目撃者が見たもの、あるいは見たと思ったものが実際のところ正確にはなんだったのかわかれば、犯人につながる糸口がきっと見つかります。異常者であっても、ミスター・チェズニーの計画に、自分を守ってくれたり警察を惑わせてアリバイを与えてくれたりするものがなければ、衆人環視の状況で、こんなに乱暴で行き当たりばったりの殺しなんかしませんよ。当たり前だ！　それがおわかりになりませんか？」

クロウ本部長がエリオットを見やる。

「ちょっと一言いいかね、警部」本部長は突然、丁寧な口調で言った。「きみの態度は最初からどことなく奇妙だと思えてならなかった。それに、きみがミス・ウィルズの婚約者の姓をなぜ知っていたのかも気になっている。わたしは教えていなかったというのに」

（しまった！）

「すみません、本部長」

「謝ることはないよ」本部長はやはり形式張って返す。「まったくたいしたことではない。それにだね、質問表については、きみの意見に賛成したい。なにか得るものがないか確認するとしよう。きみは正しい――罠の質問、というより罠にかんする質問がここに書かれているだろう」

本部長は死者のポケットから紙片を取りだし、広げ、デスクマットに置いた。流麗な文字で書かれた内容は次のとおりだ。

正確に次の質問に答えること

一、机に箱があったか？　あったのならば、どのようなものか述べよ。
二、わたしが机から取りあげた品々はなんだったか？　その順番は？
三、何時だったか？
四、フランス窓から入ってきた人物の身長は？
五、その人物の衣装を述べよ。
六、その人物は右手になにをもっていたか？　その品を述べよ。
七、その人物の行動を述べよ。机からなにか取りあげたか？
八、その人物はわたしになにを飲みこませたか？　わたしがそれを飲みこむのにかかった時間は？
九、その人物が部屋にいた時間は何分か？
十、ひとり、あるいは複数の者はなにを話したか？　その内容は？
＊注意せよ——以上の各質問に対して厳密に正確といえる答えでなければ、正解と認められない。

「なかなかまっとうな質問のようだが」クロウ本部長がつぶやく。「罠もあるな。〝注意〟を見てくれ。それにカプセルを飲むのは演技だったというきみの主張も、たしかに合っていたらしい。質問八だ。それでも――」

本部長は紙片を折りたたんで差しだし、エリオットがこれを慎重に手帳へと挟んだ。そこで本部長は時計を見つめながら、折れ戸のほうへあとずさった。

「それでも、わたしが言ったように――」

一条の光が音楽室を貫いた。廊下のドアがひらいたのだ。男のシルエットがドアをふさぐ。廊下の照明を受けて頭が光っていた。

「おやっ!」棘《とげ》のある少し甲高い声だ。「真っ暗じゃないですか? 何事です?」

「心配ない」クロウ本部長が言う。「入ってきなさい、イングラム。部屋の明かりをつけてくれるか?」

一瞬、ドアの反対側を手さぐりしてから、新顔は飾り棚の裏に手をやってスイッチを押した。ここでエリオットはポンペイの中庭でのギルバート・イングラム教授の短い第一印象が多少修正されたことを悟った。

あのときは、ぽっちゃりして血色のいい愛嬌のある顔と、だいぶ腹の出たところ、どこか弾むような身のこなしから、背は低くずんぐりした印象を受けていた。無邪気に見える青い目のきらめき、丸い鼻、耳の上に一房ずつ残るくしゃくしゃの黒っぽい髪が、ますますその印象を強めたのだ。うつむいて問いかけるような視線で見あげる癖があり、それは控え目な人生を送っていることの反映だと思えた。だが、いまではそうした印象がすべて弱まっていた。弱まっているし、どこか怯えているようだ。顔の赤みはまだらで、シャツの前の部分が余って深い皺《しわ》が一本寄り、オーブンで膨らみかけたパン生地そっくりにチョッキの胸元からはみだしている。そして右手の指先を揉みあわせ、チョークの粉でも擦りとろうとしているように見える。実際のところ中肉中背と言えなくもなく、思ったほどには取り立てて太ってなどいなかった。

「事件の再現ですかな？　こんばんは、本部長。それに警視も」

その態度は気取っていないのに礼儀正しく、誰をもたちまち笑顔にさせる。馬の群れにさっと鞭を一振りしたような効果だ。エリオットが受けた一番の印象は、無邪気な顔から見てとれる、強烈で相手を射抜くような知性だった。

「そしてどうやらこちらが」教授はためらいながら言いたした。「スコットランド・ヤードのかたのようですね。ジョー・チェズニーから聞きました。こんばんは、警部」

「そうだ」クロウ本部長が割って入り、いささか唐突に話を続けた。「なあ、いいかね——わたしたちはあんたを頼りにしているんだよ」

「わたしを頼りに？」

「うむ、あんたは心理学の教授だった。自分は罠に騙されたりしない、そう言ったそうだね。あんたならばこのいまいましい寸劇で本当に起こったことを話せるだろう。そうじゃないかね？」

イングラム教授は折れ戸の先へちらりと視線を走らせた。その表情がまた変わった。

「そうですね」厳しい顔つきでそう答える。

「さあ、頼む！」クロウ本部長がどんどん話せと言いたげな身振りをした。「ミス・ウィルズから寸劇は引っかけ目的だったと聞いたぞ」

「そうですか、彼女から聞きましたか」

「ああ。わたしたちが考えあわせたところ、この寸劇全体が一連の罠として意図され——」

「それどころじゃありませんな」イングラム教授が正面からクロウの目を見つめて言った。「わたしはたまたま知っているんです。この寸劇には、ミセス・テリーの店のチョコレートに、犯人が誰にも目撃されることなく毒を入れることができた方法を提示する意図があったことを」

6　罠の準備

爆弾発言からさまざまに連想したことを気取られまいと、エリオットは誰にも発言する間を与えず、事務室へ移動した。ロールトップ・デスクに置かれた緑のシェードのランプのスイッチを入れ、机の撮影照明用電球は消した。比べてみると普通のランプの光は弱々しく感じられたが、それでも彼の最後の椅子にうずくまるマーカス・チェズニーの姿は見える。

つまりどういうことだ？　殺害される二日前——ボストウィック警視によると——マーカ

ス・チェズニーはミセス・テリーの店にあったチョコレートの箱の正確な大きさを警察に訊ねていたという。今度は安いチョコレートの箱が机に置いてあり、〝寸劇〟に使われた。だが、どうやって説明するというのだ？

エリオットが音楽室にもどると、クロウ本部長が同じ疑問をぶつけていた。

「だが、どうやって」本部長は訊いている。「ミセス・テリーの店で何者かがチョコレートに毒を入れた方法を説明するというんだね？　この不気味な男に――正体はともかくとして――緑のカプセルを口へ押しこませることで」

イングラム教授はかすかに肩をすくめた。事務室に視線を走らせる彼の目は、相変わらず緊張している。

「マーカスの考えは他人のわたしにはなんとも申し上げられないが」教授は指摘した。「推測はお話ししましょう。緑のカプセルの出来事はおまけのつもりだったんですよ。寸劇の一部ではあったが、到底必要な部分とは言えなかったんでしょうな。わたしのにらんだところでは、こちら側の観客が見るべき真の出来事は、机にあるチョコレートの箱にかんするなにかだったんですよ」

「どうやら」しばしの間に続いて本部長が言った。「わたしは口出ししないでおいたほうがいいな。警部、きみが話を聞いてくれ」

エリオットがブロケード織りの張り地の肘掛け椅子を指すと、イングラム教授は大人しく座った。

「さて、教授。この実験の本当の目的は誰にも気づかれることなくチョコレートに毒を入れる方法を提示することだと、ミスター・チェズニーはあなたに話したのですか?」

「いや。だが、そうほのめかしていましたね」

「いつですか?」

「実験が始まる直前に。わたしはその件で彼を非難しました。〝その件で彼を非難しました〟か。あなたたち警察の言いそうなことだ。茶番めいていますね」イングラム教授が軽くかぶりを振ると、無邪気なところが消えて鋭さが表れた。「よろしいですか、警部。夕食のとき、マーカスがあれほど急に寸劇を見せたいと言いだしたので、なにかおかしいとピンときましたよ。その話題はさり気なくもちだされ、みなで意見をかわし、結果的に彼が実験を提案して挑戦する形になったように見えます。ですが、彼は最初からそのつもりだったんだ。わたしたちが夕食の席につく前から計画していたんです。わたしにはわかりました。エメット青年は誰も自分を見ていないと思うときはいつもにやついていましたし」

「それで、どうされましたか、教授?」

「だからですよ! 実験を遅い時間まで先延ばしにするのに反対したわけです。食後に三時間近くも退屈に過ごし、マーカスがもったいぶって始める気になるまで待つなんて。虚栄心というのは神聖なるものでしょうからね、尊重はしてあげたいですが、三時間待ちはやりすぎだと思ったものですから。わたしは本人にずばり訊ねました。〝目的はなんだね? なにかあるに決まっているだろう〟と。彼はわたしにだけ打ち明けました。〝注意して観察しろ。そうすれば、ミセス・テリーの店でチョコレートに毒を入れた方法を目撃するはずだが、あんたは見抜けないことに賭けてもいいね〟」

「ミスター・チェズニーには仮説があったということですか？」

「そうらしいですね」

「あなたたち全員の前で、その仮説を証明するつもりだったと？」

「おそらく」

「では」エリオットはさり気なく訊ねた。「ミスター・チェズニーには毒殺者として疑っている人がいたのですか」

イングラム教授はさっと顔をあげた。その目は不安で暗く翳《かげ》っていた。これだけ愛想のよい顔にふさわしい表現かどうかはさておき、不安に取り憑かれているように見えると言ってもよさそうだ。

「そんな印象を受けましたよ」教授は認める。

「ですが、それが誰かは言わなかったのですね。ヒントのたぐいもなし？」

「そうなんです。教えてしまうと、寸劇が台無しになったでしょうからな」

「では、ミスター・チェズニーは毒殺者が誰か知っていたから、犯人に殺されたのだとお考えですか？」

「まあそうですね」イングラム教授は身じろぎした。「お訊ねしたい、警部。あなたは知性の人ですか？　理解力を備えた人ですかね？」彼は単刀直入に言う。「これはまた唐突でしたかね。こんなことを訊ねたわけを説明させてください。我らがよき友のボストウィックには失礼ですが、この事件の扱いについてはここまでのところ、彼を賞賛できるとはとても思えませんでね」

クロウ本部長の表情が険しく冷たくなった。

「警視は」本部長はのろのろとしゃべる。「職務を果たそうと最大限の努力をして――」

「ああ、そういう中身のない言葉はごめんです」イングラム教授は悪びれることもなく言った。「もちろん、彼は努力していますよ。人はみなそうするものですからね！　ですが、職務を果たそうとすることが、かならずしも真実に近づくことにはなりません。時には逆もある。マージョリー・ウィルズを陥れようという警察の企《たくら》みがあるなどとは申していませんよ、ええ、ありませんとも。ですが、友人の姪が、子供たちから顔めがけて泥団子をぶつけられる危険なしに村のハイ・ストリートも歩けないのは気の毒です。毒入りチョコレート事件を解決するために、どのような本気の努力をされてきましたかね？　解決のためにどのような捜査を？　そもそもこれはどういった性質の犯罪なんです？　犯人がミセス・テリーの店のチョコレートに毒を入れた動機は？」

教授は椅子の肘掛けをパンと叩いた。

「ボストウィック警視は」話は続く。「安直でいい加減な信念にこだわっています。頭のおかしいのがやりそうなことだと。反論できますか？　ほら、あなたたち警察は、マージョリーに対する非難を煽《あお》るため、似たような事件――なんとそっくりなことだ！――を引き合いに出すじゃありませんか。そう、クリスティアナ・エドマンズの事件ですよ」

クロウ本部長は言い返さない。

「似ている？　実際のところこれほどかけ離れたふたつの事件はありませんよ。ただ一箇所ですが重要な点が大きく違う――動機です。クリスティアナ・エドマンズはなるほど頭がおかしくなっていましたが、たいていの殺人者と同じようにそれなりの動機をもっていた。このうら若き女性は一八七一年のブライトンで、既婚の医者にぞっこんになったが、医者は相手にしなかった。そこでクリスティアナはまず医者の妻をストリキニーネで殺害しようとしたが失敗。この試みが露見し、医者の家に出入り禁止となって逆上しました。みずから主張するように自分は無罪だと示すために――町にはほかに毒殺者がいるのであり、犯人はミス・クリスティアナ・エドマンズではないと証明するため――菓子店のチョコレート・ボンボンに混ぜ物をして、人を大勢殺害するというアイデアを心に抱いたのです。さあ、よろしいですか。どこに類似性がありますか？　クリスティアナの行動に、少しでもマージョリーにもあてはまる部分がありますか？　第一、マージョリーがそのようなことをする動機は？　恋愛成就というなら逆効果だ。婚約者はソドベリー・クロスにやってきて彼女についての噂を聞き、怖気《おじけ》づいていまにも逃げそうになっているじゃありませんか」

このときのイングラム教授の様子は、頬の丸い天使が人でも殺さんばかりの表情を浮かべているとしか言いようがなくなっていた。怒りで胸を膨らませ、シャツとチョッキが擦れてカサカサいう音が一段と強調されている。ここで彼は少し声をあげて笑い、いくぶん表情が穏やかになった。

「わたしの意見などお気になさらず。質問するのは、あなたがたのほうですね」

「ミス・ウィルズは」エリオットはみなに予想外の質問をぶつけた。「以前にも婚約されたことがありますか？」

「なぜそんなことを訊かれるんですか」

「お答えください、教授」

またもやイングラムは感情の読みとれない視線をちらりと送った。「いや、わたしの知るかぎりありませんな。ウィルバー・エメットがマージョリーの婚約前も婚約後も熱烈に思いを寄せておりますがね。けれども、ウィルバーの赤い鼻や、気の毒だが総じて魅力に欠ける点は、縁組への取り柄になり得ないでしょうな。いくらマーカスが乗り気であっても。これはここだけの話にしてもらえるとありがたいですがね」

クロウ本部長が口を挟んだ。「聞いたところによるとマーカスは」淡々と言う。「求婚者になりそうな男が訪ねてくることを、片っ端から妨害していたとか」

イングラム教授はためらいながら言った。

「ある意味では、そのとおりですね。本人の言葉を借りると、発情期の猫のような騒ぎをやられては自分の静かな生活をかき乱されると。マーカスは妨害していたわけではないんですがね、ただ――」

「ふしぎに思っていたんだが」クロウ本部長が言う。「マージョリーと海外で出会ったあの青年が、マーカスの許しをあっさりもらえたのはどうしてだね？」

「その質問の真意は」教授はそっけなく切り返した。「マーカスが姪をどうしても厄介払いしたくなってきたのかという意味ですかね？」

「そんなことは言っていない」

「まあそうですけどね、友よ。どちらにしても誤解している。マーカスはハーディング青年を気に入っていたんです。あの青年には見込みがあるし、マーカスに過剰なくらいへりくだっていたのもよかったんでしょう。ですが、どうしてこんなことを話しあうのか、お訊ねしてもよろしいですか？　この世界には真実もあれば誤りもありますがね」──イングラム教授のシャツがまた鋭くカサカサいった──「マージョリーがおじ殺しになんの関係もないことは絶対ですな」

　またもや、室温が変わったように感じられた。エリオットが口を開いた。

「ミス・ウィルズご本人はこの件をどう考えているかご存じですか？」

「この件とは？」

「何者かがミスター・エメットを気絶させ、ミスター・エメットの役柄を演じ、実験中に毒入りカプセルを使ったという説です。あの人もそう考えているんでしょうか」

　イングラムは意表をつかれたように見つめ返した。「そうですよ。それこそ、もっともありそうな説明でしょう？」

「ということは何者かが、夕食後にミスター・チェズニーとミスター・エメットがこの部屋で打ち合わせた会話の内容を立ち聞きしたということになりますね？　何者かが廊下に通じるドアの外か、フランス窓の外にいたのですか？」

「なるほど」教授がつぶやく。

口元だけをかすかにほころばせ、膝に丸々とした拳をついて両肘を翼のように広げ、身を乗りだした。頭の回転の速い人間が、自分のなかで事実をすばやく確実に並べて全体図とするときになりがちのように、彼も奇妙な間の抜けた顔つきになった。続いて、ふたたび顔をほころばせた。

「なるほど」そう繰り返す。「あなたの質問をかわりに言わせてください、警部！」そして催眠術にかけるように片手を振った。「あなたの次の質問はこうです。〝九時十五分から深夜十二時までのあいだ、あなたはどこにいましたか？〟。それに〝九時十五分から深夜十二時までのあいだ、マージョリーとジョージ・ハーディングはどこにいましたか？〟。けれど、さらにこうも質問するつもりですね。〝寸劇が始まったとき、みなさんどこに座っていましたか？〟。これは重要です。〝観客のひとりが闇にまぎれてそっと抜けだし、シルクハット姿の邪悪な男を演じることは可能だったでしょうか？〟。警部の知りたいのはそこでしょう？」

クロウ本部長が眉間に皺《しわ》を寄せた。

「おっしゃるとおりです」エリオットは答える。

「まっとうな質問です」イングラム教授が我が意を得たりとばかりに言った。「こんな質問にはまっとうな答えがふさわしい。世界じゅうどこの法廷でもわたしはこう誓うことができますな。寸劇のあいだ、この部屋を離れた者はいなかった、と」

「ふむ。とても確信がおありの証言ですね？」

「当然です」

「この部屋がどれだけ暗かったかご存じのはずですが？」

「よくわかっていますとも。まず、隣の部屋で撮影照明用電球が灯っていましたから、警部が想像するほど暗くはなかったのです。それから、別の理由もあります。こちらの証明は協力が必要です。ですから、頼んでみるとしますかね」

教授が立ちあがって見世物師のようにドアにむかって合図をすると、マージョリーとジョージ・ハーディングが入ってきた。

エリオットはあらたにやってきた婚約者をじっくり観察した。

ポンペイではハーディングの後頭部しか見えなかった。こうして全身をながめて、どこかいらだちを覚えた。ジョージ・ハーディングはせいぜい二十五歳か二十六歳だ。温和で実直らしく、明朗な態度。気取ったところがなく、まるで飾り棚の置物を縫って歩く猫のように、自然に人のあいだを縫って移動する。南ヨーロッパ出身らしいかなりの男前だ。硬そうな波打つ黒髪、広い顔、並外れて表情豊かな黒い目。この色男の容姿に、快活な中の下《ちゅうげ》のパブリック・スクール的マナーを身につけたエリオットはどうも反感を覚えるのだった。この男はどこに行ってもつきあう相手として歓迎されるだろうし、本人もそれをわかっている。

そのとき、ハーディングは折れ戸のむこうのマーカス・チェズニーの遺体に目を留め、態度をがらりと変えて不安を前面に出した。

「そこのドアを閉めちゃいけませんか？」彼はそう訊ねてマージョリーの腕を取った。「だって、きみ、気になるだろ？」

マージョリーが腕を振りほどいたので、これにハーディングは驚いた。

「全然平気よ」彼女は口ではそう言ったが、まっすぐにエリオットを見つめた。

エリオットは折れ戸を閉めた。

「マージョリーからあなたがたがぼくに会いたがっていると聞きました」ハーディングは話しつづけ、愛想よく周囲を見た。そして顔を曇らせる。「お手伝いできることがあれば、なんなりとどうぞ。ぼくに言えるのは、こいつはひどい腐れ事件で——あっと、悪気はないですよ！」

（ここで、わたしたち読者はハーディングのことをかならずしもありのままの姿ではなく、エリオットの目を通じて見ている。それゆえに、このずけずけとした物言いと、それと同時にやってのけたあからさまな身振りに、エリオットが不愉快な印象を受けたことを強調するのは、公平とは言えないだろう。ハーディングに好感を覚えているクロウ本部長とボストウィック警視には、極めて真摯《しんし》な言葉に聞こえた）

エリオットは椅子を勧めた。

「あなたがミスター・ハーディングですね？」

「そのとおりです」返事をした彼は子犬のように親しげで、懸命に相手を喜ばせようとしている。「マージョリーの話では、ぼくたち全員から聞き取りしたいそうですね——可哀想なおやじさんがぼっくりいったときのことを」

「警部の望みはそれだけではないよ」イングラム教授が含み笑いをした。「この人は疑っているんだ、きみかマージョリーかわたしが――」

「お静かに、教授」エリオットはぴしゃりと言い、ほかの者たちに顔をむけた。「どうぞお座りください」居心地の悪さが部屋じゅうに広がる。「そうなのです、供述調書を作りたいので、いくつかさらに質問をさせていただきたい。その答えのほうがどんな供述よりも価値があるかもしれません。ミスター・チェズニーが寸劇についての質問表を準備していたことをご存じでしたか？」

少しの間に続いて答えたのはマージョリーだった。

「ええ、もちろん。さっきもそうお話ししたけれど」

「これから、詳しい質問をしたら正確に答えてもらうことができますか？」

「できますけど、いいですか」ハーディングが言った。「もっといい方法がありますよ、なにが起こったか知りたければ。ぼくが録画しています」

「カラーフィルムで？」

ハーディングがまばたきをした。

「カラー？　まさか、違いますよ！　定番のモノトーンです。室内の撮影でカラーフィルムを、とくにあのランプの光で使えば――」

「でしたら、残念ながらわたしたちの抱えている問題を解決する役には立ちません」エリオットが口を挟む。「ところで、撮影されたフィルムはいまどこに?」

「騒ぎになったとき、あそこのラジオ蓄音機のなかにカメラケースごと突っこみましたよ」

話の腰を折られて拍子抜けしたのか、失望した様子だ。エリオットは蓄音機に近づき蓋を開けた。緑のフェルトで覆われた蓄音機の盤面に、垂れ蓋がひらいてカメラが覗く革のカメラケースが置いてある。エリオットの背後で三人の目撃者がぎこちなく椅子に座っていたが、みんなのこちらを見る姿が、蓄音機の上の壁にかけられた額縁のガラス面に映っている。ガラス面には、クロウ本部長がとまどって何事か訊ねたいような視線をボストウィック警視にむけているのも見えた。

「質問表はここにあります」エリオットは手帳を取りだして説明した。「わたしがお訊ねするよりも、こちらの質問のほうがいい。あきらかに、このリストは重要な点をいくつか隠すよう計画されていたのです――」

「重要な点ってなんです?」マージョリーがすばやく訊ねた。

「それを見つけたいのです。ここにある質問をみなさんに順番にお訊ねします。みなさんには、できるだけ詳しく答えていただきたい」

イングラム教授がごくかすかに眉をあげた。

「警部、わたしたちがすでに口裏を合わせているとは思われないので?」

「そうしたことはなさらないでくださいね、教授。それに、そんなことをされたとも思っていません。ドクター・チェズニーから、あなたたちの話すことはそれぞれ食いちがっていると伺っております。いまになってそれを撤回されても、わたしは気づきますよ。では始めましょうか。みなさん、ここにある質問に対して自信をもって、絶対正確に答えられると本気でお考えですか？」

「ああ」イングラム教授が自信たっぷりにほほえむ。

「ええ！」マージョリーが熱っぽく言う。

「どうかなあ」ハーディングが言った。「寸劇の細かい点に注意するより、全体をフレームに入れて録画するように集中していたから。でも、そうだな、ぼくも答えられますよ。職業柄、注意力はあるので――」

「お仕事はなにをされているのですか、ミスター・ハーディング」

「化学分野の研究者ですけど」ハーディングは言い訳めいたぶっきらぼうな口調になった。

「でも、それは気になさらないでください。さっさと始めましょう」

エリオットは蓄音機の蓋を閉じ、その上に手帳を広げた。さながら指揮者が指揮棒を振りあげたか、乗り物の車輪がまわりはじめたか、幕があがって照明が強まったかといった風情《ふぜい》だ。この質問表には真実に通じる手がかりがすべてであるとエリオットは全身全霊で感じていた――自分自身に答えのもつ意味だけではなく、質問の意味も正しく把握するだけの才覚があればだが。

「第一の質問です」彼がそう言うと、回答者たちが身構えて椅子を引く鋭い音が響いた。

7　食いちがう証言

「第一の質問です。〃机に箱があったか？　あったのならば、どのようなものか述べよ〃。ミス・ウィルズ、いかがですか？」

マージョリーの柔らかなくちびるがきつく結ばれた。エリオットにむけられたままの視線には怒りが滲《にじ》んでいる。

「あなたが重要だと言われるのなら、答えますけど。でも、ちょっと気味が悪くないかしら？　ここに座ってゲームみたいにおじさんのことを質問するなんて――」彼女は閉じられた折れ戸を見やってから、顔をそむけた。

「重要ですよ、ミス・ウィルズ。〃机に箱があったか？　あったのならば、どのようなものか述べよ〃」

「もちろん、机には箱がありました。マーカスおじさんの右側、こちらのほうに。ヘンリーズのチョコレート・キャラメル・ボンボンの二ポンド入りの箱よ。座っていたからラベルは見えなかったけれど、絶対です。箱が鮮やかな緑の花柄だったから」

ジョージ・ハーディングが首を巡らせ、彼女を見やった。

「あり得ないよ」

「なにがあり得ないのよ?」

「花の色さ。そのチョコレートのことは知らないけれど、二ポンド入りの箱で花柄だったのは賛成するよ。でも花は鮮やかな緑じゃなかった。暗い青さ。絶対に青だ」

マージョリーの表情は揺るがなかった。尊大さと優雅さの見本のような態度で婚約者に顔をむける。「わたしの可愛い人」彼女は小声で話しかけた。「今夜はあなたにいらいらさせられたり、悲鳴をあげたくなったりしなくても、ひどい夜になっているの。だからやめて。あの花は緑だった。男はいつも緑と青を間違う。やめてやめて、もううんざり。今夜はやめて」

「あれ、そうかい。きみがそう言うなら——」ハーディングは反省と立腹が混ざった表情だ。

「いや、やっぱり違うよ!」彼は飛びあがって言いたした。「本当のことを言わないとならないんだろ。あの花は青だった。暗い青だよ。それに——」

「いいこと、わたしの可愛い人——」

「ちょっとすみません」エリオットが鋭く割って入った。「イングラム教授が解決できるかもしれません。どうですか、教授? どちらが正しいのですか?」

「ふたりとも正しい」イングラムがむっちりした脚をゆったりと組んで答えた。「その結果として、同時にふたりとも間違いでもある」

「でも、ふたりとも間違いってことはあり得ないですよ!」ハーディングが反論する。

「あり得ると思うよ」イングラム教授が穏やかに切り返し、エリオットに顔をむけた。「警部、わたしはありのままの真実を語っているんだ。いま説明することもできるが、できれば後まわしにしたいね。あとの質問のひとつが、わたしの言いたいことを説明してくれるだろうから」

エリオットはさっとあごをあげた。

「あとの質問がどのような内容か、どうしておわかりになるんですか、教授?」

広がった沈黙が部屋を這いまわって四隅までをも満たすように感じられた。閉じられた折れ戸越しに事務室の置き時計がチクタクいう音が聞こえそうな気がしてくる。

「知らないですよ、もちろん」イングラム教授が淡々と返事をする。「リストのあとのほうにそうした質問があるはずだと予想しているだけです」

「以前にこのリストを見たことはないのですね、教授?」

「ありませんよ。警部、堪忍ですから、いまのところはこのような些細なことで絡むのはやめてくれませんかな。わたしは古つわものであり、昔からのいたずら者でもあり、年季の入った見世物師といった者ですよ。この実験程度のトリックは古い手口です。わたし自身、大学の講義で数え切れないほど披露してきましたからね。勝手知ったるものです。ですが、わたしがそうした手口に騙されないからといって、警部を騙そうとしているなどと誤解しないでいただきたい。リストの先までご覧になれば、なにが言いたいのかおわかりになるはずです」

「緑だった」マージョリーが閉じかけた目を天井の隅へむけている。「緑と言ったら、緑だった。とにかく、次に行きましょう」

エリオットは鉛筆を手にした。

「では第二の質問。〝わたしが机から取りあげた品々はなんだったか? その順番は?〟。ミスター・チェズニーがまず腰を下ろしたときですね。机から取りあげた品々はどのようなもので、どのような順番でしたか？　ミス・ウィルズ、いかがです？」

マージョリーは即座に言った。

「わたしもう、お話ししたわ。おじさんは腰を下ろして鉛筆を取りあげ、デスクマットの上で書くふりをして、また机にもどした。それから万年筆を取りあげ、書くふりをした。これも机にもどしたすぐあとに、シルクハットのあれが現れた」

「あなたはいかがですか、ミスター・ハーディング？」

「ええ、それが本当のことです」ハーディングが認めた。「とにかく最初の部分は。マーカスさんは鉛筆を取りあげ――青っぽいか黒っぽい鉛筆です――また机にもどした。でも、二番目に取りあげたのは万年筆ではなかったですよ。別の鉛筆です。色は同じに見えたけれど、最初のほど長くなかった」

またもやマージョリーが首を巡らせた。「ジョージ」まったく口調を変えずにそう言う。「わざとやってるの、わたしを悩ませるために？　お願い、わたし知りたい。わたしが言うことにひとつ残らず反対しないとだめなの？」続いて彼女は叫んだ。「絶対に万年筆だった。小さなペン先と反対側の端が見えたから。色は青か黒。小さなものだった。お願いだから反対しないで――」

「まあ、きみがそんなふうに言うなら」ハーディングがどこか傷つきながらも傲慢な口調で言い、訴えかける目つきで彼女を見やると、エリオットにとって大変おもしろくないことに、マージョリーの表情が変わって自信が揺らいだ。エリオットの目から見ると、これはパリス・ボルドーネの《恋人たち》の絵そのものだった。ハーディングの少年めいた魅力が、知性はあっても恋に夢中の女に対して猛威を振るい、抵抗しがたくするのだ。

「ごめんなさい」マージョリーは譲歩した。「でもやっぱり、万年筆だった」

「鉛筆だよ」

「いかがです、イングラム教授。万年筆ですか、鉛筆ですか？」

「当然ながら」教授が答える。「どちらでもなかった」

「またかい！」クロウ本部長が突然本音を剝きだしにした。

イングラム教授が片手をあげて制した。

「おわかりになりませんかね？」教授が問いかける。「この寸劇はトリックと罠の塊だと、そろそろ納得されてもいい頃ですよ。それ以外の可能性がありますか」ややいらついている口調だ。「マーカスはきみたちによくある罠を仕掛けただけだが、きみたちはそれに引っかかった。まずだね――きみたちが正しく説明したように――彼は通常の鉛筆を手にして、それで書くふりをした。これできみたちに印象を植えつけたわけだ。続いて万年筆でも鉛筆でもないもの――ただし、大きさと形状が鉛筆とたいして違わないもの――を手にして、それで書くふりをした。きみたちはすぐさま心理的幻覚の影響を受け、見ているものが万年筆か鉛筆だと思った。もちろん、どちらでもなかったというのに」

「では、なんだったのですか？」エリオットは訊ねた。

「わからないね」

「ですが――」

イングラム教授の悪意なき目がきらめいた。「落ち着いて、警部。どうどう、とまれ！」若干この場にそぐわない口調でそう言った。「罠がどこに仕掛けられているか教えることは保証しました。どこが間違っているか指摘することも。けれど、マーカスがなにを手にしたか教えることは保証しませんでした。それに正直言って、わたしにもわかりません」

「ですが、描写することもできませんか？」

「ある程度まではできますよ」教授はかなりいらだっている様子だ。「万年筆のようなものでしたが、もっと細くて小さなものでした。色は濃い青だったと思います。マーカスはいささか手に取りづらそうにしていましたね」

「なるほど、教授。それにしても、いったいどんな品物だったのでしょうね？」

「わからない。気になって仕方がありませんよ。それは――いや、待て！」ここでイングラムは椅子の肘掛けをぐっと摑み、飛びあがろうとする自分を押しとどめるような仕草をした。それから安堵のような表情をぱっと顔に浮かべた。フーッと息を吐くように緊張を解き、一同を見やった。「わかりました。なんだったかわかりましたよ」

「と言われると？」

「吹き矢でした」

「なんですって？」

「たしか」教授は巨大な障害物を乗り越えたかのように語った。「大学の自然史博物館にありました。長さは三インチ足らず、細い木切れで作られた黒っぽくて先の尖ったものです。南アメリカ、マレー半島、ボルネオといった地方のものですね。わたしの地理にかんする知識はいつもごちゃまぜになってしまうのですが」

エリオットはマージョリーを見つめた。「このお宅に吹き矢はありますか、ミス・ウィルズ?」

「いえ、ありません。とにかく、わたしの知るかぎりでは」

クロウ本部長が関心を示して割りこみ、イングラム教授に質問した。「つまり、毒矢ということかね?」

「いやいや、毒矢とはかぎりません。ほら、これがほのめかしひとつで、人がどこまでも想像力だけで突っ走るという好例ではないですか。誰ひとりとして実際に見たものがなんだったか正確に覚えていないというのに。誰かが矢に毒が塗ってあったのを見たなどと言いだした瞬間に、冷静な話し合いは吹き飛んでしまう。落ち着きましょう!」イングラムはそう言って深呼吸をすると、両手を広げてみせた。「わたしはただ、〝吹き矢のようなもの〟を見たと言っただけです。よろしいですね? さあ、質問を続けてください」

ジョージ・ハーディングがうなずいて同意した。「そうですね」教授をながめる好奇心に満ちたその表情を認めて、エリオットは意外に感じた。けれどその感情もたちどころに消えてしまい、どういう意味だったか解釈する暇もなかったが。「これ以上こだわっていても、たいして実りがないですよ。質問をどんどん続けましょう」

　エリオットはためらった。吹き矢というあらたな意見には納得できず、徹底的に追及したいところだ。しかし、それは後まわしにできる。

「次の質問は」彼はリストを見つめた。「フランス窓からやってきた、ぐるぐる巻きの男の登場を指したものと思われます。ですが、お好きなように解釈してください。〝何時だったか？〟」

「深夜十二時」マージョリーがすぐさま答えた。

「深夜十二時頃」ジョージ・ハーディングもそう認めた。

「厳密に正確に言えば」イングラム教授が両手のひらを合わせた。「深夜十二時のきっかり一分前でした」

　ここで教授は問いかけるように間を置き、期待されていると思われる質問をエリオットは口にした。

「そうですか、教授。ここでわたしから独自の質問をよろしいでしょうか。深夜十二時のきっかり一分前というのは、どうやってわかったのですか。ご自分の時計か、それとも事務室のマントルピースにある置き時計ですか？　現在あの置き時計が正確な時刻を指しているのはわかっています。けれど、寸劇のあいだもそうだったと言い切れますか？」

　イングラム教授がそっけなくしゃべった。

「その疑問はわたしの頭にも浮かんだ。マーカスが時計をいじって間違った時間をわたしたちに見せたかもしれないとな。あとでわたしたちが悔しがるように。だが、わたしはフェアプレーを主張するよ」ふたたびいらだった表情になった。「時間をいじるようなトリックはこの寸劇のルールから外れたことだ。これは観察力テストだったのだからね。マーカスは照明を消すよう命じたから、その後のわたしたちは自分の時計を見ることはできなかった。それゆえ、判断材料として彼が置き時計を与えたのであれば、時間を見る方法はその時計だけだった。わたしはこれをお約束と見なしますよ。さまざまな事柄の起こった時刻をあの置き時計をもとにお教えできます。ただし、そもそも正確な時刻だったかどうかは断言できません」

マージョリーが口を挟む。

「あら、わたしには断言できるわ。あの置き時計は正確だったと」

荒々しさと驚きととまどいが滲んだ口調だった。こんな意見だけは出ないと思っていたか、どれだけ苦労しても誰かを納得させられないという絶望感からだろう。

「正確だったと知っているんですもの」彼女はそう告げた。「あっ、でも、観察力がどうのじゃないの。観察力だなんて！　わたしには証明できるからよ、単純に。もちろん時計は正確だった。でも、だからといってなにか違いがあるかしら」

「大きな違いがあるかもしれないね」クロウ本部長が言う。「ここにいなかった者のアリバイについては」

「ジョー・チェズニー」イングラム教授がつぶやいてから口笛を吹いた。「これは失礼」彼は堅苦しく言いたした。

先ほど一瞬のほほえみで全員の心を捉えたように、今度は、どうやら口が滑ったことで全員の心を捉えた。辞書は〝ほのめかし〟をどう定義しているかエリオットは考えた。ほかにどう書いてあるとしても、静かな水面をかき乱すという意味はあるはずだ。

「ジョーおじさん？」マージョリーが大声をあげた。「おじさんがどうしたの？」

「質問を続けてください」教授がうながし、マージョリーを安心させるようにほほえんだ。

エリオットは手早くメモを取ってから、質問のテンポをあげることにした。

「検討はあとでまとめてすることにしましょう。質問にはできるだけ手短に答えてください。次です。〝フランス窓から入ってきた人物の身長は？〟」

「六フィート」マージョリーがたちどころに答えた。「とにかく、ウィルバーと同じ身長。みんなウィルバーの身長はどれだけか知ってるわ。同じ身長よ、ウィルバーとそれにジョーおじ――」彼女は口をつぐんだ。

「六フィートぐらいだった」ハーディングが少し考えてから口をひらいた。「ひょっとしたら、もう少し高かったかもしれませんが、それはあの途方もない帽子のせいでそう思うんだろうな」

イングラム教授は咳払いをした。

「これほど」彼は言った。「癪《しゃく》に障るものはないとわかっているのだがね、こうして論点に反対ばかりするのは――」

外見は穏やかなのだが、教授は内心いらだちが爆発しそうになっていることはあきらかだった。ほのめかしは周囲の水面も同じようにかき乱した。マージョリーの瞳がカッと燃えた。

「もう、我慢できない！　まさか、背が低くて太った人だったなんて言うんじゃないでしょう？」

「言わないよ、きみ。さあ、落ち着いて」イングラム教授はエリオットに視線をむけた。「警部、答えはこうです。フランス窓から入ってきた人物は身長五フィート九インチほどでした――言ってみれば、ミスター・ハーディングかわたし自身とほぼ同じ身長の。あるいは――この点にご注意ください――長いレインコートで膝を曲げたのを隠して少し背が低く見えるように歩く六フィートの男でした。どちらにしても、彼の身長はざっと五フィート九インチです」

沈黙が続いた。

元軍人らしい外見を崩させているべっ甲縁の眼鏡をかけたクロウ本部長は、額を拭いた。彼は封筒の裏にずっとメモを取っていた。

「いいかね――」そう切りだした。

「なんでしょう？」

「訊きたいのだがね」本部長は無理もないことに、怒っていた。「肚《はら》を割って話したいのだが、なんだ、その答えは？　男は五フィート九インチかもしれないし、六フィートかもしれないとは。いいか、イングラム。関係者全員になにか印象を植えつけようとしているのは、むしろあんただと思えてならん。誰かに反論する余地があれば、かならず反論しているじゃないか。ここまでのまとめを知りたいかね？」

「ぜひ」

「あんたたち全員の意見が合ったのは、机に二ポンド入りのチョコレートの箱がひとつあったこと、マーカスが手にしたふたつの品のうち、最初のものは鉛筆だったこと。だが、そのほかはどうだ。わたしは自分で質問を書いてみた」

本部長が封筒を突きだすと、イングラム教授が受けとって目を通し、以下の注目すべき内容を全員にまわした。

チョコレートの箱は何色だったか？

ミス・ウィルズ――緑。

ミスター・ハーディング――青。

イングラム教授――両方。

チェズニーが手にした第二の品はなんだったか？

ミス・ウィルズ――万年筆。

ミスター・ハーディング――鉛筆。

イングラム教授――吹き矢。

何時だったか？

ミス・ウィルズ――深夜十二時。

ミスター・ハーディング――深夜十二時頃。
イングラム教授――十一時五十九分。

帽子の男の身長は？
ミス・ウィルズ――六フィート。
ミスター・ハーディング――六フィートぐらい。
イングラム教授――五フィート九インチ。

「一致していると見なしてよさそうなのは」クロウ本部長が話を続けた。「時間だけだ。しかし、そもそも時計が正しいかどうかあやしいのだから、まったくの間違いである可能性がもっとも高い」

イングラム教授は立ちあがった。

「なにをおっしゃりたいのか理解できませんよ、本部長。こうした実験に慣れた証人として実際に起こったことを話すよう、あなたはわたしに求めたはずだ。食いちがいは予想されていたでしょうし、それを見つけたいはずです。それなのにどうしたことか、わたしが異なる見方を指摘すると怒ってらっしゃるようだ」

「あんたの言いたいことはよくわかっているさ」クロウ本部長が反論しながら封筒を教授にむかって振る。「だが、チョコレートの箱の件はどうだね？　箱は緑でもあり、青でもあるだと。

しかし、両方正解であるはずもないのに、あんたはそうだと主張しているんだぞ。本当のところを教えてやろう」――ここでエリオットもボストウィックも必死になって合図を送ったにもかかわらず、本部長は警察らしい慎重さを放り投げた――「隣の部屋にある箱は青だ。青い花柄だ。そしてほかに机に置かれているのは平らな鉛筆が一本だけだぞ。第二の品物らしいものは影も形もない。万年筆も、別の鉛筆も、吹き矢も。チョコレートの青い箱がひとつに、鉛筆が一本、それだけだ。この点について意見を聞かせてもらってもいいかね?」

イングラム教授はふたたび腰を下ろし、皮肉な笑みを浮かべた。

「わずかでも機会がいただけさえしたら、すぐさま説明しますが」

「わかった、わかったよ」クロウ本部長はぶつぶつ言うと、勢いをつけてお辞儀でもするように両手をあげた。「自分の思うとおりにやって、好きなときに説明するがいい。わたしは引き下がろう。続けてくれ、警部。差し出口をしてすまなかった。こいつはきみの舞台だ」

数分ののちには、エリオットは証人の意見の食いちがいはもうなさそうだと感じるようになった。次のふたつの質問とその次の半分については、ほぼ一致していると言える返事だったのだ。これらの質問はフランス窓からやってきた悪鬼についてのもので、〝その人物の衣装を述べよ〟、〝その人物は右手になにをもっていたか? その品を述べよ〟、〝その人物の行動を述べよ〟だった。

このことから、グロテスクな替え玉の姿が全員に強烈な印象を残したことが浮き彫りになった。シルクハットから茶色のウールのマフラー、サングラス、レインコート、黒いズボンにイブニング・シューズまで、ひとつも詳細を見逃した者はいない。三人ともこの訪問者が右手にもっていた〝医学博士、R・H・ネモ〟と書かれた黒い鞄のことを正確に描写した。細部であたらしくわかったことは、男がはめていた手袋がゴム製だったということだけだ。

こうして意見が一致を見ると、それはそれでエリオットは気になったし、とまどいもした。しかしそれも、証人は誰もが衣装をじっくり観察する機会があったと思いだすまでだった。ネモの身の回りの品は黒い鞄も含めてほとんどが事務室の窓の外に放り捨ててあった。証人たちは寸劇のあいだにそれを目撃しただけではなかった。その後、ウィルバー・エメットを探したときにも見たのだ。

とはいえ、彼らは訪問者の舞台での行動で見逃しているものはなかった。黒ずくめのネモが白い光を浴びて巨大な影を浮かびあがらせ、硬く動く様子が悪夢の如く彼らの心のスクリーンに広がっているようだ。証人たちはこの男の登場シーンについて述べた。ジョージ・ハーディングが観客席で迂闊《うかつ》に野次を飛ばしたため、ネモが振り返って彼らのほうを見た。それから観客席に背をむけ、机に鞄を置いた。続いて机の右へ移動し、ポケットから薬ケースを取りだし、カプセル一個を出すと、それを――

だが、ヒントはいったいどこにある？

それこそがエリオットの知りたいことだ。もう質問表も終わりに近いというのに、ここまでのところ、手がかりになりそうなものがまったくない。なるほど、証人のあいだに意見の相違はあるが、それがなにか役に立つだろうか？

「時間も遅くなってきました」彼はそう告げた。「ですから、この質問の続きを終わらせてしまいましょう。〝机からなにか取りあげたか?〟」

三人がほぼ同時に声をあげた。

「いいえ」とマージョリー。

「いいえ」これはジョージ・ハーディング。

「はい」イングラム教授はこう言った。

これに続く騒ぎにおいて、ハーディングはきっぱりした口調で語った。「警部、男はなにも取りあげなかったと誓ってもいいですよ。机には一度もふれなかった。彼は——」

「もちろん、取りあげてないわ」マージョリーも言う。「それに、なにを取りあげることができたというの? なくなっていそうなのは万年筆——それか鉛筆か吹き矢とあなたたちふたりが呼んでいるものだけど、シルクハットの男は取ってないもの。マーカスおじさんは目の前のデスクマットにそれを置いた。そして男はデスクマットには近づきもしなかった。それなのに、なにを取りあげることができたと?」

イングラム教授はわざと間を置いた。この頃にはかすかに笑顔になっていたようだ。

「それこそ、わたしがきみたちにずっと伝えようとしてきたことだよ。はっきり言いましょうか。男は緑の花柄のヘンリーズのチョコレート・キャラメル・ボンボンを取りあげ、青い花柄のヘンリーズのチョコレート・ペパーミント・ボンボンをかわりに置いた。いまそこにある箱を。ありのままの真実が知りたかったんだろう。これが真実ですよ。男がどうやったのかは訊かないでくれ！　彼が黒い鞄を机に置いたとき、その場所は緑の箱の前だった。鞄をふたたびもって部屋をあとにしたとき、机の箱は青になっていた。再度念を押すが、どうやってすり替えたかは訊かないでくれたまえ。わたしは奇術師ではないですからね。だが、醜悪な毒混入の問題に対する答えは、そのささやかな行動に含まれていると思うよ。あとはその点をよくよく考えるようお勧めしよう。それから、クロウ本部長はわたしの正気や善意をいささか疑っておられたが、その疑念はいくらかは取り除かれたものと信じているよ。では、今宵《こよい》、また腹をたてたくなる前に煙草を一本吸わせてくれないかね？」

8　トリックの箱

イングラム教授が煙草を吸ったかどうか、エリオットが知ることはなかった。すり替えの早《はや》業《わざ》トリックの真相が突然思い浮かんだからだ。

「失礼、すぐにもどります」彼はそう言い残し、ピアノを迂回してフランス窓から外に出た。

念の為に厚手のベルベットのカーテンを閉めた。家と幽霊のようにぼんやりした黄色の栗の木に挟まれた狭い芝生の通路は、先ほどより寒く、さらに暗くなっていた。撮影照明用電球は消されており、通常の電球が事務室で灯っているだけだ。草木も眠る深夜の冷気が生身の肉と骨に染みるようだ。どこかでかすかにベルが鳴っている気もしたが、そちらには注意をむけなかった。事務室の窓の外に放り投げてあるドクター・ネモの身の回りの品に集中していたからだ。

あの黒い肩掛け鞄——

ここでようやく、かすかに見覚えがあった理由がわかった。医師の往診鞄より大型だが形はそっくり同じ、とはいえ、通常の旅行鞄ほど大きなものではない。スコットランド・ヤードの犯罪博物館《ブラック・ミュージアム》にこうした鞄の展示があった。

エリオットは帽子とレインコートの近くに置かれた鞄の隣に膝をついた。エナメル革であたらしいものらしい。横手にドクター・ネモの名前がかなり雑に刷り込み文字で描かれている。ハンカチを使って鞄を開けた。なかには二ポンド入りのヘンリーズのチョコレート・キャラメル・ボンボンが入っていた。鮮やかな緑の花柄のデザインだ。

「思ったとおりだ」彼は声に出して言った。

この鞄は〈万引きの友〉だ。エリオットは手に取って底を見た。もともとは奇術ショーで使用されていたもので、このからくりが百貨店、宝石店といった貴重品をさらして展示する店を狙う輩《やから》に転用されてきた。

この一見なんでもない鞄を手に店に入る。どこかよそをながめながら、さり気なく鞄をカウンターに置く。だが、じつは盗みたい品物の上に鞄を置くのだ。底には奇術用の〝バネ式装置〟が仕込まれていて、下にあるものを鞄にすばやく取りこむ。あとは——怪しまれるような動きをいっさいせずに——鞄を手にして店を去るだけだ。

ドクター・ネモが悠々とおこなったことがあきらかになった。事務室に入り、机に鞄を置きながら、観客に背をむけておく。バネ式底の鞄は緑の箱の前ではなく、その上に置いたのだ。この鞄ならば、比較的小型で軽いチョコレートの箱より重いものにでも使えたはずだ。レインコートの深さのあるポケットには、チョコレート・ペパーミント・ボンボンの青い箱が入っていたのだろう。鞄を置こうと身をかがめたときか、それとも鞄をもちあげようとふたたび身をかがめたときかに、自分の身体を盾にして青い箱を鞄の奥へそっと出す。すでに奇抜な衣装に目を奪われて慌てていた観客たちの前ならば、たいした技術は必要なかったに違いない。しかも、すべてをマーカス・チェズニーが手伝っていた。マーカス・チェズニーの指示で、観客がどこに視線をむけようと騙してやろうというマーカス・チェズニーの計画の一部として……

だが、この事実は今回の殺人事件の、それに菓子店事件の解決にどう絡んでくる？　ミセス・テリーの店でチョコレートの箱がひとつ丸ごとすり替えられたということだろうか？

「おい！」ある声が囁《ささや》いた。

エリオットは飛びあがった。しゃがれてはいるが鋭い囁き声が、頭の真上から聞こえたのだ。顔をあげると、ドクター・ジョゼフ・チェズニーの顔が二階の窓から彼を見おろしていた。かなり身を乗りだしていて、巨体が洗濯袋のように転がってこないかと心配になるほどだ。

「下の者たちはみんな聞こえないのか？」ドクター・ジョーがなおも囁く。「ドアの呼び鈴がずっと鳴っているじゃないか。どうして誰も出ない？　もう五分も鳴りつづけているぞ。まったく、なんでもかんでも、おれひとりじゃできないからな。患者を診ているんだから――」

エリオットは我に返った。もちろん、警察医と写真係と指紋係だ。はるばる十二マイル離れた場所から呼ぶしかなかった者たち。

「それから――おい！」ドクター・ジョーが怒鳴った。

「なんでしょう？」

「マージョリーをこっちに寄越《よこ》してくれないか？　エメットがあの娘を呼んでいる」

エリオットはすばやく顔をあげた。「意識がもどったんですか？　話を聞けますか？」

ゆるい袖をぶらぶらさせながら毛深い拳がエリオットにむけて振られた。下から照らされたドクター・ジョーの赤毛のあごひげはメフィストフェレスめいて見える。

「いいや、あんた。意識は取りもどしておらんよ。あんたが考えているような意味ではな。それに今夜は彼には会えない。明日も、ひょっとしたら何週間経っても、何カ月経っても、何年経っても。わかったか？　とにかくマージョリーを寄越してくれ。メイドたちでは役に立たん。ひとりはものを落としてばかり、もうひとりはベッドに潜って隠れてる。ああ、またか勘弁しろ――！」

頭は引っこめられた。

のろのろとエリオットはドクター・ネモの身の回りの品を集めた。遠くのベルの音はとまっていた。夜のしじまに凍《い》てつくような風が強くなり、落ち葉が舞った。大地から秋の芳醇《ほうじゅん》な香りと枯れ葉の朽ちるにおいが立ちのぼる。そのとき、執拗な風のせいか扉がひらいたのだろうか、別のもっと甘い香りが漂ってきた。かすかだが家じゅうに広がるようなにおい。そのとき、エリオットは思いだした。すぐ近く、暗闇のなかに半エーカーに及ぶ温室があるのだった。七月から十一月にかけて熟す桃の香りだ。そしてアーモンドも桃の仲間。ビター・アーモンドのにおいはベルガード館に取り憑いている。

ドクター・ネモの品々を事務室に運ぶと、廊下に面したドアがひらき、ボストウィック警視が新顔をふたり連れてきて、ドクター・ウエストとマシューズ刑事部長だと紹介した。彼らに続いてクロウ本部長もやってきた。マシューズが指紋係と写真係にいつもどおりの指示を与え、ドクター・ウエストがマーカス・チェズニーの遺体に身をかがめた。

クロウ本部長がエリオットを見やる。

「さて、警部？　なぜあれほど慌てて飛びだしていったんだね？　なにを見つけた？」

「チョコレートの箱をすり替えた方法を見つけました」そう言ってエリオットは説明した。

本部長は感心したようだ。「鮮やかだな」彼は認めた。「まったくもって鮮やかな手口だ。だがね――マーカスはそのような仕掛けのある鞄をどこで見つけたんだ？」

「ロンドンの手品用品の店で売っているところがありますよ」

「というと、彼はわざわざ買い求めたと？」

「そのようです」

クロウ本部長は鞄を調べた。「つまり」彼は考えこんだ。「マーカスはこの寸劇をやろうとしばらく前から計画していたということだ。なあ、警部」――鞄を思い切り蹴飛ばしたい衝動と闘っているらしい――「捜査を進めるほどに、このけしからん寸劇の重要性が深まっていくようだ。そして手がかりにはならなくなっているように思える。捜査はどこまで進んでいる？　どれだけの情報を手にできたのか？　待てよ！　マーカスのリストにはまだ質問があるのかね？」

「ええ。あと三つあります」

「では、それもやっつけてしまおう」本部長は閉まっている折れ戸に厳しい視線をむけた。「だがその前に、このたわけた事件でわたしがとくに気になっている点にきみが気づいているか訊きたい」

「どういった点でしょう？」

クロウ本部長は姿勢を正した。告発でもするように、骨ばった手首と人差し指を突きだす。「あの置き時計にはいんちきなところがある」そう言い切った。

ふたりは時計を見つめた。ドクター・ウエストが遺体を調べるために、白くまばゆい撮影照明用電球を灯していた。時計の白い盤面が真鍮《しんちゅう》の装飾と大理石の枠にかこまれて、マントルピースからふたりを嘲《あざけ》るように見つめ返していた。時刻は一時四十分。

「もうこんな時間か！　わたしはうちに帰ろう」クロウ本部長が突然そう言いだした。「だが、とにかく――あれを見てくれないか。マーカスは時計をいじってはいないだと？　寸劇の前にそれは可能だったはずだ。それに、きみは覚えているかな、寸劇が終わったとき、彼は折れ戸を閉めて、音楽室には入っていないことを。イングラムが折れ戸をノックしてカーテンコールのために出てくるよう言うまで姿を見せなかった。そのあいだに、時計を正確な時刻にもどせたんじゃないかね？」

エリオットはそうだろうかと思った。

「可能だったとは思います。ミスター・チェズニーがそうしたければ」

「もちろん、可能だったさ。簡単なことだ」クロウ本部長はマントルピースに近づき、死者の椅子のうしろへまわりこんだ。時計の端を軽く叩いていき、裏側がこちらをむくようにした。「ふたつの部品が見えるかね？　ひとつはゼンマイを動かす巻き鍵。もうひとつはねじって針の位置を変え、時刻合わせをするための小さなピンの頭だ――おやっ！」

本部長はさらに身をかがめて見つめたので、エリオットも同じようにした。たしかに、時計の裏側には小さな真鍮の巻き鍵があった。だが、もうひとつのピンというか棒芯というようなものがあるべき場所は、ちっぽけな丸い穴でしかなかった。

「折れています」エリオットは言った。「そして時計の外ケースの内側に入りこんでいますね」

さらに覗きこんだ。ごく小さなその穴から、ちっぽけな光るネジが見え、やや薄汚れた時計の金属の裏面には穴のまわりにあたらしいひっかき傷がついていた。

「最近壊れたものです」エリオットは説明した。「それでミス・ウィルズは時計は正確だと言われたんでしょう。おわかりですか、本部長。時計職人が修理するまでは、やろうとしたって、針の位置は誰にも変えられません」

クロウ本部長は時計を見つめた。

「馬鹿なことを。簡単にできる。こうやって――」

本部長はふたたび時計の表をこちらにむけた。盤面を保護する扉式の丸いガラスを開け、両方の針を摑んだ。

「こうするだけで」本部長は話を続けながら針を動かそうとする。「簡単に動かせる――」

「気をつけてくださいよ、本部長！」エリオットは声をかけた。

さすがのクロウ本部長も手を離した。負けを認めたのだ。左右に動かない。あまりに繊細な金属の針は、無理にどちらかに押そうとすれば、曲がるか、折れるかするだけだ。極めて明白だ、針の位置は一秒たりとも動かすことはできなかった。エリオットはあとずさった。思わず口元がゆるんできた。時計の針は嘲るように動きつづけ、針を盤面に留める金属のネジがウインクをしてきて、チクタクと時を刻む音が心の奥底にある笑いのツボをくすぐったようで、本部長の顔にむかっていまにも吹きだしそうになった。実に象徴的じゃないか。自分が見ているのは推理小説作家の悪夢だ――絶対にいじれない時計。

「この件はここまでですね」

「ここまでじゃない」クロウ本部長が言う。

「ですが、本部長――」

「この時計にはいんちきなところがある」誓いでも立てるように、ゆっくりと意識して言葉を強調しながら本部長は言い張った。「どこがいんちきかわからないことは認める。だが、そう長くはかからずに証明されるはずだよ」

このとき撮影照明用電球が一瞬、強烈に煙たい閃光をあげて、ふいに焼き切れた。全員が驚き、隅にある緑のシェードのランプだけではぐっと薄暗くなったように感じられた。だが、ドクター・ウエストはすでに確認を終えていた。鼻眼鏡をつけた年配の彼は疲れた様子だった。

「どういったことを訊きたいですか？」医師はクロウ本部長に言った。

「そうだな、死因は？」

「青酸、もしくはシアン化物の一種ですね。朝になったら検死をおこないまして、結果をお知らせします」

「シアン化物の一種？　ジョー・チェズニーは青酸だと断言していたが」

ドクター・ウエストは申し訳なさそうな表情になった。「本部長が考えてらっしゃるのは、シアン化カリウム、つまり青酸カリでしょう。青酸由来のシアン化物結晶の仲間です。わたしもその毒がもっとも有名であることには同意しますよ」

「無知で申し訳ないが」クロウ本部長が言う。「別件でストリキニーネについては文献をあったことがあるんだが、この毒については詳しくなくてね。仮に何者かがマーカスを青酸、あるいはそのシアン化物の仲間とやらで殺害したとしよう。どこで手に入るものかね？　入手するにはどうすればいい？」

「メモをもっています」医師はそう言い、のんびり急ぐとしか言いようのない手つきでポケットを探った。ささやかな満足感にあふれた口調で語った。「青酸を使った毒殺事件に遭遇することはあまり多くないですからね。とてもめずらしいものです。だから、同じ毒を使ったビリー・オーエンズ事件のときにメモしておいたので、持参したほうがいいと思いましてね」

彼はやはり得意気に話を続けた。

「いわゆる青酸《HCN》、常温で液体のものは門外漢にはほぼ入手不可能です。その一方で、まともな化学者であれば無害な、つまり、毒物とは見なされない物質から簡単に作ることができます。結晶の青酸カリにはさまざまな用途がある。ご存じのように写真の現像で使用します。また、果物の木の殺虫剤として使われることがあって――」

「果物の木か」クロウ本部長がつぶやく。

「電気メッキにも使用されます。それから殺虫管にも――」

「殺虫管とはなんだね」

「昆虫学で使われるものです」医師が説明を続ける。「蝶を捕まえるのです。苦痛を与えない殺虫管には青酸カリが五パーセント含まれており、剝製店で購入できます。もちろん、あれこれ手続きが必要でして、購入者は毒物販売名簿に署名せねばなりませんが」

エリオットは口を挟んだ。「ひとつ伺ってもよろしいですか、ドクター？　桃の種に青酸が含まれているというのは本当ですか」

「ああ、本当だよ」ドクター・ウエストが額を擦りながら言った。

「普通の桃の種をつぶしてゆでると、誰でも青酸を抽出できますか？」

「前にも同じことを訊かれたな」ドクター・ウエストがさらに額を強くこすって言った。「たしかに理論的には可能だ。だが、桃の種から致死量を抽出するには、およそ五千六百個の種が必要だろうね。それではとても実用的とは言えない」

沈黙に続いて、ボストウィック警視が重々しい声で言った。「だが、毒はどこからか現れた」そう指摘した。

「そのとおりだ。今回は出処《でどころ》を突きとめるぞ」本部長が言う。「ストリキニーネでは失敗したが、青酸では失敗しない。イングランドじゅうの毒物販売名簿にあたるしかなくてもだ。これはきみの仕事だぞ、警視。だが、ものはついでだ、ドクター——大きな緑のカプセルのことは知っているかね、ほら、ひまし油カプセルの」

「それがどうしました?」

「緑のカプセルに青酸を入れるとしよう。どうやって入れる? 皮下注射器を使うかね?」

ドクター・ウエストはしばし考えこんだ。「そうですね、それが有効でしょう。量を入れすぎさえしなければ、ゼラチンとオイルが青酸をしっかり包むはずです。それからにおいと味もごまかせる。青酸が十分の九グレインで致死量です。もちろん、薬局で販売している青酸カリの毒性はもっと低い。けれど、二グレインか三グレインで致死量になると申し上げてよさそうです」

「死亡するまでに時間はどのくらいかかるかね?」

「摂取した量がわかりませんとなんとも」ドクター・ウエストがすまなそうに言う。「通常であれば、十秒以内に症状が出たと考えてよいでしょう。ですが、この場合はゼラチンが溶ける時間を考慮に入れなければなりませんし、ひまし油が毒の吸収を遅らせたでしょう。となると、症状が強く現れるまでに二分はかかったと言えそうです。あとはすべて、摂取した量次第ですね。すぐに完全な虚脱状態となったでしょう。ですが、死亡となると三分のうちでも、三十分のうちでもあり得ます」

「わたしたちの手に入れた情報と一致する」クロウ本部長が言い、怒ったような口調で続けた。「とにかく、警部、むこうにもどって連中に質問を続けてくれ」そして閉じられた折れ戸にむかってうんざりして首を振ってみせた。「そして連中が見たものは本当にひまし油のカプセルだったのかはっきりさせてくれ。そいつもなにかのペテンだった可能性もある。猿芝居についてもすっかり聞きだすんだ。そうすれば、少しは全貌が見えるかもしれないからな」

エリオットはひとりで仕事ができる機会を嬉しく思いながら、音楽室へもどり、扉を閉めた。三組の目が彼に注がれた。

「今夜はもう長くはお引きとめしません」彼は穏やかにそう告げた。「けれど、よろしければ、リストの残りの質問を片づけてしまいませんか――」

イングラム教授がエリオットをしげしげとながめた。「少しいいかな。あなたのほうで片づけてもらえることがありそうですが。わたしの言ったように、チョコレートの箱が本当にすり替えられたとわかったのかね？　その点をはっきりさせてほしい」

エリオットはためらった。「ええ、教授。そう申し上げて構わないかと」

「ほう！」イングラム教授は大得意で有頂天になった。椅子にもたれ、マージョリーとジョージ・ハーディングから穿鑿《せんさく》するように見つめられている。「そうであればいいと願っていた。では、すでに解決に近づいていたんだ」

マージョリーが口をひらこうとしたが、エリオットはチャンスを与えなかった。

「ミスター・チェズニーの八番目の質問は、シルクハットの男についてのものです。〝その人物はわたしになにを飲みこませたか？　わたしがそれを飲みこむのにかかった時間は？〟。みなさんすでに同意されたように、それはひまし油のカプセルでしたか？」

「そうよ」マージョリーが答えた。「飲みこむのは二、三秒かかった」

「たしかに、ひまし油のカプセルのように見えました」イングラム教授は少々慎重に言った。「飲むのに苦労していましたな」

「ぼくはそのカプセルのことは知りません」ハーディングが言った。顔面は蒼白で落ち着きがなく、ためらっているようだ。エリオットはそのことをふしぎに思った。「ぼくは、あれがブドウだと思ったんですよ。緑のブドウです。だから、どうして喉につまらせないのかと思った。でも、ふたりともカプセルだと見分けたのならば、いいですよ、ぼくも賛成します」

　エリオットは矛先を切り替えた。「その点はあとで確認しましょう。さあ、とても重要な質問です。〝その人物が部屋にいた時間は何分か？〟」

　重々しい口調で問いかけると、イングラムの顔にはあからさまな皮肉めいた表情が浮かび、マージョリーはためらった。

「いまの質問には罠が仕掛けてあるの？　部屋にいた時間というのは、男がフランス窓から入ってきて、また出ていくまでということ？　絶対に長い時間じゃなかった。二分ね」

「二分半」とハーディング。

「彼が部屋にいたのは」イングラム教授が言う。「きっかり三十秒です。昔から繰り返されてきたことで、代わり映えしないのはうんざりしますが、人は時間をあまりにも長く見積もる傾向にあります。実際、ネモは危険な真似などしなかったのです。勘違いしているかもしれませんが、彼を観察する時間などほぼなかった。警部、よろしければ、寸劇中の時系列を説明いたしましょう。マーカスの動きも合わせて。いかがですか?」

エリオットがうなずくと、イングラム教授は目を閉じた。

「マーカスが折れ戸を閉め、わたしがこの音楽室の照明を消したときから始めましょう。消灯してから二十秒ほどの間があり、マーカスは折れ戸を開けて寸劇を始めました。マーカスが折れ戸を開けた時刻からネモが登場した時刻までは、たっぷり四十秒ありました。つまりネモが現れるまで一分あったわけです。ネモの出演は三十秒で終わりました。彼が部屋をあとにしてから、マーカスはさらに三十秒椅子に座り、前のめりになって死んだふりをした。彼は立ちあがり、ふたたび折れ戸を閉めた。わたしは照明をつけるのに、いささか苦労しました。いつもドアの反対側を手さぐりしてしまうのでね。さらに二十秒かかったでしょうか。ですが、寸劇全体は、明かりを消してからふたたび明るくなるまで、わずか二分二十秒の出来事でした」

マージョリーは怪しむ表情になり、ハーディングは肩をすくめた。ふたりとも反論しないが、共同戦線を張っているという雰囲気だ。ふたりとも顔色が悪く疲れている。マージョリーは少し震えているし、目が緊張していた。今夜はあまりにもストレスが大きいのだ。

「では、最後の質問です。〝ひとり、あるいは複数の者はなにを話したか?　その内容は?〟」

「質問が最後になって嬉しい」マージョリーが喉をごくりといわせて言う。「それに今度だけは間違いっこないわ。シルクハットの男は一言もしゃべりませんでした」彼女はイングラム教授に挑戦するように見つめた。「それは否定しないでしょう?」

「ああ、きみ。否定しないよ」

「そしてマーカスおじさんは一度だけしゃべった。シルクハットの男が黒い鞄を机に置いて右へ歩いた直後よ。こう言ったの。〝おまえは前と同じことをやったな。ほかにどんなことをするつもりだ?〟」

ハーディングがうなずく。「そのとおりだよ。〝おまえは前と同じことをやったな。ほかにどんなことをするつもりだ?〟か、とにかくそのようなことを言ったね。言葉の正確な順番までそうだったとは誓えないけれど」

「話された言葉というのは、それだけでしたか?」エリオットは食い下がった。

「絶対に全部さ」

「反対」イングラム教授が言った。

「もう、教授ったら」マージョリーが悲鳴をあげそうになって、勢いよく立ちあがった。エリオットは彼女の柔らかな顔つき——ヴィクトリア朝の人のような静けさをたたえた顔——が変化できるのだと知って仰天し、ショックさえ受けた。「あなたの魂なんか地獄に吹き飛ばされればいいのに!」

「マージョリー!」ハーディングが叫んだ。それから咳払いをしてエリオットのほうにとまどった身振りを見せた。しかめつらをして、赤ん坊から注意を逸らそうとする大人のようだ。「そんなふうに怒ることはないよ、きみ」イングラム教授が控え目に彼女に言った。「わたしはきみを助けようとしているだけだ。わかっているだろうに」

マージョリーは態度を決めかねてしばし突っ立っていた。そこで涙を浮かべ、顔を赤らめ、それが口の端が震えていても損なわれない本物の美しさを感じさせた。

「ご、ごめんなさい」彼女は言う。

「たとえば」イングラム教授が何事もなかったかのように話を続けた。「ほかに誰もなにも言わなかったというのは、厳密には本当のことではない」教授はハーディングを見やる。「きみはしゃべったじゃないか」

「ぼくがしゃべった？」ハーディングが言う。

「そうだ。ドクター・ネモが登場したとき、きみはカメラでもっとよく捉えようと身を乗りだしてはっきりこう言った。〝ジーッ！　透明人間だ！〟。そうだったろう？」

ハーディングは硬い黒髪をなでた。「そうでした。ぼくはおもしろおかしくしようとしたんでしょうよ。でも、変だぞ！――この質問にはそういうのは入らないんじゃないかな。ステージにいる人がしゃべったことだけが含まれるんじゃないんですか？」

「それにきみ」イングラム教授はマージョリーにむかって言った。「きみもしゃべったね。囁いたというべきか。ネモがおじさんの口にひまし油カプセルを押しこみ、無理やり顔を反らせて飲ませたとき、きみは抵抗するような悲鳴をあげた。そして小声でこう言っただろう。〝やめて！　やめて！〟。大声ではなかったが、それでも聞きとれた」

「自分がしゃべったなんて、覚えてないわ」マージョリーはまばたきをして答えた。「でも、そんなの大事なことかしら」

教授の口調がぐっと気安いものになった。

「わたしはエリオット警部の次の攻撃からきみを守る準備をしているのさ。前々から警告しておきたかった。警部はわたしたち三人のうちのひとりがこの部屋をそっと抜けだし、照明が消えていた二分のあいだにきみのおじさんを殺害することができたかどうか検討している。だが、わたしはきみたちふたりを――ふたりともだ――見て、ふたりがしゃべるのを聞いたと誓える立場にある。ネモが舞台にいたあいだずっとね。ふたりともこの部屋を出ることはなかったと誓えるよ。きみたちがわたしについて同じことを誓えるのであれば、スコットランド・ヤードの圧力でも破れない三重のアリバイを提示できる。きみたちは誓えるかね？　どうだね？」

エリオットは身構えた。これから数分で事件の核心に近づくとわかった。

9　三重のアリバイ

ハーディングが立ちあがった。大きな目――エリオットに言わせると、なにかに喩えるのにあれこれ動物を思いだしてみた結果〝牛みたいな〟目――に警戒心をたたえていた。いつもの素直な表情はそのままだし、目上の者への従順さもなくなってはいなかったが、毛深い手が少しひくついていた。

「でも、ぼくは撮影していたんですよ！」彼は反論した。「ほら、シネカメラです。シネカメラの音が聞こえていなかったんですか？　だってそうじゃないですか――」

ここでハーディングは笑った。周囲の者を惹きこむ魅力たっぷりの笑い声だ。人に一緒に笑ってほしいと願っていたようだが、誰もそうしないのでむっとしたらしい。

「そういうことか」彼は言いたし、遠くを見やった。「以前、ある話を読んだことがありますよ」

「ピンときたかね？」イングラム教授が訊ねた。

「ええ」ハーディングは真剣そのものだ。「男にはアリバイがあった。それは彼がずっとタイプライターを打っていたと複数の人が証言したからだった。だが本当はその場にいなかったのに、タイプライターみたいな音を出す機械の仕掛けを使ったのですよ。たいしたペテンですよ。その場にいなくてもシネカメラを動かせるような仕掛けがあると思いますか？」

「なにを馬鹿なこと言ってるの」マージョリーはその点はまったく心配ないと言いたげに叫んだ。「わたしはあなたを見たもの。そこに座っていた。警部さん、あなたもアリバイが嘘だなんて思っているんですか？」

エリオットは苦笑いした。

「ミス・ウィルズ、わたしはなにも言っていませんよ。すべてのほのめかしをしたのは教授です。ですが、その点は考えたほうがよさそうだ。たんに」――彼は大いに同情してみせた――「疑いを晴らすという意味で。けれど、この部屋はとても暗かったのですよね？」

誰にも口を挟む隙を与えず、イングラム教授が答えた。

「おそらく二十秒はとても暗かったですね、マーカスが折れ戸を開けるまでは。その後は事務室の奥の壁に反射する撮影照明用電球の光がかなりのものでしたから、そこまで暗いとは言えませんでした。輪郭は完全にはっきり見えましたし、ここにいるふたりも同じことを言うはずですよ」

「ちょっとよろしいでしょうか、教授。あなたがたはどんなふうに座っていましたか」

イングラム教授は立ちあがり、肘掛け椅子三脚を三フィートほどの間隔を置いて丁寧に並べた。椅子は折れ戸から七、八フィート離れた場所で机にむけて置かれ、マーカス・チェズニーからはたっぷり十五フィートほどの距離になる。

「マーカスはわたしたちがここにやってくる前に、椅子を並べていたよ」イングラム教授が説明した。「わたしたちも椅子をいじらず、そのまま座った。わたしは照明にもっとも近いこの右端に」彼はその椅子の背に手を置いた。「マージョリーが中央。ハーディングがそのむこうに座った」

エリオットは位置を確認すると、続いてハーディングにむきなおった。

「でも、あなたはどうして左に座ったりしたのですか。撮影するならば中央のほうがよかったんじゃないですか？　この位置からでは、フランス窓から入ってきたネモが撮影できなかったでしょう」

ハーディングは額を拭った。

「じゃあお訊きしますけど。なにが起こるか、ぼくにどうやってわかったというんです?」彼は率直にそう聞き返した。「マーカスさんはぼくたちがなにを見ることになるのか説明しなかった。こう言っただけなんだから。〝ここに座って〟。それにあの人に口答えすべきだったなんて思わないでほしいですね、きかん坊みたいに。ぼくは言われた場所に座りました――というより、立っていたんですけどね、前かがみになって、このあたりに。だからよく見えましたよ」

「ねえ、こんなことを話しあって意味があります?」マージョリーが言う。「もちろん、彼はここにいた。撮影で前後に動いているのを見たもの。それにわたしもここにいたわ。そうよね?」

「そうだったね」イングラム教授が穏やかに同意した。「きみを感じたから」

「なんですそれ」ハーディングが言った。

イングラム教授は人の悪そうな表情になった。「彼女の存在を感じたということだよ、お若いの。彼女の息遣いが聞こえた。もしも手を伸ばせばさわれたはずだ。たしかにこの人は黒いドレスを着ているが、ご覧のように肌がとても白い。暗闇でも彼女の手と顔ははっきりと見分けられた。きみのシャツの胸元と同じように」咳払いをして教授はエリオットにむきなおった。「警部、あなたに伝えようとしているのは、このふたりのどちらも一瞬たりとも部屋を離れなかったと誓えるということです。ハーディングはつねに視界の隅にいた。マージョリーは手の届く範囲にいた。さて、きみたちも同じことをわたしのために証言してくれるかな――？」

教授は丁寧かつ熱心にマージョリーに頭を下げた。その態度は患者の脈を取る医者みたいだとエリオットは思った。集中し切った表情をしている。

「もちろん、教授も部屋にいたわ」マージョリーが大声をあげた。

「たしかですか？」エリオットは訊きなおした。

「絶対にたしかです。シャツとつるつるの頭が見えたもの」彼女はそう強調した。「それに、そうよ、全部見えた！　わたしも教授の息遣いが聞こえたし。交霊会に出たことがあって？誰かがテーブルを離れたらわかるものでしょ？」

「あなたはいかがですか、ミスター・ハーディング」

ハーディングは言いよどんだ。

「そうですね、正直言うと、たいていの時間はファインダーに目をくっつけていたのです。だから、周囲を見るチャンスはあまりありませんでした。でも、そうだ！」彼は左手を拳に握ると、視界がひらけたかのように心からほっとした表情を浮かべた。「そうか！　ちょっと待ってくださいよ、急《せ》かさないで。シルクハットの男がファインダーのなかから消えた直後、ぼくは顔をあげて、あとずさって、シネカメラのスイッチを切りました。あとずさったときに椅子にぶつかって、振り返ったんですよ」――手首をひねりながら話している――「そしてマージョリーがちゃんと見えました。目が輝いたようになっていて。科学的にはそんなわけないのですが、言いたいことはわかりますよね。もちろん、彼女はずっとそこにいた。〝やめて〟と言うのを聞きましたからね。とはいえ、姿も見えた。どちらにしても」彼のあけっぴろげな笑顔が部屋を照らした。「彼女の身長は六フィートどころか、五フィート九インチもないことはわかりきってますもんね。そんなこと考えるまでもありませんよ」

「それで、わたしのことは見たかね？」イングラム教授が訊ねた。

「えっ？」マージョリーを見つめるハーディングは言った。

「あの暗闇でわたしのことは見たかと訊ねたんだよ」

「ああ、もちろんです。あなたは身をかがめて自分の時計を見ようとしていましたよね。そこに座って」

ハーディングは一度は封印しかけた人並み外れた輝きと快活さを取りもどし、チョッキに両の親指を引っかけるポーズを取った。

だが、エリオットはますます濃くなる霧のなかで手さぐりしている気分になっていた。この事件は心理学的には泥沼だ。それでも、この人たちは本当のことを語っている、あるいは自分が本当のことを語っていると思っていることは喜んで認めよう。

「このように」イングラム教授が一席ぶった。「真に注目に値する健全な相互アリバイが成り立っています。わたしたちのひとりに、この犯罪をおこなうことは不可能でした。何がどのようになろうとその点を基盤として、警部は真相解明を形成していかねばなりませんね。もちろん、わたしたちの証言を疑うという道を選ぶこともできるでしょう。ですが、証明は簡単ではありません。再現してごらんなさい！　実際の事件のときのように、わたしたちをここに並べて座らせるんです。明かりを消して、むこうの部屋の撮影照明用電球を灯す。そうすれば、目撃されずにこの部屋を誰かが抜けだすことなど不可能だったとわかりますよ」

「残念ながら、もうひとつ撮影照明用電球がないとそれはできませんね」エリオットは言った。

「ちょうど焼き切れてしまいましたから。それに――」

「でも――！」マージョリーが抗議の声をあげたが、とまどった目つきで閉じられた折れ戸を見やって思いとどまった。

「――それに」エリオットは話を続けた。「アリバイがあるのはあなたがただけではなさそうです。ひとつお訊きしたいのですが、ミス・ウィルズ。先ほど、事務室の置き時計の時間は合っていることに確信があるとおっしゃいましたね。どうして確信があるのですか？」

「なんですって？」

エリオットは質問を繰り返した。

「時計は壊れているからです」ぼんやりしていたマージョリーは注意力を取りもどして話した。「壊れていると言っても、針を動かすなんとかという部品が折れてしまって、人の手で時刻合わせができないだけで、あれはとても正確なのよ。手に入れたときから、一秒だってずれたことがない」

イングラム教授が忍び笑いを漏らした。

「なるほど。壊れたのはいつなのですか、ミス・ウィルズ？」

「昨日の朝。パメラ――メイドのひとりです――がマーカスおじさんの事務室を掃除していて壊したんです。片手に鉄の燭台をもったまま時計のネジを巻いていて、時刻合わせのピンにぶつけちゃったのよ。マーカスおじさんはカンカンになったはず。だって事務室の掃除を許しているのは週に一度で、おじさんは仕事の経理の資料を全部あそこに置いているし、執筆中の原稿もあるんですが、それもわたしたちには絶対にさわらせないんですから。でも、そうならなかった」

「どうならなかったんですか？」

「おじさんはカンカンにならなかったんです。その反対でした。ちょうど時計が壊れたところにおじさんがやってきたから、わたしは町のシモンズの店に送って修理させましょうと言ったのよ。おじさんはじっと時計を見ていたけれど、急に大笑いした。そして、いやいや、このままにしておこうって。いじることはできないけど、正しい時刻になっていて立派に使えると言うの。八日巻きの時計で、ちょうどネジを巻き終えていましたし。それに、パメラは働き者のメイドで、年配になったご両親の自慢だろうとも言ったのよ。そんなことがあったから、わたしはよく覚えていたんです」

マーカスが時計の前で急に大笑いをしたのはどうしてだろうとエリオット警部は思った。だが、じっくり考える暇はなかった。すでにたくさん抱えている難題を限界以上に増やすかのように、クロウ本部長が廊下のドアからやってきたのだ。

「ちょっといいかね、警部？」彼は妙な声で呼びだした。

エリオットは廊下に出てドアを閉めた。広々とした廊下で、壁板は薄い色のオーク材、幅が広く一段の高さが低い階段があり、床は磨きあげられて絨毯の端が映りこんでいる。床置きのランプがひとつ灯って、階段の隣に光のプールを作り、電話台の電話を照らしていた。

クロウ本部長は見かけは穏やかな態度を続けていたが、目つきは厳しくなっていた。電話のほうにあごをしゃくった。

「ビリー・エムズワースと話をしたところだよ」

「ビリー・エムズワース？ それは誰ですか？」

「今夜、女房に赤ん坊が生まれた男さ。ジョー・チェズニーが往診した家だ。非常に遅い時間なのはわかっているが、エムズワースはまだ起きてひとりふたりの友人と祝っているだろうと思ってね。案の定そうだったから、彼と話をした。事件のことなどおくびにも出さず、祝いの言葉だけをかけて。夜中の二時にわざわざ電話をかけなくてもと思われないことは願ったが」クロウ本部長は深呼吸をした。「とにかく、事務室の時計が合っているのならば、ジョー・チェズニーには鉄壁のアリバイがある」

エリオットは無言だった。予想していたことだ。

「赤ん坊が生まれたのは十一時十五分頃だったという。その後、ジョーは腰を下ろしてエムズワースや友人たちと十二時近くまで歓談した。それぞれ自分の時計で時間を確認して、ジョーは帰ることにしたらしい。エムズワースが戸口までジョーを送ったとき、教会の鐘がちょうど十二時を鳴らしたとか。エムズワースは玄関前の階段に立って、あたらしいよき一日の夜明けについて語った。だから、ジョーが帰った時刻は証明されたことになる。エムズワースはソドベリー・クロスの反対側に住んでいる。ジョー・チェズニーが殺害の時間にここにいることは絶対に不可能だった。どう思うかね？」

「全員にアリバイがあるとだけ」エリオットはそう言って、相互アリバイについて語った。

「やれやれ」クロウ本部長がつぶやく。

「同感です」エリオットは言った。

「これはこまった」

「そうなのです」

「まったくもって弱ったものだ」クロウ本部長はかすかにうなって強調した。「人の動きがわからないほど暗くはなかったという点だが、彼らは本当のことを語っていると思うかね？」

「当然、試してみなければなりませんが」エリオットは歯切れが悪かった。「けれど、隣の部屋のあのまぶしい光があると、状況が一変することは自分でも気づきました。目撃されずにひそかに外へ抜けだすことができたほど暗かったとは正直なところ思えません。はっきり言って、本部長——彼らの言うことを信じます」

「三人が口裏を合わせているとは思わないのかね？」

「どんなことでもあり得ます。それでも*原注——」

「そうは思わないと？」

　エリオットは慎重になったが、はっきりと言った。「少なくとも、この家にいた者だけに注意をむけることはできないように思えます。もっと広い範囲を調べなければなりません。外部から侵入したディナー・ジャケット姿の幽霊の行方を追うことになりそうですね。外部の者の仕業《しわざ》でないという証拠もありませんから」

「いいことを教えよう」クロウ本部長が冷静に言った。「ボストウィックとわたしは証拠を見つけたんだ――いいかね、証拠だよ――犯人がこの家の者か、極めて近い立場にある者だと示すものを」

エリオットはまたもや、歪《ゆが》んで見える眼鏡越しに事件を見ているような、なにかが根本的におかしいという、理屈ではない感覚を味わった。本部長に階段へ案内される。どこかうしろめたそうな雰囲気だ。

「偶然だった。とにかく偶然だったんだが」本部長は形ばかり舌を鳴らしてみせた。「だが、済んでしまったことだし、その結果は上々だ。ボストウィックが二階にあがって、エメットが証言できるくらいに回復していないかたしかめようとして、浴室を念の為に覗いた。薬棚にひまし油カプセルが一箱見つかってね」

ここでどうだと言いたそうな表情になる。

「重要な発見だとはかぎりませんよ、本部長。ありふれたものですからね」

「そうとも、そうとも！　だが、いいかね。棚の奥、口内洗浄剤の隣に一オンス入りの瓶も見つけたのだ。青酸が四分の一入っていて……。びっくり仰天だろう」クロウ本部長はどこか満足そうだ。「わたしもびっくり仰天だよ。家の者には全員アリバイがあるときみが言うのだからなおさらね。しかも、それは毒性がいくぶん低い青酸カリの溶液ではなかったんだ。正真正銘の毒物、地上でもっともまわりの速い毒だよ。少なくとも、わたしたちはそうだと思っている。ドクター・ウエストが分析してくれることになっているが、いまや医師も確信しているよ。瓶にラベルがついていたからね。〈青酸：HCN〉と。ボストウィックは一目見て、自分の目が信じられなかったそうだ。瓶のコルク蓋を外したが、中身がかすかににおったときに、人生最速の動きでコルクを閉めなおしたらしい。純粋な青酸を一度深々と吸っただけで死ぬと聞いていたからだ。ドクター・ウエストもそのとおりだと言っていたよ。こいつを見てくれ」

本部長はポケットをそっと探った。口にのめりこまんばかりにコルク蓋が押しこまれたちっぽけな瓶を取りだし、無色の液体が見えるよう傾けた。糊づけされているらしいラベルには〈青酸：HCN〉とはっきりと印字してある。クロウ本部長はこれを照明のあたる電話台に置き、ケタ外れに危険な大型爆竹に火をつけたかのようにあとずさった。

「指紋はない。それにあまり近づくな」神経質にそう言いたした。「そこからでもにおいがするだろう？」

たしかにエリオットはにおいを嗅ぐことができた。

「ですが、こいつをどこで手に入れることができたんでしょう？　ドクター・ウエストの話は聞かれていますよね。純粋な青酸は門外漢にはほぼ入手不可能だと。これを手に入れることができるのは――」

「技師だ。たとえば、化学の研究者。ところで、ハーディングはできるかな？」

運がいいのか悪いのか、当のハーディングが音楽室から現れた。

エリオットが部屋をあとにしたときは、とても陽気で弾むような心持ちに見えていた。それからたいして変わっていなかったが、電話台の瓶からさほど距離がなかったから、ラベルを読んだに違いなかった。ハーディングはドア枠に片手を預け、写真でも撮られるようなポーズになった。それから背筋を伸ばし、ほほえみながら丁寧な口調で本部長に話しかけた。

「HCNですか?」そう言って瓶を指さす。

「ラベルにそう書いてあるね、お若いの」

「どこで見つけられたのか、訊いてもいいですか?」

「浴室だよ。きみが置いたのかね?」

「いいえ」

「だが、この手の品はきみが仕事で使うんじゃないのかね?」

「いいえ」ハーディングは慌てて言った。「本当に使いません」そう言いたした。「ぼくが使うのはKCN——青酸カリ——であって、そちらは大量に使います。電気メッキの研究をしていますので。本物の銀と見分けのつかない模造の銀を作るのです。しっかりしたスポンサーを手に入れてペテンに巻きこまれず市場に展開することができれば、業界に革命を起こすことができます」彼はまったく自慢気なところはなく、事実を述べているだけに見えた。「でも、HCNは使いません。ぼくの役には立ちませんから」

「ふむ、率直なのはいいことだな」クロウ本部長は少しだけ緊張を解いて言った。「それでも、HCNを作ろうと思ったら作れるんじゃないかね?」

ハーディングは次をしゃべるのにひどく集中し、すこぶるあごを震わせて言葉を振り絞ったから、もともとは話すのが苦手に生まれついたのかもしれないとエリオットは考えた。ほかにも克服したことはあるに違いない。

「もちろん、作ることはできます。誰でもできますよ」

「どういうことかね、お若いの」

「じゃあ、説明します！　HCNの製造に必要なものはなんでしょう？　フェロシアン化カリウムを手に入れてください。毒性はありません、どこででも買えます。次に緑礬油《りょくばんゆ》を手に入れます。別名の硫酸のほうが知られていますね。手近な車のバッテリーから取りだしてください。簡単ですよね。それから水を準備します。以上の三つを、無邪気な子供でもおばあちゃんの台所でまかなえる用具を使って蒸留すると、手に入ります――その瓶に入っているものが。誰でも、化学の初級の本とにらめっこすればできますよ」

クロウ本部長は落ち着かない様子でエリオットを見やった。「それだけで青酸が手に入るのかね？」

「そうです。でも、やめておいたほうがいいですよ。問題は――あのですね、本部長、間違いが起こりやすいということです。お訊ねしてもいいですか、そいつを浴室で見つけたと言われましたよね。ぼくは驚きませんよ、これだけあれこれあったら驚いてなんかいられません。でも、浴室で歯磨き粉のチューブかなにかみたいにして、そいつを無造作に手に取ったということですか？」

クロウ本部長は両手を広げた。同じことを思っていたのだ。

「この家はかびくさいですね」ハーディングは立派で広々とした廊下を見つめて言った。「見た目は素敵ですが、化学的にはどこかおかしいところがある。ぼくはよそ者ですから、それがわかります。ああでも——失礼してよければ、食事室でウイスキーを一杯やろうと思いますよ。そしてウイスキーには化学的におかしいところがないことを聖人に祈ります」

彼の足音が幽霊すら怯《ひる》ませるように、剝きだしの寄木《よせぎ》張りの床に大きく響いた。階段の隣で光のプールが揺れ、小瓶のなかでは毒のプールが揺れた。二階では脳挫傷を負った者がうめいている。一階ではふたりの警官が顔を見合わせている。

「簡単ではないな」クロウ本部長が言う。

「そうですね」エリオットも認める。

「きみには手がかりがふたつある、警部。ふたつの手堅い決定的な手がかりが。朝にはエメット青年も意識を取りもどして、なにがあったかしゃべってくれるだろう。それに撮影フィルムもあるし——午後までには現像させるよ。ソドベリー・クロスにそうした仕事をしている男がいてね——そうすれば、寸劇中になにがあったのかはっきりとわかるさ。それ以上はきみにどんな手がかりがあるかはわからない。〝きみに〟と言った点を覚えておいてくれ。わたしには別件の仕事がある。名誉にかけて約束しておくが、朝になればもう口出しはしない。これはきみの事件だ。きみが楽しんでくれることを願っているよ」

エリオットは個人的な立場からは、楽しむどころではなかった。だが警官としての立場からは、焦点は指紋のようにくっきりと目立つ一点に絞られていた。

マーカス・チェズニーの殺害は、おそらくこの家の何者かによっておこなわれた。それなのに、この家の者全員に揺るぎないアリバイがあるように見える。

ならば、殺人をおこなったのは誰なのか？

どのようにおこなわれたのか？

「なにを考えているかよくわかる」本部長が同情した。「さあ、きみらしく気高《けだか》く捜査を進めて解決してくれ。と言ってもだね、わたしには、いまここですぐに答えてもらえるならば、二十ポンドを払ってもいい質問が四つあるよ」

「どんな質問ですか、本部長？」

クロウ本部長は警官らしい威厳をかなぐり捨てた。声はわななくように甲高くなった。

「なぜチョコレートの箱は緑から青にすり替えねばならなかったか？　いまいましい時計のおかしい点はなんだ？　シルクハットの男の本当の身長は？　そしてマーカスは事件の前にもあとにも誰も見かけていない、南アメリカの吹き矢なんぞをなぜいじっていたのか？」

原注：「どんなに工夫しようとも、共謀して同じ嘘をつくという企《たくら》み以上に役立たずで憤慨したくなるものはない」かつてフェル博士はそう語った。それゆえ、この三名の証人のあいだにはいかなるたぐいの共謀もなかったことに言及しておくのが公正であろう。各人は独自の意見を語っており、このうちふたりが結託しているということもない――J・D・C

10　悩める警部

翌朝十一時にエリオット警部は車でバースに到着し、ボー・ナッシュ・ホテルの近く、ローマ風呂の入り口のむかいの区画にとめた。

バースはいつも雨だと言ったのが誰であったにしても、気品あるこの街を卑《いや》しく非難しているようなものだ。十八世紀の背の高い街並みは、見えなくなった目を列車や車にむける十八世紀の背の高い貴族の寡婦みたいに凛としている。だが正確無比に言えば、この朝はたしかにどしゃぶりだった。ひょいとかがんでホテルの入り口を通るエリオットは、誰かにすっかり気持ちを打ち明けるか、捜査を放りだしてハドリー警視に理由を説明するしかないという、ひどく落ちこんだ心持ちだった。

なるほど、昨夜はよく眠れなかった。それに今朝は八時からお決まりの聞き取りをまたもやおこなった。だが、頭のなかからウィルバー・エメットの姿——血糊が固まった髪、赤い鼻、ブツブツだらけの顔——を追いだせない。意識を混濁させて身をよじり、ひとつとして聞きとれないうわ言をつぶやいていた。それが昨夜の最後に動揺させられた光景だった。

エリオットはホテルの受付に近づき、ギディオン・フェル博士に取り次ぐよう頼んだ。

フェル博士は上階の部屋にいた。昼近い時間にもかかわらずこんなことを言わなければならないのは残念だが、博士はまだ寝起きのようなものだった。テントのように大きなフランネルの部屋着姿で朝食のテーブルを前に座り、コーヒーを飲んで葉巻を吸いながら探偵小説を読んでいた。

眼鏡は幅広の黒いリボンで留めてしっかりと鼻に載せていた。山賊風の口ひげが集中のあまりピンと立ち、頬を膨らませたりへこませたりして、深い呼吸で起きるちょっとした地震で特大の紫の花柄の部屋着を生きているように動かしながら、犯人をあてようとしている。だがエリオットがやってくると、潜水艦の下からぬっと現れる海獣のように、あやうくテーブルをひっくり返しそうな勢いで立ちあがった。大歓迎の輝きが顔じゅうから放たれ、頬は透明感のあるピンクになったので、エリオットの気持ちは上向いた。

「ホホー！」フェル博士はそう言ってぶんぶん握手した。「これはすばらしい。神に誓って、これは最高だ！　座って、座って。なにか飲みなさい。なんでも、さあ」

「ハドリー警視からこちらで博士に会えると聞きまして」

「うん、いかにも」フェル博士はそう言ってひきつるように忍び笑いを漏らすと、ドスンとふたたび椅子にもたれ、エリオットのことを目新しい現象でも見るかのようにじっくりながめた。博士の喜びが部屋全体を活気づかせた。「わしは水を飲もう。水、この言葉には無限の可能性に満ちた極上の冒険を予感させる響きがある。日が変わればまたしても大いなる海をゆく《クラース・インゲンス・イテラビムス・アエクオル》（ホラティウスの言葉より）といったところだな。だが、現実の出来栄えは詩のなかの冒険には及ばない。パイントで十杯、あるいは十五杯飲むと、酒飲み歌を披露しようという気にはめったにならんよ」

「ですが、水までそんなに飲まれるのですか、博士」

「飲み物はすべて、それだけの量を飲まんといかん」フェル博士がきっぱりと言う。「なにかを堂々とやってのけることができんのであれば、いっさいやるつもりはないよ。ところで元気にしておるかね、警部？」

エリオットは勇気を振り絞ろうとした。

「お顔を拝見してだいぶ元気になりました」正直にそう言った。

「おお」フェル博士は笑みを消してまばたきをした。「チェズニー事件のことで来たんだろう？」

「もう聞かれていますか？」

「ふっふん、そりゃね」フェル博士が鼻を鳴らした。「この客室担当の給仕は耳が悪くて呼び鈴が聞こえない。だが、とても気のいい男でね、読唇術は芸術の域に達する腕前で、今朝、すべてを話してくれた。牛乳配達人から聞いたそうだが、配達人が誰から聞いたのか正確なところは忘れてしまったよ。それにわしは――マーカス・チェズニーとは、まあ知り合いといえる関係だった」とまどった表情で、小さな艶《つや》のいい鼻の横をボリボリ掻いている。「マーカスに会ったんだよ、家族にも。半年ほど前のパーティでな。彼はわしに手紙を書いてもきた」

またもや博士はためらっている。

「家族をご存じであれば」エリオットはゆっくりと言葉を継いだ。「話は簡単になります。博士に会いにきた理由は事件のことだけじゃないんです。個人的な問題がありまして。自分がどうしてしまったのか、どうしたらいいのか、全然わからないんですが、この問題は一向に消えません。マージョリー・ウィルズをご存じですか、チェズニーの姪の」

「ああ」フェル博士は小さな鋭い目で見つめてきた。

エリオットは立ちあがった。

「彼女を好きになりました！」彼は叫んだ。

自分が変な男に成り果てたことはわかっていた。いきなり立ちあがって、この知らせを博士の顔面に皿をぶつけるかのように叫んだりするなんて。耳が燃えるように熱い。この瞬間にフェル博士から笑われたり、静かにするよう言われたりしていたら、エリオットはおそらく気難しいスコットランド低地地方の出身者の矜持を重んじて部屋をあとにしただろう。そうするしかない、そんなふうに感じていた。だが、フェル博士はうなずいただけだった。

「よくわかるとも」いささか驚いたことに、博士は全面的な同意の言葉を地響きのような声で言った。「それでどうしたんだね？」

「これまでに二回しか会ったことはありませんでした」エリオットは引き続き大声を出し、博士にすっかり話してしまおうと覚悟を決めた。「一度はポンペイでのことで、あとの一度は——ひとまずそれは気にしないでいてください。先ほども言ったように、自分がどうしてしまったのかわからないんです。彼女を美化してなんかいません。ゆうべ再会したとき、前の二回の出会いに惑わされないようにしようとしました。彼女がどうやら毒殺者かもしれないこと、調子のいい裏切り者かもしれないことも知っていました。でも、ポンペイの遺跡であの一行がいる場所に足を踏み入れたとき――博士はご存じないですが、わたしは居合わせたんです――彼女は庭のような場所に立ち、帽子は脱いでいて、両腕に陽射しを浴びていました。わたしは突っ立って彼女を見つめ、それから背をむけて出ていきました。彼女の身のこなしか、しゃべりかたか、振り返った様子か――そこになにかあるのですが、なにとは言えません。自分でもわからないんです。

わたしは一行についていって知り合いになろうという図々しさなどもちあわせていませんでしたが、それをやったらしきハーディングという男がいました。どうして自分もそうしなかったのか、わかりません。彼女がハーディングと結婚することになっているという話を聞いたからか、いやそれだけではないのです。だから博士、助けてください。まともに考えることもできないんです。ハーディングの存在を考えれば、もう自分にはツキがないのだから諦めてしまえばいいんでしょう。でも、まず彼女を好きになったこと、そんなのは馬鹿げているから頭から追いだすべきだということしか、わからないんです。こんな気持ち、博士にはご理解いただけないでしょうが」

部屋は静かになり、フェル博士のぜいぜいという息遣いと外の雨音が聞こえるだけだった。

「わしをそれほど見くびるとは」博士は重々しく言った。「その気持ちがわからんと考えるとはな。まあいい、話を続けなさい」

「ええと、でも、それで終わりなんです。この気持ちをどうしても忘れられなくて」

「まだ全部は話しておらんだろう?」

「いいでしょう、二度目に会ったときのことを知りたいんですね。あれは宿命だったんです。直感でそうなるとわかっていました。ある人に一度会い、それを忘れようとしたり、その人から逃れようとしたりしていると、角を曲がるたびにその人にばったり会ってしまうものですよ。二度目に彼女に会ったのは、つい五日前のことです。ロイヤル・アルバート埠頭近くの小さな薬局で。

あの人たちとポンペイで会ったとき、ミスター・チェズニーが帰国に使う船名と乗船の日を口にしていました。わたしは翌日に陸路でイタリアを離れ、彼らより一週間以上早く帰国しました。そして先週の木曜日、二十九日にたまたま事件の捜査でロイヤル・アルバート埠頭の近くに行ったんですよ」エリオットはいったん黙った。「わたしは博士に本当のことさえ言えないのか?」厳しい口調でそう自問する。「そうです。その日に埠頭へ行く言い訳を作りました。でも、あとのことは偶然だったはずなんです――あるいは、博士がご自分で判断してください。

その薬局の毒物販売名簿が問題になったのです。納得できる正常な量よりも薬物を多く売っているように思われまして、わたしが調べにいきました。記録を確認したい旨を伝えるとすぐに見せてくれて、店の奥の小さな調剤室でじっくり読めるよう座らせてくれました。そこは薬瓶の並ぶ壁で仕切られ、販売カウンターからは見えない場所です。わたしが記録を調べていると、客がひとりやってきました。わたしからその客は見えませんでしたし、彼女にもわたしは見えませんでした。彼女は店にはほかに誰もいないと思っていた。でも、わたしはその声だけでわかったんですよ。マージョリー・ウィルズでした。〝写真現像用に〟青酸カリを買いたいと話していました」

　ふたたびエリオットは口をつぐんだ。

　彼はボー・ナッシュ・ホテルの客室を見てはいなかった。薄暗い午後の光が入る陰気な店を見ており、この事件といえば思い出すことになるだろうかすかな薬のにおいを嗅いでいた。床には防腐剤のクレオソートが塗られていた。ずんぐりしたガラスの広口瓶の上の部分がかすかに光っている。そして影になった店のむこうに薄汚れた鏡がひとつあった。その鏡でマージョリー・ウィルズの姿が見えた。上目遣いになってカウンターに近づきながら、〝写真現像用に青酸カリを購入したい〟と告げている。

「おそらくわたしがその場にいたから、店主は購入理由や用途についてあれこれ質問を始めたんでしょう。彼女の答えからは、写真の知識はせいぜいわたしがサンスクリット語について知っている程度でしかないことが窺えました。店のむこうに鏡がありましてね。彼女はとてもとまどって、たまたまその鏡に顔をむけました。そのとき、わたしが見えたに違いありません。もっともそのときははっきり見られたとは思いませんでしたし、いまでも確信はないんです。いきなり彼女は店主をこんなふうに罵《ののし》って——いや、どんな言葉だったか気にしないでください——店から走って出ていきました」エリオットは皮肉たっぷりにつけくわえた。「いやはや楽しい仕事ですよね？」

　フェル博士は黙っている。

「あの薬剤師は曲者だと思いますが」エリオットはのろのろとしゃべった。「証拠はなにも見つかりませんでした。そのうえ、ハドリー警視はわたしに――よりによってわたしに――ソドベリー・クロス毒殺事件をまわしたんです。ありがたいことにそれまでの新聞ですべての詳細をすっかり読んではいましたが」

「断らなかったのかね？」

「ええ、博士。どちらにしても、断ることができましたか？　警視にマージョリーを知っていることを打ち明けなければ無理です」

「ううむ」

「言いたいことはわかります。博士はわたしがスコットランド・ヤードから蹴りだされるべきだと思っているんでしょう。まったくそのとおりだ」

「いやはや、それは違うよ」フェル博士が目を丸くして言った。「良心ばかりを大事にして自分を追い詰めると、いつか身を滅ぼすぞ。くだらんことを言うのはやめて、話を続けなさい」

「昨夜あの村へ車でむかいながら、ありとあらゆる逃げ道を考えました。なかにはまともじゃなさすぎて、今朝思い返したら身悶《みもだ》えしたくなったのもあるくらいです。警官のくせして、彼女に不利な証拠を徹底的に握りつぶそうかと考えました。彼女をさらって一緒に南太平洋へ逃げようかとまで考えたんです」

エリオットは黙ったが、フェル博士はいかにも同情したふうにうなずくだけで、そのような行動にももっともな理由があることをわかってくれたようだった。大いにほっとしてエリオットは話を続けた。

「警察本部長が——クロウ少佐というのですが——なにも気づいていないことを願います。でも、最初からわたしは妙な行動をしていたに違いないし、ヘマばかりしてしまっている。最悪だったのは、彼女に顔を見分けられそうになったときですよ。結果的には大丈夫だったんですが、それは彼女が薬局の鏡に映った男とわたしを結びつけていないからです。でも、彼女は前に見かけたことがあるのはわかっていて、それはどこでだったかをまだ思いだそうとしています。

あとは、先入観なしに事件を捜査して——また言い訳めいていますね？——通常の事件のように扱おうとしました。成功したかどうかはわかりませんが、今日こちらにお邪魔したということがすでになにか物語っていますね」

フェル博士は考えこんだ。「教えてくれんか。チョコレート店の殺人事件はひとまず脇に置いて、ゆうべは、あの娘さんがマーカス・チェズニーを殺害したと信じるに至る手がかりを見つけたかね？」

「いいえ！　絶対に。それどころか逆です。彼女には家ほども大きなアリバイがあります」

「だったら、わしたちはなにをまた侃々諤々《かんかんがくがく》と議論しておる？　きみはどうしてヒバリのように恋の歌をさえずっておらんのだ？」

「わからないんです、博士。それが正直な気持ちです。一気に理解するにはこの事件は、あまりに奇妙で怪しくて疑わしいところだらけなんですよ。最初から罠を詰めこんだ箱のようなものでした」

フェル博士は椅子にもたれ、何度か葉巻をふかし、一心不乱に集中していた。肩を上下させ、さらに葉巻を何度か吸って、言葉の重みを意識しているようだった。眼鏡のリボンまでもが激しく揺れている。

「きみの感情の問題を考えてみようじゃないか。いや、照れんでもいい。いっときののぼせか本物の恋かはさておき、どちらにしても、その件で質問したい。仮にだね、この女性が殺人者だとしよう。まあ待て！　仮に、と言っただろう。さて、菓子店や昨日の事件はたやすく解決できるような犯罪ではない。このわしでも解決するにはかなり集中せねばならん。ありきたりな犯罪ではない。計算ずくの異常な犯罪だよ。この犯罪をおこなった人物はキングコブラ並みの危険人物だ。よろしい。仮にこの女性が有罪だとしよう――きみはそのことを知りたいかね？」

「わかりません」

「それでも、有罪かどうか判明するにしくはないと思うね？」

「だと思います」

「よし」フェル博士はまた何度か葉巻を吸った。「では、逆から考えてみよう。仮にこの女性がまったくの無実だとしたら。いや待て、抑えこんでおった安堵の溜め息を漏らすのはまだ早い。恋はしておっても冷静にな。仮にこの女性がまったくの無実だとしたら、きみはどうする？」

「どういうことでしょうか、博士」

「きみはその人を好きになったと言ったな？」

ようやくエリオットにもどういうことかわかった。

「ああ、そんなことを訊かないでください。彼女とチャンスがあるだなんてうぬぼれてはいません。彼女がハーディングを見るときの表情を博士もご覧になるべきだ。わたしはこの目で見ました。打ち明けますよ、博士、ゆうべはハーディングに対して公平に接することが、とにかくむずかしかったんです。あいつになにも含むところはありません。ちゃんとした男のようです。ただ、わたしの受けた躾《しつけ》ではどうも引っかかるところがあって、ハーディングと話をするたびに、いらついてたまらないんですよ」

またもや耳が真っ赤になったらしく、じんじんした。

「それにいろいろな想像をしましたよ、昨夜は。自分がドラマチックにハーディングを殺人の罪で逮捕して——ええ、手錠をかけたりして——彼女がわたしを見ていて、わたしの頭は当然、浮かれたことを考えているんです。でも、感情のもつれというのはそう簡単には断ち切れません、人間らしい感情の持ち主なら。ハーディングはめくらましの燻製ニシンというやつですよ。ふたりの人間から同じ部屋で目撃されているのに、殺人なんかできません。本物の殺人犯は隣の部屋で目撃されているんですし。ハーディングが財産目当てであるのは間違いないと思いますが、この世界ではよくある運命のいたずらというやつですよね。ハーディングはイタリアでチェズニーの一行に出会うまで、ソドベリー・クロスのことなど聞いたことがなかった。だから、ハーディングのことは忘れてください。それからわたしのことはとくに」

「良心だけじゃなく」フェル博士が酷評する。「くだらん謙遜も捨ててしまいなさい。謙遜は優れた心の美徳ではあるさ。だが、恋にはこれっぽっちも役に立たん美徳だよ。まあ、そんな話は後まわしでいい。それで？」

「それで、なんでしょう？」

「いまは気分はどうだね？」フェル博士が言う。

エリオットは突然、気分がよくなっているとわかった。コーヒー一杯と煙草かなにかがほしいくらい気分がよくなっていた。意識が集中して明確になったようだ。なぜかは理解できなかったが、この客室までも色が違って見えた。

「オッホン」フェル博士が鼻の横を掻いた。「さて、どうするかね？　きみは忘れておるかもしれんが、わしは事件についてほんの概略しか知らん。そしてきみは当然ながら恋に夢中で、事件を説明しようと放った矢の大半はわしの頭上を越えていった。だが、これからどうする。きみはみずから笑い物になって、ロンドンへもどってハドリーに事の次第を説明するのか？　それとも、ふたりで事実を検討して成り行きを見てみるか？　だとしたら手伝うが」

「検討します！」エリオットは怒鳴った。「そうしましょう！」

「よろしい。では、そこに座んなさい」フェル博士はきっぱりと言った。「それからいったいなにがあったのか、どうかしっかり説明してくれ」

三十分かけてエリオットは話をした。ふたたびしっかり者となって自分を恥じることもなく、努めてごく小さな事実に集中することを心がけた。最後に、浴室の薬棚にあった青酸の小瓶の件で締めくくった。

「――以上です。ただし、あの屋敷から退散できたのは三時をまわってからでした。あの青酸とのかかわりを認める者はひとりもいなかったんです。みんな、浴室にそんなものがあるなど知らなかったと断言し、ゆうべ夕食のために着替えたときもそこになかったと言うんですよ。ウィルバー・エメットの容態もたしかめましたが、当然ながらまともに話ができるような状態ではなくて」

エリオットはあの寝室のことを鮮明に覚えていた。エメット本人と同じようにこざっぱりしているが魅力はゼロ。シーツにもつれて身をよじるひょろりとした姿、どぎつい照明、鏡台にごちゃごちゃと並んだヘアクリーム類とネクタイ。作業机には手紙の束と領収書。隣には小型の籐の旅行鞄があり、エメットはこれで注射器、小型のハサミ、医療器具を連想させる変わった品々を運んでいた。壁紙さえも黄色がかった赤い柄で、桃の図案だった。

「エメットはたくさんしゃべりましたが、聞きとれる言葉はひとつもなかったんです。ただし、たまにこう言いました。〝マージョリー！〟。そうするとみんな彼を黙らせる。このくらいです、博士。知っていることはすべてお話ししました。少しでもどういうことかわかられたでしょうか。なにがここまでおかしいのか、博士が説明してくだされればと思いますよ」

フェル博士はゆっくりと力強くうなずいた。

「できると思うよ」

11　不要な質問

「だが、説明する前に」フェル博士が葉巻をぐいと突きだしながら話を続ける。「一点、確認しておきたい。きみの話をわしがちゃんと聞きとらなかったか、それともほかの何者かがひどいしくじりをしたのか。寸劇の最後の部分だ。想像してくれ。マーカスは折れ戸をあっさり開け、寸劇は終わったと告げる。思い浮かべられるかね？」

「ええ、博士」

「イングラム教授がそこでこう言う。〝ところで、ぞっとするような風貌の仲間は誰だったんだね？〟。これに対してマーカスは答えた。〝ああ、ウィルバーしかいないだろう。計画をすっかり手伝ってくれた〟。それで合っているか？」

「はい、そのとおりです」

「この点について、ミス・ウィルズ以外からも証言を取ったかね？」博士はあくまでもこだわりを見せた。「ほかのふたりからも確認が取れたか？」

「ええ、博士」エリオットはとまどってそう答えた。「あの邸宅をあとにする直前に、証言はすっかり洗いなおしました」

フェル博士の顔色がかすかに変わった。口を開けて座り、葉巻を宙でとめた格好で、目を見ひらいて見つめてくる。地下鉄のトンネルを通る風のように、騒がしいかすれ声でつぶやいた。「おお、酒神バッカスよ！　ああ、主よ！　おお、わしの聖なる心《ハート》ならぬ聖なる帽子《ハット》よ！　そんなことはあり得ん」

「でも、どこがおかしいんですか？」

「マーカスの十の質問を取りだしてみろ」フェル博士が興奮してうながした。「見てみなさい。じっくりと、嫌になるまで。おかしなことに気づかんか？」

エリオットはフェル博士の顔とリストを交互に見て、博士がやけに熱心なのにどこがおかしいかわからず、いたたまれなくなった。「いえ、博士。気づきません。たぶん、わたしの脳みそはちゃんと動いていな――」

「動いておらんな」博士はいたってまじめにそう請けあった。「ちゃんと見ろ！　集中するんだ！　マーカスがまったく必要のない、馬鹿げてさえいる質問をしているのが、わからんのかね？」

「どの質問です？」

「第四の質問だ。〝フランス窓から入ってきた人物の身長は？〟――笑わすわ！　マーカスが念入りに準備した短い質問表の一問だぞ。ずるい質問に、引っかけの質問、観客を不意打ちする質問ばかりのはずだ。それなのに、質問を始めもしないうちに、彼はその人物が誰だったかを冷静に告げている。おかしいことがわかるかね？　きみがミス・ウィルズの言葉を引用したように、全員がウィルバー・エメットの身長は知っている。一緒に暮らしておるんだからな。

毎日会っている。だから、窓からの訪問者が誰か事前に聞けば、第四の質問を間違うことなどあり得ん。では、まだ質問さえしていないのに、マーカスが答えを盛大にぶちまけたのはなぜだ？」

エリオットはそわそわしながら毒づき、熟考を始めた。

「待ってください。この質問の引っかけはなんでしょうね、博士。もしも、エメットが指示を受けて——イングラム教授がほのめかしたように——レインコートに隠れて膝をかがめ、身長が実際より三インチ低くなるようにしていたとしたらどうですか？　だからミスター・チェズニーは観客にそのような罠を仕掛けた。あれはエメットだったと敢えて告げたとき、罠にかかってエメットの本来の身長を答えることを期待したんですよ。六フィートと。じつは、レインコートに隠れて身をかがめた男の身長は五フィート九インチしかないのに」

「可能性はある」フェル博士は眉をひそめた。「心の底から賛成しよう、きみが気づいている以上にそのささやかな寸劇は罠だらけだろうと。だが、エメットに膝を曲げさせたというのは——なあ、警部、到底信じられんよ。きみの話では、レインコートは長くて細身だったという。三インチも身長を低く見せるには、膝をかなり曲げて、舞台を狭い歩幅で引きずるように歩くしかなかったはずだ。それにだな、そんなことをすれば、ピストンみたいに膝がレインコートから出たり入ったりして妙な格好になってしまい、なにをしておるか観客にばれてしまうことは、誰が相手でも論破できそうだよ。実際は反対で、その男の身のこなしは、どこか緊張したように硬くしっかりしていたとみんな話しているようだ。不可能というものではないが、それでもな――」

「では、男はやはり五フィート九インチだったということですか？」

「ああ」フェル博士はいささかそっけなく言う。「彼が本当に六フィートだったという、驚くべき、尋常ならざる可能性はある。証人ふたりがそう言っておるんだからね。イングラム教授がふたりに反対するたびに、きみはそのまま教授を信じる。おそらくはそれも当然なんだろうが、わしたちは心して、イングラム教授を――ええとだな――巫女《みこ》だとか預言者だとか聖書の代弁者だとかのように扱う過ちに陥らんようにせんとな」

ふたたびエリオットは熟考した。

「あるいは、ミスター・チェズニーは緊張したか動揺したかして、そのつもりはないのに、エメットの名をうっかり出してしまったとか」

「考えにくい」フェル博士が言う。「エメットにすぐさま声をかけ、姿を見せないものだから怒ったと言ったろう。いいや、ないな。それは信じにくいよ、警部。奇術師は簡単にカードを床にぶちまけないし、動揺して、助手の姿を消すはずの落とし戸に観客の視線を集めるような真似もしない。マーカスはそんなヘマをするような男だとは思えんね」

「こんなふうに考えてはいけないんですが」エリオットは本心を打ち明けた。「でも、この点を話しあってなんになるんでしょう？　またひとつ謎が増えるだけだ。事件解決が少しでも進展しますか？」

「大きな進展があったろう。いまでは、ミセス・テリーの店の例のチョコレートに毒を入れた方法をマーカスがどう考えていたか、はっきりしたじゃないか？」

「いいえ、博士。はっきりなんかしてませんよ！　どんな方法ですか？」

フェル博士は椅子に座ったまま身じろぎした。悩める巨人ガルガンチュアのような表情を浮かべている。どうとでも受けとれる身振りをして、謎めいたうめき声のようなものを漏らした。

「いいかね」博士は諭すように語った。「意味もなく舌打ちし、きみに対してえらそうにして、もったいぶった巫女みたいにここに座っていることなど望んでおらんとはっきり告げておくよ。そうした気取り屋根性はわし自身が日頃から嫌っておるからな。最後の最後までそうした心根とは闘いたい。だがな、感情をかき乱されたことがきみの知性をいささか曇らせたとは主張しておこう。

さて、ミセス・テリーの店の毒入りチョコレートの問題を考えるぞ。あれはどういった事件だったか？　わしたちが受け入れるべき事実はなにか？　ひとつ――チョコレートは六月十七日の昼間のどの時点かに毒を入れられた。ふたつ――その日に店を訪れた者か、フランキー・デールを利用したミス・ウィルズが、目にも留まらぬ早業《はやわざ》で毒を入れた。十六日の夜の時点のチョコレートにはなんら問題がなかったことは確認されている。ミセス・テリーが子供の誕生会でひとつかみほどを使っているからだ。ここまでは正しい仮定かね？」

「はい」

「とんでもない、馬鹿げておる！　わしは断固否定する」博士は熱烈に話を続けた。「チョコレートは六月十七日に毒を入れられたとはかぎらない。その日に店を訪れた者が毒を入れたともかぎらない。

いいかね、きみから聞いた話によれば、犯人がカウンターの蓋のないチョコレートの箱へいかに簡単に毒入りのものをまぜたか、クロウ本部長が方法をざっと説明したな。犯人は手のひらかポケットかに、毒入りのを隠して来店する。ミセス・テリーの注意を逸らし、カウンターの箱に細工したチョコレートを落とす。そう、至極簡単だ。たしかにそんなふうにおこなわれたのかもしれん。だが、よくよく考えてみると、この事件の犯人のように頭の回転の速い者にしては、信じられないほど単純な方法じゃないかね？　この方法だとどうなる？　毒を入れたのが特定の日だとすぐに露呈し、その日、店にやってきた者たちに容疑者の範囲が絞られることになる。

きみがよければ、もっとうまい方法を提案してみよう。

カウンターの蓋のないチョコレートの箱とそっくり同じものを準備する。すり替える箱の上の層のチョコレートに毒を入れるようなとんまなことはしない。かわりに、しっかりと箱の底のほうのチョコレートに六個でも十個でも毒を入れる。ミセス・テリーの店へ行き、蓋のない箱を準備したものとすり替える。チョコレート・ボンボンに大量の需要がなければ、その日のうちに毒入りを買う者はおらんだろう。それどころか！――だいたいにおいて子供たちはチョコレート・ボンボンをたいして買いはせん。グミ菓子やキャンディのほうがずっと人気だ。同じ小遣いで量がたくさん買えるからな。そのためボンボンは誰かが毒入りの層に手を出すまで、店に一日、二日、三日、四日、ひょっとしたら一週間そのままになっているかもしれん。つまり、真犯人は毒入りチョコレートが口にされた日、店には来なかった可能性が濃厚だ。だから、ボンボンに毒が仕込まれた日がいつだったにしても、運命の六月十七日よりずっと前だったことにわしは賭けよう」

今回エリオットは声に出して悪態をついた。窓辺に歩き、雨を見つめて、振り返る。

「なるほど、ですが――ひとつ疑問があります。蓋のないチョコレートの箱を隠して歩きまわることはできないんじゃありませんか？　しかも、それを別の蓋のない箱とすり替えるんですよ？」

「できるとも。バネ式底の鞄があれば。すまんがね、このバネ式底の鞄がきみの疑問を粉砕するよ。違ったら訂正してくれ。この手の鞄は革の持ち手に仕込んだボタンで仕掛けを動かす。ボタンを押せば、鞄は下にあるものをなんでも取りこむ。もちろん逆も可能だ。鞄の底になにか入れておく。底をひらくボタンを押せば、鞄のなかにあったものを、任意の場所に置けるというわけさ」

ここでフェル博士は相手を催眠術にかけるような間を置いた。鼻を鳴らし、同情するような顔をしている。それからようやく意気込んで話を再開した。

「そうだよ、きみ。それが現にあったことではないかな。そうでなければ、寸劇にバネ式底の鞄が現れて絡んでくる意味がない。きみの言うように、犯人は蓋のない箱をすり替えることなどできんかったろう。すり替えるときにこぼれたりせんよう、しっかりと入れておける容器がなければ。つまり、〈万引きの友〉さ。

犯人は毒入りボンボンを仕込んだ箱を鞄の底に隠してミセス・テリーの店にやってきた。店主の注意を逸らした隙に、カウンターにその箱を置く。続いて、もとから店にあった箱の上に鞄をかぶせ、見られることもなく底に取りこむ。毒入りの箱をもとの箱の位置へ動かす。むかいの煙草販売カウンターで五十本入りのプレイヤーズでもゴールデン・フレークでも用意できるまでのあいだの時間があればいい。マーカス・チェズニーはその手口に気づいた。箱がどうすり替えられたか実演するために、ロンドンから似たようなバネ式底の鞄を取り寄せた。そしてゆうべ、同じトリックを演じた――だが、誰もそれに気づかなかったのさ」

エリオットはこれに続く沈黙のなかで深々と息を吸った。

「ありがとうございます」彼はまじめな口調で言った。

「なんと言った？」

「ありがとうございますと言ったんです」エリオットはにやりとしながら繰り返した。「博士はわたしの分別をまともにもどしてくれましたよ。尻を蹴りあげてくれたと言ったほうがいいかもしれませんが」

「こりゃどうも、警部」フェル博士はほのかに嬉しそうに言った。

「それでもやはり、いまのご説明はわたしたちをますますこまった立場へ追いこむことに気づいてらっしゃいますか？　わたしはいまの説を信じていますよ。あらゆる状況にもっとも合致する手口だと思います。でも、そうなるとわたしたちが握っていた数少ない事実をひっくり返すことになる。チョコレートに毒が入れられたのがいつかさえも、わからなくなったんですよ。

犯行日がおそらく、警察が四カ月近くも捜査の目をむけていた日ではないということ以外は」

「前提をひっくり返してしまってすまんの」フェル博士は力強く、だが、申し訳なさそうに額をなでた。「しかし——なにを言っとる！　きみもわしのようにひねくれて考えられれば、鮭缶に忍び寄る猫のようにこうなるのは避けられんとわかるはずさ。それにだな、ますますこまった立場に追いこまれたとは思わんよ。それどころか、まっすぐ真相に導いてくれるはずだ」

「どのようにですか？」

「教えてくれ、警部。きみは村のような、とにかく狭い近所づきあいのなかで育ったかね？」

「いえ、博士。そうとは言えません。グラスゴー育ちですから」

「ははあ。だが、わしはそうした場所で育ったんだよ」フェル博士が大いに愉快そうに言う。

「では、わしたちの考えた現状を整理してみよう。犯人はなんの変哲もないちょっとした肩掛け鞄をもって店にやってくる。犯人はミセス・テリーと面識がある人間だと仮定しておく。そう仮定しておかねばならん。小さな村の店主、とくにミセス・テリーのように繁盛している店の、飽くことを知らない健全で本能的ともいえる好奇心を目にしたことはないかね？　そうした肩掛け鞄をもって店に入ったとする。きっと〝お出かけですか、ミスター・エリオット？〟あるいは〝ウェストンに行かれるんですか、ミスター・エリオット？〟と訊かれるか、口に出して質問しなくてもそのように考えられることだろう。きみが肩掛け鞄をもっている光景がめずらしい場合は。いつもきみがもっているものじゃないからだ。その記憶はミセス・テリーの脳裏に焼きつくだろう。チョコレート殺人事件の前の週に、小型の旅行鞄のようなものをもって店にやってきた者がいれば、ミセス・テリーはおそらく覚えているはずだ」

　エリオットはうなずいた。だが、もう一歩踏むべき段階があり、もうひとつ探らねばならないことがあると感じていた。フェル博士が途方もない集中力を込めて見ているからだ。

「あるいは――？」博士は先をうながした。

「わかりました」エリオットはつぶやいて、雨に打たれる窓を見やった。「あるいは、犯人はその手の鞄を常時もちあるいており、ミセス・テリーにとってはあまりに見慣れた光景で、深く考えることさえなかった人物だったか」

「まああ筋の通った仮説だ」博士は鼻を鳴らして言った。

「つまり、ドクター・ジョゼフ・チェズニーということですか？」

「たぶんな。ああいった鞄だかケースだかをいつももちあるいているのがほかにいるかね？」

「ほかにはウィルバー・エメットだけですね。小型の籐の旅行鞄のようなものをもっていますよ。お話ししたように、彼の部屋で見ました」

　フェル博士は首を振る。

「ウィルバー・エメットだけ。ウィルバー・エメットだけと言うか。おお、アテネの執行官よ！　革の鞄を手品用品の店の仕掛けでバネ底式の鞄に変えられるのであれば、同じ仕掛けが籐の旅行鞄に使えん理由があるか？　クロウ本部長とボストウィック警視が先入観から解き放たれれば、かならずエメットに目をむけるであろうことはあきらかじゃないか？　きみから聞いた話から考えるに、イングラム教授はすでにそうしているんじゃないかと思うよ。ベルガード館にわしたちが鼻を突っこんだとたん、その仮説で歓迎してくれるだろう。罠にはくれぐれも注意しなければ。ともあれ、現在わかっている証拠をもとにすると、有罪でありそうな人物はウィルバー・エメットだけだと請けあえるな。わしの推理を聞きたいかね?」

12　鏡のなかの再会

　エリオットはたまに思うことがあった、フェル博士は、前夜にウイスキーを飲み過ぎた朝に会話をするには悪い相手だと。博士の思考はあまりにすばやく動いてそこらの角を曲がって窓辺に直行するので、こちらの心の目が追いつけない。バタバタ動く羽、次々に繰りだされるホラ話に意識をむけていると、なにが起こったのかまともに気づく間もなく、論理の体系が構築されている。そしてそのときは完全に筋が通った話だと信じられるのだが、あとになるとそれがどんなものだったかなかなか思いだせないということになる。

「ちょっと待ってください、博士!」エリオットは懇願した。「前もこんなふうに飛躍されたそうじゃないですか、そのうえ――」

「いや、きみこそわしの話をしっかり聞いてくれ」博士は熱を込めて語る。「わしが校長としてキャリアを始めたことは覚えておるだろう。子供たちは隙さえあれば、風変わりな話をわしに聞かせようとした。流暢《りゅうちょう》で、説得力も冴えもあって、中央刑事裁判所《オールド・ベイリー》であれに肩を並べる話はついぞ聞いたことがない。だから不公平かもしれんが、警察に対してわしは最初から分《ぶ》がよかった。嘘つきの常習犯を相手にする経験が豊富なんだよ。というわけでな、きみがエメットの無実をあまりにも従順に受け入れていると感じたんだ。

もちろん、それはきみへ押しつけられた印象だった。ミス・ウィルズによって、きみが自分で考える間もなく。どうか怒らないでくれたまえ。この押しつけはおそらく無意識だったんだ。しかし、結果どうなった？　きみはこう言うじゃないか、〝あの家の全員にアリバイがありました〟と――だが、それは本当のことじゃない。できるものなら、エメットにどんなアリバイがあるのか説明してくれ」

「ええと」エリオットはうろたえた。

「実際は誰もエメットをまったく見ておらん。そばにあった火かき棒で殴られ、意識をなくして木の下に横たわっているのが見つかった。誰かがすぐさま言う。〝ずいぶん長いこと、ここに横たわっていたことははっきりしている〟と。だが、彼がどのくらいの時間そこに横たわっていたか断言できる医学的な証拠があるか？　そんなものがあったかね？　解剖して死亡推定時刻を割りだすのとはわけが違う。十秒前かもしれんし、二、三分前かもしれんだろう。検察官ならば、二重のはったりと呼ぶやつさ」

エリオットは反省した。「たしかに博士、思い込みをしていました。その仮説に従うと、シルクハットの男は結局エメットだったことになる。彼は自分自身の役柄を演じた。ただし、ミスター・チェズニーに毒入りカプセルを飲ませましたが。続いて、自分の頭を叩き割ることにした——犯行不可能だったように見せるため、みずからを傷つけるのは昔からよくあることだ。自分がドクター・ネモではあり得ないと見せるためにも」

「まさにそのとおりだ。それからどう考える？」

「ほかの誰よりも、彼は簡単に計画を実行できたでしょう」エリオットは推理した。「身代わりなんか考えなくていい。衣装を着たり脱いだりしなくてもいい。ゆっくりと自分自身の役柄を演じさえしたらよかったんです。無害なカプセルと青酸入りのカプセルをすり替えるだけでいい。細部まですべて知っていたんですから。詳細を把握していたのは、エメットだけでした。彼は——」考えれば考えるほど、これが真相に違いないという思いは深まっていった。「ただ博士、問題はわたしがエメットについてなにも知らないということです。話をしたことがありません。エメットとは何者か？　どういった人物なのか？　これまでエメットを疑う声は誰からもまったく聞いていません。ミスター・チェズニーを殺害して彼にどんな利益があるというんでしょう」

「それに」フェル博士が訊ねる。「子供たちにストリキニーネをばらまいて、彼にどんな利益がある？」

「となると、やはり心神喪失説に逆戻りですか？」

「どうかねえ。だが、ちょうどいい機会だから、動機をもう少し考えてみるといい。ウィルバー・エメットについては——」フェル博士は顔を曇らせ、葉巻をもみ消した。「マーカスと会ったのと同じパーティで会ったよ。背が高く、黒っぽい髪、赤い鼻の男で、声や身のこなしはハムレットの父親の幽霊みたいだったな。こそこそと歩き、単調な声でしゃべった。膝に氷をこぼしておったな。〝惨《みじ》めなウィルバー君〟を絵に描いたようでな。ところで、服装は――決まりきったものだったかね？　シルクハットにレインコートは？　服のサイズはエメットしか着られないものだったか？」

　エリオットは手帳を取りだした。

「シルクハットのサイズは七。マーカス・チェズニーのおさがりです。レインコートはエメットのもので、通常の男性用のLサイズでした。レインコートについては、スーツのように細かいサイズ設定がありません。ゴム手袋はウールワースで六ペンスの品、レインコートの右ポケットのなかでたくみに丸めてあるのをわたしが見つけました――」

「ほほう！」

「ここにあれこれサイズの記録があります。ボストウィック警視がわたしのために測ってくれたんです。エメットは身長六フィート。体重は十一ストーン八ポンド（約七十三・五キロ）。帽子のサイズは七。ドクター・ジョゼフ・チェズニーは身長五フィート十一と二分の一インチ。体重は十三ストーン。帽子のサイズは七。ジョージ・ハーディングは身長五フィート九インチ。体重は十一ストーン。帽子のサイズは六と八分の七。イングラム教授は身長五フィート八インチ。体重は十二ストーン二ポンド。帽子は七と四分の一。マージョリー・ウィルズは身長五フィート二インチ。体重は七ストーン八ポンド――ですが、彼女は容疑者から外れるなどということを、博士はわざわざ聞きたくないでしょうね」エリオットは極めて揺るぎない満足感を抱いていた。「彼女以外の誰でもあの衣装を違和感を抱かせずに着こなすことはできたでしょう。ただし、エメットを除けば全員に確固たるアリバイがあります。現時点では多くを語ることはできませんが、目下のところ、犯人はエメットのようです。でも、動機はなんでしょう」

フェル博士は興味津々でエリオットを見つめていた。エリオットはずっとあとになって、この表情を思いだすことになる。

「我らが心理学教授の友人ならば」博士が断言した。「疑いなく、支配欲に負けたのだと言うね。毒殺者にはよく見られる不満の種だよ。ジェガード（フランスの連続毒殺メイド）、ツヴァンツィガー（ドイツの連続毒殺メイド。別名シェーンレーベン）、ファン・デル・リンデン（オランダの連続毒殺主婦）、クリーム（スコットランド出身の連続毒殺医師）、あげればきりがない。それにエメットはミス・ウィルズに対する〝希望なき情熱〟とでもいうものに取り憑かれているそうじゃないか。よこしまな暗い考えかたというのは、いくらでもおかしなふうに発展するものさ。そうは言っても」――ここで博士はぐっとエリオットをにらんだ――「エメットがやはり別の役割を象徴している可能性はある。それは身代わりの山羊《やぎ》だ」

「身代わりの山羊？」

「そうだよ。バネ式底の鞄と菓子店の殺人者には別の解釈ができるからだが、わかるかね？」

博士は考えこんだ。「警部、おもしろいことに、一八七一年のクリスティアナ・エドマンズ事件との類似性がいくつもあげられているな。あの事件には教訓があるとわしは常々思っていてね」

的に刺さるダーツのように疑念がふたたびエリオットを貫いた。

「それはつまり、博士――」

「うん？」物思いにふけっていたフェル博士は心《しん》からはっと我に返った。「違う違う！　わしはきみに勘違いさせたようだ」博士は慌てた身振りで、話題を変えたがっているようだ。「さて、今度はきみの仮説で捜査を進めよう。どうしようか？　次はなにをする？」

「撮影フィルムを調べましょう」エリオットは告げた。「博士もいらしてくださるならば。クロウ本部長に聞いたのですが、ソドベリー・クロスの薬剤師が素人映画作りに熱心で、自分で現像もやるそうなんです。クロウ本部長が夜中の三時十五分に薬剤師を叩き起こして、今日の昼食時までにフィルムを見られるようにする約束を取りつけました。薬剤師は店の二階に自前の映写機をもっているそうですし、クロウ本部長は彼を信頼できる男だと言っています。午後一時に店に集合し、フィルムを見ることになっているんですよ。よかった！」エリオットは荒荒しく叫び、拳を振った。「これでわたしたちの問題は解決するでしょう。本当はなにがあったのか、はっきりとごまかしなく見ることができます！　知りたいことをすべて！　あまりに好都合で、これが現実だなんて信じられないくらいですよ。もしもフィルムに不具合があったらどうしましょう？　もしも現像ができなかったら？　もしも――」

一時間後には人生最大級のショックが待ち受けているなど、彼は知らなかった。フェル博士が支度するあいだも、晴れてきた空の下、ソドベリー・クロスまで短い距離を車で移動するあいだも、ミスター・ホバート・スティーヴンソンの薬局の前、灰色のハイ・ストリートに車をとめるあいだも、エリオットはあらゆる方向からショックが襲いかかることを予想していたのだが、正しいものだけは思いついていなかった。フェル博士はボックス襞《ひだ》のマントとシャベル帽（聖職者のかぶるつば広のフェルト帽）を身につけた巨大な山賊を思わせる姿で、後部座席から雷めいた声であれこれ安心させる言葉をかけてきていた。エリオットの主な不安は薬剤師が現像を失敗することで、到着する頃には絶対そうなるに違いないと思いこんでいるほどだった。

ミスター・ホバート・スティーヴンソンの店はあまり人のいないハイ・ストリートの真ん中にあり、見るからに写真愛好家のものだとわかる店だった。ショーウィンドウには写真フィルムの小さな黄色の箱がピラミッド形にディスプレイされている。咳止め薬のあいだからカメラが覗き、その奥にはごく小さな写真でも引き伸ばせるというポスターが貼ってある。ここからハイ・ストリート沿いに、ミセス・テリーの店の板でふさがれた窓まで、自動車の修理工場、ガソリンスタンド、あとは食料品しか飾っていない店やパブが数軒並び、道の中央にはヴィクトリア女王在位六十年記念の水飲み場がある。通りに人は誰もいないようだが、この村一番の大通りを何度か車がシュッと通りすぎては行くし、ショーウィンドウから外を見ているがまったく動かない人影もある。それでここから《青獅子亭》までは、人の目につきまとわれることになった。

薬局に足を踏み入れると、ドアの上の鐘が鋭くキーンと鳴った。ホバート・スティーヴンソンの店は薄暗く、室内を満たすかすかな薬のにおいが別の薬局での記憶をエリオットの脳裏にまざまざと甦《よみがえ》らせた。だが、ここはこざっぱりと整頓された狭い店で、得意気な額入りの薬剤師免許からカウンター隣の計量器のおもりのところまで、壁にずらりと瓶が並び、店自体が瓶のようだった。ホバート・スティーヴンソン――丸々として口が突きでた小ぎれいな白衣姿の若者――がカウンターの奥からのそりとやってきて出迎えた。

「エリオット警部ですね?」警察の証拠を見られる機会の重要性をしっかり認識しているらしく、視線をドアへと漂わせ、客が入ってこられないように鍵をかけるべきかと考えている。なでつけた髪の毛先がすべて、視線に合わせて揺れているように見えた。エリオットは彼を観察し、信頼できそうだと思った。

「こちらはギディオン・フェル博士です」エリオットは言った。「昨夜は起こしてしまいまして、申し訳ありませんでした」

「いえいえ、お気になさらず」スティーヴンソンはそう返した。あきらかに気にしていない。

「それでいかがでしょう? フィルムは見ることができるようになりましたか?」

「準備できていますよ」

「ですが――問題ありませんか? つまり、フィルムの写り具合はどうですか?」

「なかなかですよ。たいしたものです」少し考えてからスティーヴンソンは元気よくそう答えた。素人写真愛好家として、これはかなりの譲歩だった。彼は両手を揉みあわせ、警部を落ち着かせた。「いささか露出不足ですが、それもほんの少しです」彼は頭を傾げて、ふたたび考えこむ。「ですが、なかなかのものですよ。たいしたものです」ここではやる気持ちを抑えられなくなったようだ。「警部、気にしないでもらいたいんです。わたしは映写機で先に一度見ましてね、問題がないかたしかめたかったもので。本部長がいらしたら、すぐにあなたにもお見せしますよ。こう言っても気にしないでもらいたいんですが、たしかにすごいのが写っています。あなたが手がかりと呼ぶものですよ」

はっきりと、エリオットのうなじの毛は逆立《さか》った。けれど、さり気ない口調で答えた。

「ほう？　とくにどの点ですか？」

「手がかりです」スティーヴンソンはエリオットへのあふれんばかりの敬意を込めてそう繰り返し、あたりの様子を窺った。「たとえば、ミスター・チェズニーが机から手に取った第二の品物ですよ、それで書く真似をした――」

「それがどうしました？」

「本当に、気にしないでもらいたいんです。巻きもどして虫眼鏡を使ってようやくそれがなにか確信できましたよ。そうしたら、あんまり単純なので笑ってしまいました。いまだに笑いがとまらないくらいです」

「そうなんですか？　その品物とは？」

「絶対、想像つきませんよ」スティーヴンソンが笑わずに請けあった。「それは――」

「シーッ！」フェル博士が大きな声をあげた。

その雷鳴のような制止の声がドアの鐘のキーンという音に消され、ドアがひらいてギルバート・イングラム教授がやってきた。

イングラム教授は驚いたようではなかった。反対に、大いに満足した顔つきを見せている。ハンチング帽とツイードの黒っぽい色の上着にニッカーボッカーを身につけているが、この服装はありふれた体型を引き立ててはいなかった。しかし、エリオットは教授のまっすぐな視線や丁重な挨拶の身振りよりも、店にもたらした雰囲気のほうが気になった。彼がドアを開けて戸口に立っていると、ソドベリー・クロスの視線がいっせいに集まってくるみたいだった。すべての注目が店に寄せられ、風のように戸口から吹きこんでいるように思えた。この村に雨が近づいているらしく、外は暗くなりかけていた。

イングラム教授はドアを閉めた。

「おはようございます、警部。それにこちらはフェル博士ですね？」フェル博士は心のこもった地鳴りのような声で挨拶を返し、イングラム教授はほほえんだ。「お噂はかねがね伺っておりますよ、博士。半年前の夕食会だったかでお会いしたんではないですか、はっきりしませんが。とにかく、マーカスが話をしたというのは聞きました。ほんの数日前に彼はあなたに手紙を書いたのですよね？」

「ですな」

「しかしながら」イングラム教授はあらたまった口調になり、エリオットにむきなおった。「わたしは今朝寝坊したかもしれませんが、警部、誰もわたしを責めはしないでしょう。コテージから急いでやってきましたよ」彼はおもしろおかしく呼吸してみせて、息が切れていることをほのめかした。「ゆうべ漏れ聞いたところによると、警部は計画されておりましたな。スティーヴンソンの店で、とあるフィルムの上映をすると――おはよう、ミスター・スティーヴンソン！――わたしも上映に参加することに、とくに反対はなさらないと思ったのですが」

ふたたびあたりの雰囲気がかすかに変わったが、エリオットは流されなかった。

「申し訳ございません、教授。残念ながらそれは不可能です」

相手の誠意ある態度がとまどったものへと変わった。「いや、まさかそんなことは警部――？」

「申し訳ございません。わたしたち警察もまだ見ていないのです。のちほど、ゆっくりご覧になる機会はきっとありますので」

間があった。

「ですが警部、それは少々不公平だと思われませんかね？」イングラム教授がごくかすかに口調を変えて言った。「なんと言っても、警部もわたしを専門家の証人として頼りにされたではないですか。能力のかぎりを尽くしてお手伝いしましたし、よい手がかりになったとあなたは真っ先に認めてくださると思います。ですから当然、自分が正しかったかどうかどうしてもたしかめたいのですが」

「申し訳ありません」

エリオットはカウンターへ引き返した。計量器にぶつかり、おもりがガチャガチャと揺れた。ちらりと左を見ると、壁の薄汚れた鏡に映る自分の姿に目が留まった。またも薬局の鏡に映るというこの偶然に反発しようとした。しかし、たいていの薬局にはこうした鏡が備わっていて、薬剤師が調剤室にいるあいだに客が店にやってきても見えるようにしているのだとふいに気づいた。だが、エリオットが観察できたのはほぼイングラム教授だけだった――ハンチング帽の下から上目遣いで様子を窺い、忍び笑いを漏らしている。

「まあ、たいしたことではありませんよ」教授はおおげさに元気よく言ったものの、やはりとまどう口調になった。「わたしは生まれもった好奇心を抑えねばなりませんね。そのとおりです。けれど、警部はわたしの虚栄心をひどく傷つけました」彼はあれこれ考えるのをやめたようだ。「ええ、そうです。虚栄心。ですが、よろしければ、ここで本当に買い物がしたいのですよ。それが終われば引きあげると約束しましょう。ミスター・スティーヴンソン！　いつものカミソリの刃を一袋頼む。それからストライモの喉の痛み用の錠剤を。小さなサイズのだ、うん、そこにある。ああ、それから――」

彼はカウンターに近づいて厳粛な口調になって話を続けた。

「わたしはベルガード館に行かねばならなくてね。検死が済んだら葬儀の手配をしなければならないし、バースから弁護士のヴィッカーズが今日の午後か夕方にはやってきて、遺書を読みあげるはずだ。それにウィルバー・エメットがもう意識を取りもどしたかどうかも、たしかめたい」

「ところで」フェル博士がしゃべった。

博士はいかにも何気なく口を挟んだので、その場の全員が少し驚いた。通りすがりの者にぬっと手を突きだして話しかけたような按配だった。

「あんたには仮説がありますかな？」好奇心の塊のようにして博士はそう訊ねた。

「おや！」イングラム教授が言った。しゃがんで下のほうのショーケースにある商品を指さしていたのだが、身体を起こした。「あるとしても、仮説をお話しするに適した場所でもタイミングでもなさそうですね。そうでしょう?」

「それでも――」

「それでも、とおっしゃる! 博士、あなたは知性あふれるおかたですね。あなたのことはあてにできそうだ」エリオットはだしぬけに、そこにあった石鹸を宣伝する若い女性の実物大の厚紙の人形《ひとがた》になったように、完全に無視されていた。「昨夜、警部にお話ししました。正確には何度もお話ししたのですよ、警察のかたがたはこの事件に正しい方向から近づいていないと。唯一の重要な要素をまったく考慮に入れていないとね。それはもちろん動機です」教授は集中しているらしく顔を紅潮させた。「いまはそれを語る必要はありません。ですが、これだけは言っておきたい。あなたも殺人者の動機についてはお聞きになっているでしょう。犯罪心理学でよく知られているもの、大まかに言えば支配欲と呼ばれているものですが」

「やれやれ、我が帽子よ」フェル博士は言った。

「失礼ですが、なんと言われましたか?」

「いや、こちらこそ失礼した」フェル博士は熱心に、いささかうしろめたい様子で答えた。「ただ、その話がこんなにすぐに出てくるとは思わなんだ」

「あなたは支配欲説を否定するんですか? では、これはどうです。ミセス・テリーの店で毒を入れた人物と、ゆうべ毒を飲ませた人物は別人だと思っていますか?」

フェル博士は顔をしかめた。「いいや。反対に、同じ人物だとほぼ確信しておるが」

「よろしいでしょう。では、ほかに考えられるつながりがありますかな？　ほかに動機らしきものがありますか」

　レジが鋭い音をたてた。イングラム教授は買い物の包みを受けとり、あらたなことでも思いついたように、それをひっくり返して目を細めてにらんだ。「わたしには繰り返すことしかできませんな。支配欲だけが、ふたつの犯罪に共通してあてはまる動機です。犯人は哀れなフランキー・デールを殺害しても、アンダーソン家の子供たちを殺しかけても、得るものがない。マーカス・チェズニーを殺害してもやはりなにも手に入らない。物質的な意味では、です。みんな知っているが、マージョリーもジョー・チェズニーもかなりの遺産を相続する。だが、殺人犯は」――ここで教授は目を開けた――「なにも手に入らない。さて、わたしはここでいつまでもしゃべって、あなたがたの本格的な仕事の邪魔をしてはいけませんな。ごきげんよう、フェル博士。ごきげんよう、ミスター・スティーヴンソン。ごきげんよう」

　彼は店をあとにするとき、完全にドアを閉めていかなかった。ハイ・ストリートをガタガタとトラックが通ると、かすかにガラスが揺れた。涼しい湿った空気と森の香りが漂ってきて、薬のにおいをかき混ぜた。フェル博士は〈愛しの娘っ子の隣で《オープレ・ド・マ・ブロンド》〉を口笛で吹いた。どういう兆候かわかっているエリオットはためらった。

　そこで博士は撞木《しゆもく》形の握りのついた杖をあげ、ドアを指した。

「わしは極端に疑り深くないことは請けあうが、あの紳士にはちゃんとアリバイがあるのかね？」

「鉄壁のアリバイがあります。それが問題なんです。このアリバイというのが、列車の乗り換えと車を使い、ある地点から別の地点へ大急ぎの奇想天外な移動をするというような中身じゃないんですよ。ひとつの例外はありますが、実際にその場にいることをおたがいに確認した目撃証言で成り立つアリバイなんです。残るひとつについては、アリバイは時計によって立証されていて揺るぎません。疑問の入りこむ余地など――」

エリオットはそこから先を言うのは思いとどまった。ホバート・スティーヴンソンという外部の者の前で話していることに急に気づいたからだ。ここまで話をしてきて、ある時点でスティーヴンソンの顔がちらりと心から嬉しそうにしたことは誓えそうだ。ふたたび店主らしく厳《おごそ》かな表情になった薬剤師は、大きな秘密に蓋をして聞いたことを忘れようとしていた。

そこでエリオットは鋭く話しかけた。「話の途中でしたね、ミスター・スティーヴンソン――」

「正直言って警部、ご自分の目でご覧になったほうがいいですよ。到底信じられるものではない――」

「おい！」フェル博士が言った。

博士は身体を左右に揺さぶって歩き、カウンター奥の調剤室をあれこれ見ているところだった。スティーヴンソンはあきらかにこの巨大な訪問者に興味を惹かれ、あとをついてまわった。フェル博士は好奇心丸出しであたりを見まわしている。

「毒物についてはどんなものがあるかね？」博士は下水の話でも訊いているようにあっさり質

問した。

「いたって普通のものですよ」

「青酸や青酸カリ《KCN》などはあるかね？」

　初めてスティーヴンソンは、いささか緊張したようだ。両手で髪をなでつけ、咳払いをして、あくまでも事務的に話そうとした。

「青酸はありません。青酸カリは一、二本、準備があります。でも、今朝もボストウィック警視にお話ししたのですが――」

「青酸カリはよく売れるのかね？」

「この一年半、一本も売れたことはありません。あの――あなたには話して構わないんですよね？」薬剤師は自信なさそうな視線をエリオットにむけた。このときにはエリオットも瓶に挟まれた狭く薄暗い通路に一緒に立っていた。「今朝、警視の質問に答えたんです。もしもあなたたちがこう考えているなら――その、ここだけの話ですよ、ベルガード館の誰かがKCNをどこかで購入し、殺虫剤として果物の木に使ったんじゃないかと考えているならば、それはまずないことだとわたしは答えました。年間を通じて室温が十度から二十六度に保たれているああした温室で、ドアを閉めてKCNを撒こうというのは、はっきりいって自殺行為です」

　これはエリオットが考えていなかった視点だった。

「よろしければ、毒物販売名簿をお見せしますよ」スティーヴンソンが言いたした。

「いや、大丈夫。正直言うとな」フェル博士が答えた。「写真のほうにもっと関心があるんだよ。ここは写真の館みたいじゃないかね」そう言ってあたりを見て目をぱちくりさせる。「教えてくれんか。ここでは写真用の電球も売っておるんだろう？」

「撮影照明用電球ですか？　もちろんです」

「じゃあ、教えてくれ」フェル博士が迫る。「その手の電球をソケットに突っこみ、スイッチを入れて、ずっと使いつづけるとしよう。どのぐらいで焼き切れるものかね？」

スティーヴンソンは思いがけないことを訊かれた表情になった。

「ですが、そのようなことはされませんよね」その機を逃さず指摘する。「撮影のあいだだけ、つけて――」

「ああ、ああ、それはわかっておるよ。だが、わしが変わり者だとしての話だ。ソケットに電球を突っこみ、そのままつけておくとしたら。どのぐらいもつかね？」

薬剤師は考えこんだ。

「一時間はもつでしょうねえ」

「たしかかね？」

「ええ、博士。たしかですよ。店に置いてある品は値段のわりに品質は極上です」

「ふうむ、なるほど。昨日の朝、ベルガード館の誰かが撮影照明用電球を買いにこなかったかね？」

スティーヴンソンは落ち着かなくなった。「昨日の朝ですか？　考えてみますね」実際は考える必要はないのだとエリオットは見抜いた。「ええ、ミス・ウィルズが買いにきました。午前十時頃に来て、ひとつ買われましたよ。でも、よろしければ、わたしの話をなにもかも言いふらさないでもらえますか。ベルガード館の人について、わたしはあれこれ噂したくないので」

「ミス・ウィルズは頻繁にその電球を買いにくるのかね？」

「頻繁にではなく、たまにですね」

「自分で使うんだろうかね？」

「いえいえ。ミスター・チェズニーのお使いです。温室のなかでたまに写真を撮りますからね。桃ですよ、ええ。見本の写真とか広告とか、そのようなことに使うんです。昨日もミスター・チェズニーに頼まれたそうで」

フェル博士はまばたきをしてからエリオットのほうを見た。「娘さんの発言を話していたね、警部。ゆうべの電球はミス・ウィルズ自身が買ってきたあたらしいものだったと」博士はふたたびスティーヴンソンにむきなおった。「ミス・ウィルズは自分じゃ写真をやらないんだね？」

「ええ、やりませんね。ここでは自分用になにも買われたことはないですよ――写真目的では」

アンドルー・エリオットは記憶に打たれてふと顔をあげた。そして運命の輪がまたもや巡ってきて、壁の鏡のなかでマージョリー・ウィルズが自分を見ているのに気づいた。

一同はドアの鐘がキーンと鳴る音を耳にしなかった。ドアはまだ半開きでかすかに動いてきしんでいる。足音も聞こえなかった。エリオットが顔をあげ、五フィートと離れていない場所で鏡に映るその若い女をはっきりと捉えたとき、薬剤師の柔らかで明確に発音する澄んだ声が聞こえてきた。

鏡に映る彼女はどこからともなくやってきたかのようだった。くちびるを少し開け、あのときと同じ柔らかな灰色の帽子をかぶっていた。指でも指すように、手袋をした手をあげかけているところだ。薄暗い鏡のなかの彼女の目をまっすぐに見つめると、初めて見る顔が像を結ぶように、相手を認識したという光がそこに宿った。

彼女は思いだしたのだ。

マージョリー・ウィルズは子供のように一本の指を口に運んだ。

その瞬間、入り口のドアのほうでガラスが派手に割れ、破片がガチャガチャと落ち、最後は沈黙のなかでゆっくりしたチリンという音が締めくくった。通りから何者かが彼女めがけて石を投げたのだ。

13　心を読む？

エリオットはカウンターを飛び越え、ドアに突進した。警察での訓練の経験からとっさに出た行動だ。しかし、マージョリー・ウィルズと目を合わせていたくないからでもあった。

割れたガラスを踏んでバリバリいわせながらドアを大きく開けた。石を投げるなどという悪意に対して急にむかっ腹が立ったので、ドアの残骸を突き抜けんばかりの勢いだった。外に出ると道の左右を確認した。

誰もいない。視界に入るのは――石を投げたにしては遠すぎるところに――自転車で配達中の若者だけで、難儀そうにペダルを踏み踏みまっすぐ空を見あげていた。

さあ、落ち着け。

頭に血が上っていたが、風の涼しさを感じて自分を押しとどめた。誤った行動を取ってはだめだ。感情に流されて駆けずりまわってはならない。そんなことをすれば醜態をさらすだけで、石を投げるだけでなく警察を笑う機会まで相手に与えてしまう。配達の小僧を大声で呼びとめるべきか？　それとも道のむかいの八百屋に怪しい奴がいないか探すか？　いや、いまのところはやめておいたほうがいい。疑いがあるときは敢えて待機し、こちらがどう出るつもりか相手を悩ませろ。なにをするよりも、そうすれば警戒させられる。だが今回初めて、マージョリー・ウィルズを取り巻くひそやかで卑怯な嫌悪がどれだけのものか、思い知った。たぶん二十秒ほどエリオットは静かに通りを見まわしていた。

それから薬局にもどった。

マージョリー・ウィルズはカウンターにもたれ、両手で目元を覆っていた。

「でも、どうして？」彼女は惨《みじ》めな口調で言った。「わたし――わたし、なにもしていないのに」

「こんなふうにうちのガラスドアを割るとはひどい」スティーヴンソンがかなり青ざめて言った。「わたしだってなにもしていないのに。こんなふうにうちのガラスドアを割っていいはずがないですよ。とてもまともな仕打ちじゃない。この件でなにかしてくれますかね、警部？」

「そうする」エリオットは答えた。「だが、いまは——」

スティーヴンソンは考えるべきことがありすぎて、混乱してうろたえている。「ええと——ちょっと座りますかね、ミス・ウィルズ？　椅子に？　奥の部屋で？　それとも二階に？　あそれがいい」彼の警戒心は薄らいでいった。「事態がこれほどひどいとは、気づいてなかったですよ。お嬢さんがいままた外に出るのは、賢いとはとても言えないかも——」

エリオットの我慢の限界だった。

「外に出ることができないですって？　ここはどこです？　イングランド？　じつはドイツですか？　わたしたちは何者です？——壁にかこまれ満足に外出もできない非アーリア人？　いいから、どこへ行きたいのか、わたしに言ってください。連れていきます。誰かがあなたを嫌な目で見ようものなら、わたしがそいつを刑務所にぶちこんでやります。ドクター・ネモを思いだして怖いとあなたが言う暇もなく」

マージョリーはさっと振り返ってエリオットを見た。店内をぐるりとかこむ段ボール箱に印刷されたもののように、ふたりのあいだではっきり理解しあったことがあった。エリオットが言った内容のせいではない。身体が熱を発するように、実際にふれられそうなほどの感情からほとばしったその雰囲気のせいだった。またもやエリオットは彼女を強く意識した。その顔の造作の細部にいたるまで、目の形からこめかみでなでつけられている髪までが、なにか訴えているようだ。これが以心伝心というものである。

「落ち着かんか」フェル博士が言った。

博士の静かに地鳴りするような声が一同に正気を取りもどさせた。陽気と言っていいほどの口調だ。

「結局のところだな」博士は話を続ける。「そんなに心配せんでもいいんじゃないか。ミス・ウィルズは座りたいかね？　どうぞどうぞ！　どこかに行きたいかね？　どうぞどうぞ！　好きにすればよろしい。ところで、用事があってここにいらしたんじゃないのかね？」

「わたし――」彼女はまだエリオットをじっと見つめていたが、我に返った。

「買い物かね、石鹼、歯磨き粉、バスソルトといった――」

「わたしったら。警部を呼びにきたの」このときはもうエリオットを見ていなかった。「クロウ本部長が警部にベルガード館に来てほしいそうです。すぐに。本部長たちは十一時頃から彼を探していて、誰もどこにいるか知らなかったの。スティーヴンソンさんに電話しようとしたのよ、クロウ本部長の話では、あなたが――いえ彼が――ここに一時に来るはずだからって。でも、誰も電話に出なかった。ソドベリー・クロスを車で走るのは、心を鍛えるみたいなものだとわたしは思った。車は表にとめてあります。村の人にタイヤを切り裂かれていなければ」

「クロウ本部長が？　なぜ、ベルガード館に？　本部長も一時にこの店へ来ることになっていましたが」

「まさか知らないんですか？　誰にも聞かなかったの？」

「なにをですか」

「ウィルバーが亡くなりました」マージョリーが言う。

フェル博士はシャベル帽の縁に手をやり、目元にぐっと引きおろした。大きな手はそのまま動かず、眼鏡を隠した。

「気の毒に」手の陰から博士は低い声で言った。「では、脳挫傷が致命傷になったんだね？」

「いいえ」マージョリーが答える。「ジョーおじさんがこう言っています。深夜に誰かが部屋に青酸入りの注射器をもってきて、それをウィルバーの腕に刺したって。寝ているあいだに亡くなりました」

沈黙が広がった。

フェル博士は狭い調剤室をあとにした。ドシドシとドアに近づき、うつむいて立ちどまった。それから大きな赤い絞り染めのハンカチを取りだし、盛大に洟をかんだ。

「みっともないところを見せてすまんな。これまでも地獄の化身に出くわしたことはあるが、これほど論理的で骨身を惜しまず行動する輩《やから》は初めてだ。どうしてそんなことになったのかね？」

「わからないんです。誰にも」マージョリーは冷静さになんとかしがみついているようだ。「わたしたちはかなり遅い時間にようやく眠ったので、今朝は十一時近くになるまで起きなくて。おじさんが――ジョーおじさんが、誰かが夜通し起きてウィルバーに付き添う必要はないと言ったのよ。それで今朝パメラが寝室に行ってみたら――亡くなっていた」

マージョリーはスカートの両脇から少し手をあげてから、また下ろした。

「なるほど。ミスター・スティーヴンソン！」

「なんでしょう、博士」

「ここの電話は故障中かい？」

「そんなはずはないんですが」薬剤師は不安そうに答えた。「しかも今朝は間違いなくずっと店にいたんですから、どういうことかさっぱり」

「そうか」フェル博士はエリオットにむきなおった。「では、ここで提案しよう。ベルガード館に電話しなさい。クロウ本部長には、きみがベルガード館に行くなどとんでもない、本部長こそすぐにここへ来るべきだと伝えて——」

「ちょっと待ってください！　そんなことできませんよ、博士」エリオットは抵抗した。「なにしろ相手は警察本部長なんですよ。それにボストウィック警視が——」

「わしならできる」フェル博士が控え目に言った。「たまたまクロウのことは、剣の八事件に絡んだあれこれで、よく知っておってな。じつは、ちょっとばかり気が引けることをずばり打ち明けると」ここで博士の赤い顔はますます色濃い赤になった。「クロウはミセス・テリーの店の事件を調査してくれとわしに頼んだんだ。事件が起こった直後にな。わしは断った。断ったのは、そのとき考えついた唯一の説明が、あまりに突拍子もなく取り留めもないもので、口に出そうとさえ思わんかったからさ。だがいまでは、なんとまあ、ちっともそんなことはなかったとわかりはじめた。明白な事件なんだよ。単純で、つまらん、明白そのものの事件だ。だから今朝はきみにその説明をしたくてたまらんかったのさ」

博士は拳をぶんと振りまわした。

「そしてわしが恥ずかしがり屋を気取ったばっかりに――まったく！――さらにふたりの人間が亡くなった。きみにはここにいてほしい。クロウにもここにいてほしい。例のフィルムをいますぐ見たい。なにを差し置いてもな。スクリーンにはっきりと映ったフィルムで、事件の成り行きとわしが考えておることをきみに指摘したい。だからわしは電話をかけて、カリブの海賊のようにクロウに命令を出すぞ。だが、わしが電話をかけているあいだに」――ここで博士は怒鳴るのをやめ、エリオットをじっと見つめた――「きみには、別の薬局でなにがあったのかミス・ウィルズに訊ねるよう勧めよう」

マージョリーが身体を硬くした。エリオットは気づいていないようだった。彼はスティーヴンソンに話しかけた。

「あなたはここの二階で暮らしているんですね？　数分ほどわたしに貸していただける部屋がありませんか」

「ええ、ありますとも。警部にフィルムを見せようとしている部屋です」

「ありがとうございます。案内してくださいますか？　ミス・ウィルズ、お先にどうぞ」

彼女は無言だった。スティーヴンソンがふたりを案内して二階へあがり、通りを見渡せる、居心地がよく古めかしい居間へ連れていった。ここにも折れ戸があり、それはひらいていて、どうやら寝室とつながっているらしい。しかし、折れ戸のひらいたスペースにシーツが映画のスクリーンのようにして画鋲で留めてあった。厚手のカーテンはなかば閉められ、暖炉には赤赤と燃える炎。大型の映写機に丸いリール式のフィルムが入れられ、テーブルに置いてある。

相変わらず無言のマージョリーはソファにむかい、腰を下ろした。エリオットは先ほどの行動に対する厳しい反動を味わっていた。ふたたび警官としての良心が働きはじめたのだ。

マージョリーは暖炉の炎が揺れる部屋を見まわし、自分たちふたりだけかどうか、たしかめてでもいるようだった。彼女は続いてうなずくと、エリオットにそっけなく声をかけた。

「わたしは言いましたね、前に会ったことがあるって」

「ええ」エリオットは認めた。彼はテーブルを前に座って手帳を取りだし、これを意識してきっちり平らに広げた。「正確には、先週の木曜日、クラウン・ロード十六番地のメイソン父子商会薬局で。あなたが青酸カリを買おうとした店です」

「それなのに、あなたはそのことを誰にも言わなかったんですか?」

「なにをもってして、わたしが誰にも言わなかったと思うのですか、ミス・ウィルズ? わたしがわざわざこの地方に送りこまれたのはなぜですかね?」

これはあてこすりだ。エリオットはわざとこんなことを言って、自分の良心に餌を投げてなだめているのだ。自分は先ほど一階でどこまで本心を暴露してしまっただろう。そして彼女はどれだけ気づいただろう。好かれていることを利用しようとするだろうか――自分の秘密をエリオットが黙っているという思わせぶりな推測を突然言いだしたから、やはりそうかもしれない。そんなことにエリオットは耐えられなかった。

彼が自分の発言になにか効果があることを期待していたとすれば、それは成功した。マージョリーの顔から血の気が引いたのだ。見ひらいてじっと彼をにらんでいた目をまばたきさせている。エリオットの狙いがわからなかったのだが、どうやら怒りを覚えたらしい。

「あら。じゃあ、あなたはわたしを逮捕しにきたの？」

「理由次第です」

「青酸カリを買おうとするのは犯罪かしら？　買えなくても？」

エリオットは手帳をいったん摑んで、ふたたびテーブルに置いた。

「ミス・ウィルズ。ここだけの話、率直に言いますが、そんな態度はなんの得にもなりませんよ。それを聞いた人はどんなふうに解釈しますか？」

彼女はとんでもなく頭の回転が速かった。エリオットはそのせいで悪態をつきながらも、彼女の知性に惚れ惚れした。いまなおエリオットのことを観察し、彼の出方を待ち、見極めようとしている。それに彼女の耳は、憤慨して最後にエリオットが放った質問から〝頼みますよ、どうか協力してくださいよ〟というかすかなニュアンスをたちどころに聞きとった。せわしなく上下していた胸の動きがゆっくりになった。

「警部、本当のことを話したら——どうしてあの毒がほしかったのか、絶対に本当のことを話したら、信じてくれますか？」

「真実を話してくださるのなら、ええ、信じます」

「でも、それだけじゃだめだわ。信じるかどうかだけじゃ。本当の理由を話したら、誰にも絶対に言わないと約束してほしいの」

本心からの願いのようだ。

「申し訳ございません、そのような約束はいっさいできません。捜査に関係したことは――」

「でも、捜査に関係してはいません」

「いいでしょう。あなたは青酸カリでなにがしたかったのですか?」

「自殺したかったのです」マージョリーが穏やかに答えた。

わずかな間があり、暖炉の薪がピシリといった。

「ですが、どうして自殺したかったのですか」

彼女は深々と息を吸った。「わかってほしいんです。旅行から帰宅すると考えただけで、恐ろしいくらい落ちこんで。ああ、とうとうあなたにしゃべってしまった。初めて人に教えました」彼女は興味津々でエリオットを見つめた。どうして彼に打ち明けてしまったのかふしぎがっているようだ。

無意識のうちに、エリオットは仕事の質問をしている刑事としての態度から、なにか違うものの態度へと変わりつつあった。けれど、ふたりともそれに気づいていない。

「なるほど、でもいいですか! 自殺したくなるほどのことがありましたか?」

「わたしが言いがかりをつけられたのと同じ目に遭ってみて――この村で。人に毒を盛ったって。毒を盛って、いつ何時《なんどき》、逮捕されてもおかしくなくて、逮捕されないのはじゅうぶんな証拠がなかったからという、ただそれだけ。次に贅沢な地中海クルーズへ逃げだしてみて。おじさんは大金持ちなのに、生まれて初めて経験するような旅よ。その後、帰国してごらんなさい――逃げだしてきたその村に。ぜひやってみてよ! どんな気持ちになると思う?」

彼女は両手を握りしめた。

「もう乗り越えたと思っていたんです。でも、船を降りたとたんに、どうしても同じことには耐えられないとしか感じなかった。考えがとまらなくなった。なにかもっともらしい作り話を考えておけば、あの薬剤師に質問されても、口ごもって、言葉につかえて、焦ることなんかなかったのに。あとからそう思ったけれど、あのとき頭にあったのは、青酸カリはすばやく効いて痛みがないと聞いたことだけだった。口に入れさえしたら死ぬって。それにロンドンのイースト・エンドならば、わたしが誰か知る人も、覚えている人もいないと思ったのよ。船がテムズ河にもどってきたとき計画が形になったんでしょうね――街並みなんかを見ていたときに」

エリオットは鉛筆を置いて質問した。

「ですが、フィアンセがいるのにですか？」

「フィアンセ？」

「帰国して結婚しようというときに、毒を買って自殺したかったと言われるのですか？」

マージョリーはいらだちが募った仕草を見せた。「あれはちょっとのぼせただけよ！　そうなの。それに、ほかにもあるのよ。こんなことになる前はなにもかもうまくいったから、わたしの願いどおりになればいいと期待していたんです。ジョージとロンドンで出会ったとき――」

エリオットは話の腰を折った。「ロ、ン、ド、ンで出会った？」

「あらやだ」マージョリーは囁《ささや》いて、口に手をあてた。エリオットから視線を離さず、歯がゆさと皮肉がこもった表情になった。「もういいわ。あなたに知られたっていい。ずいぶんとすっきりした——とっても——黙っていたことをすっかり話せて。ジョージとはずっと前からの知り合いなの。ロンドンのパーティで出会ったんです。あれはめずらしくマーカスおじさんがひとりでロンドンに行かせてくれたときで、わたしはすっかり彼に夢中になった。家をうまく抜けだしてロンドンへ行き、彼と会ったものよ。あら、でも、別になにかいけないことをしたわけじゃないですからね。そんな度胸はなかった。わたしらしいことね」

彼女は床を見おろした。

「でも、ジョージをマーカスおじさんに紹介するのはまだ早いと考えたんです。第一、マーカスおじさんは絶対に——絶対によ——男性がわたしに会いにくることをよく思わない。わたしは家事が得意だから、いつまでも家にいるように仕向けたほうが都合がよかったのよ——どういうことか、わかるでしょう」彼女は頬を赤くした。「第二に、ジョージはマーカスおじさんの評判をすっかり知っていたんです。マーカスおじさんが自分の知らないところでなにが起こっていたか知ったら、ひどい騒ぎを起こしたはずです。目に浮かぶわよね？」

「ええ、目に浮かびます」

「だから偶然出会ったようにするのがよかった。できれば海外で。それにジョージはどちらにしても休暇が必要だと言ったのよ。もちろん、彼には豪華な旅ができるような大金はありませんでした。でも、わたしには母が遺した保険金が数百ポンドあったから、それを引きだしてジョージの旅の資金にしたの」

豚め。アンドルー・エリオットは内心でつぶやいた。人でなしの豚め、知恵の働く豚め。
マージョリーが目を見ひらいた。

「彼はそんな人じゃありません！」そう叫ぶ。「いえ、知恵はたしかに働くけれど、もうひとつのほうはあてはまらないわ。あれほど人柄がよくて自信のある人には会ったことがない。そこをわたしは愛したの。たしかに――」

「失礼を――」エリオットは謝りはじめた――けれどこの世界から拠り所がなくなっているという尋常でない感覚が生まれ、ぴたりと口を閉じた。〝豚め。人でなしの豚め、知恵の働く豚め〟。彼はその言葉を口に出して言わなかった。稼働中のテレタイプの印字のようにはっきりと頭のなかで見た言葉だったが、声には出していない。彼女はミスター・ジョージ・ハーディングにかんする事柄を除けば聡明だ。けれど人の心は読めないだろうに、いったいどういうことだ。

マージョリーは自分でも意識していないようだった。

「それでわたしは期待した」彼女はどこか激しい口調で言った。「ジョージなら、マーカスおじさんの言いなりにはならないって！　ええ、おじさんには気に入られてほしかったですよ、もちろん。でも、あんな――あんなへりくだって尻尾を振るように媚《こ》びるなんてひどすぎ。ポンペイでのある日、マーカスおじさんがこれからのことを話しはじめたのだけど、ウィルバーやイングラム教授もいる前だったし、誰でも好きに立ち寄ることができる公共の場だったんですよ。ジョージには命令までして。将来のため、あれこれどうしなければならないかを言い聞かせ、ジョージのほうはそりゃあ大人しく聞いているの。あなた、わたしが船を降りたとき、気分がめいって、落ちこんで、悲鳴をあげたくなったのはなぜか聞きたいでしょう！　結婚してもなにも変わらないとわかったから。人生はこれまでとまったく同じだとわかったからよ。わたしがなにをしても、マーカスおじさんの思うとおりになるの」

　エリオットはすっと立ちあがった。

「おじ様のことが好きではなかったんですか？」

「もちろん、好きだった。大好きだったわ。でも、それとは話が別なんです。言いたいことがあなたにわかります？」

「ええ、どうやら」

「おじさんはそれなりにすばらしい人でした。わたしのためになんでもしてくれて、わたしに休暇が必要になると無理をして休暇を取る機会を与えてくれた。でも、おじさんの話を五分でも聞けば、あなたもわたしの気持ちがわかったはずです！　それにいつまでも果てしなく語るイングラム教授との犯罪話――この村で本物の犯罪が起こってもそんな話ばかりして、それにおじさんの〝犯罪学〟についての原稿……」

　エリオットはいきなり鉛筆を再度握った。

「犯罪学についての原稿？」

「ええ、説明します。おじさんはいつも学者めいた研究をしていたんだけど、ほとんどは心の動きの研究だった。だからあんなにイングラム教授と仲がよかったんです。こんなふうに話してね。〝ふむ、現役心理学者こそ最大の犯罪を生み出せるとあんたは主張するんだな。科学のために先駆者になってはどうだ？　自分にはまったく利害のない犯罪を実行し、自分の仮説を証明しろ〟。もううんざり！」

「なるほど。それに対してイングラム教授はどんな返事を？」

「教授は遠慮すると言ったの。完璧なアリバイを作るまでは、犯罪には手を出しはしないって——」

エリオットはこの説は以前にも聞いたことがあった。

「——そして、いくら現役心理学者をもってしても、ひとりの男が同時に二カ所に存在するのはいまだ不可能のようだって」マージョリーは脚を組み、ソファにもたれた。「わたしが震えあがったのは、ふたりがいつも沈着冷静にその話をしていることでした。そして、本当に事件が起こってしまった。ひどいことが起こって、どうしてやったのか、誰の仕業《しわざ》か、なぜ起きたのかわからない。そしてウィルバーまで亡くなってしまった。ウィルバーがですよ、誰にもちっとも悪いことをしたことがなかったのに。フランキー・デールやアンダーソン家の子供たちやマーカスおじさんと同じよ。わたしはもう我慢できないところまできてる。村の人たちが、このわたしに石まで投げはじめて、ほかにどんなことをされるかわからなくなったんだから、なおさらそう。リンチだとか、魔女みたいに火あぶりにされるとか、なにをされるかわかったものじゃない。助けて。お願い助けて！」

そして彼女は黙った。

口調はとても柔らかなのに痛烈な率直さが声に滲《にじ》んでいて、訴える力が半端ではなく、エリオットは警官としての冷静さを失いかけていた。彼女は身を乗りだし、まるでソファから立ちあがるのに手を貸してほしいと願っているように腕を伸ばしていた。視線は一度もエリオットから離れない。そのとき、閉まったドアのむこうから、象がドシドシとやってきて地面をひっかいているような連続する物音がした。餌の時間だと訴えて暴れているような音だ。これに続いて大きなノックの音が響いた。フェル博士が横向きになって戸口をすり抜け、身体をまっすぐにもどして、ふたりを見てまばたきした。

「邪魔はしたくないんだがの、聞き取りは少し延期したほうがよさそうだ。クロウとボストウィックが来た。お嬢さんは帰ったほうがいい。ミスター・スティーヴンソンがこれから店を閉めるからね。だが、彼の助手があんたを車で送ってくれるよ。それから——」

博士は映写機を見つめた。

14　信頼できる時計

クロウ本部長とボストウィック警視は二階の戸口でマージョリーとすれ違った。だが、クロウ本部長はドアが閉まるまで口をひらかなかった。彼はふたたび本来の自分にもどっていた。

「おはよう、警部」本部長は丁重に声をかけてきた。「それとも、こんにちはと言うべきかな。

今朝はきみが見つからなくてね」

「申し訳ございませんでした」

「たいしたことではないよ」本部長は相変わらず丁重に言う。「わたしはただ、考慮すべきあらたな死が引き起こされたと伝えたかっただけだから——」

「ですから、申し訳ございませんでしたと申しております」

「きみはわたしの友人のフェルに会いにいったのだから、反対などしていないよ。きみはわたしより幸運に恵まれたらしい。このわたしだって、先《せん》だっての六月にこの件で彼の注意を引こうとした。けれど、できなかった。博士の関心を引くほど派手な事件ではなかったらしい。密室もない。超自然的な要素もない。ロイヤル・スカーレット・ホテルでの怪事件（『死者はよみがえる』より）ほどでもない。ストリキニーネによるむごい殺人が一件と、殺人未遂が何件かだけだ。だが、いまではわたしたちの手元にはいくつも証拠があり、さらに二名の被害者が出た——そのうちひとりは、警部、きみが捜査するに値する重要人物——」

　エリオットは手帳を取りあげた。

「本部長、あなたには二回謝りました」ゆっくりとそう切り返す。「ですからもう謝る必要はないと思います。さらには、本当のことを知りたければお教えしますが、わたしは捜査すべきものはいっさい無視しておりませんと申し上げます。ところで、ソドベリー・クロスに巡査はいますか？」

　パイプと刻み煙草入れを取りだしたボストウィックは、パイプの柄をねじって外そうとしていたが手をとめた。

「いるとも、きみ。どうしていま、わざわざそんなことを知りたがるのかね？」

「ひとりも見かけなかったから、それだけです。何者かがこの店の一階のガラスドアに石を投げて割り、バースまで聞こえるような物音がしました。それなのに誰も駆けつけなかった」

「おいおい」ボストウィックは外した柄に急に息を吹きこんでから、ふたたび顔をあげた。目の錯覚なのだが、彼の顔はぎょっとするほどむくんでいるように見える。「なにが言いたいのかね？」

「言ったとおりのことです」

「つまり」ボストウィックは言った。「わたしが思うに――いいかな、わたしが思うかぎりでは、だからな――名前をあげる必要はないある若い女性は非難されるのも当然で、わたしたちはまもなく逮捕するという意味だな。うん、もっともだと思うが」

「こら！」フェル博士が怒鳴った。

窓枠が揺れるような衝撃が走り、その場にいた全員が振り返った。

「こんなことは、とめんといかん」フェル博士は真剣に言った。「根拠もないことで騒ぎたてておるじゃないか。それに誰か非難したいのなら、わしを非難しなさい。こんな混乱を引き起こした本当の理由は、きみたちもわかっているはずだ。犯人が誰かということについて、それぞれが異なった、断定的で先入観たっぷりの頑固な意見をもっておるからじゃよ。後生だからやめてくれ。さもないと、解決までいきつかんぞ」

クロウ本部長がくすくすと笑いはじめて緊張が解けた。腹の底からの誠実な笑い声だった。エリオットもボストウィックもほほえんだ。

「老獪《ろうかい》な博士の言うとおりだ」クロウ本部長が同意した。「すまんな、警部。わたしたちは神経が張り詰めるあまり、まっすぐに物事を見ることができなくなっていたらしい。これからはありのままに見てみるよ。ぜひそうしなければ」

ボストウィックが煙草入れをエリオットに差しだした。「きみも吸うといい」

「ありがとうございます。いただきます」

「さて」フェル博士が荒っぽく怒鳴った。「さて、煙草が勧められ、和気藹々《わきあいあい》とした温かな雰囲気になったところで――」

「わたしは断定的で先入観たっぷりの意見などもっていないよ」クロウ本部長が威厳をもって言った。「そんなものはない。わたしの意見が正しいことはわかっている。可哀想なエメットが息絶えているのを見たが――」

「ハハッ！」ボストウィック警視がつぶやいた。とても疑り深く意地の悪い口調だったので、エリオットは驚いた。自分たちはどの方向へむかおうとしているのだろう。

「――なんの手がかりもないんだ、警部。とっかかりすらも。エメットが寝ていた。そしてやられた。何者かが夜間に忍びこみ、腕に注射した。誰もなにも聞いていないし、あるいはなにかを聞いたか、なにか怪しいものを見たと打ち明ける者もいないだろう。誰でも機会はあった。外部の人間にでもやれたはずだ。ベルガード館ではドアに鍵などかけないからね。このあたりでは夜に鍵をかけるような家はほとんどない。外部の人間にもやれたはずだと言ったが、わたしなりの考えはある。ああ、それから検死報告書の件で、ドクター・ウエストに会ったよ。マーカスは一グレインほどの青酸で殺害された。青酸カリやシアン化水銀などを調合して殺害された形跡はいっさいなかった。わかっているのはそれだけだ」

「いいや、違いますぞ」フェル博士が満足そうに言う。「ここにミスター・スティーヴンソンがいる。さあ、きみ。待ちかねたぞ、フィルムを見せてくれ」

気詰まりな沈黙が一同のあいだに降りてきた。

スティーヴンソンは自分が重要人物になったことを意識して、足が地についていないかのように歩き、細かいことを気にする気配を見せていた。額を拭って暖炉の火をたしかめる。窓の外を見やる。折れ戸のあいだにかけたシーツを確認する。映写機の載ったテーブルを長々と点検してから、それをガタガタいわせてうしろに引っ張り、シーツと反対の壁にくっつきそうな位置に運んだ。それから数インチほど前に押す。本棚から『ブリタニカ百科事典』を何冊か運んでくると、テーブルに重ねて映写機の位置を高くした。四人の捜査関係者はいままでは全員がパイプをくゆらしていて、仄暗《ほのぐら》い部屋に煙がたなびいていた。みんなじっとしていられなかった。

「うまくいくはずがない」クロウ本部長が突然言いだした。「なにか不都合が起きるさ」

「でも、どんな不都合があるというんですか?」エリオットが問いかける。

「わからん。なにかいまいましいことだよ。フィルムにすべて写っていると考えるなど、安直すぎる。まあ見ていなさい」

「フィルムは全然大丈夫ですよ、本部長」スティーヴンソンが汗をかいた顔をむけた。「すぐ準備できます」

沈黙が長くなり、スティーヴンソンの作業でたまに生じる謎めいたチリンチリンという音や、ハイ・ストリートを悲しげに車がさっと通る音が聞こえるだけになった。スティーヴンソンはソファを壁際まで押して、スクリーンを遮るものがないようにした。椅子も並べた。スクリーンにはかすかに皺《しわ》が寄っていたので、彼は画鋲の位置を変え、スクリーンを平らになでつけた。見物人たちからようやく安堵の溜め息が漏れるなか、彼はゆっくりとあとずさり、窓辺へむかった。

「さて、みなさん」薬剤師はカーテンに手を伸ばしながら言った。「準備ができました。椅子にお座りいただければ、わたしがカーテンを閉めますので」

フェル博士がどたどたとソファにむかった。ボストウィックがその隣へためらいがちに浅く腰掛けた。エリオットはスクリーンのもっと近くだが、端のほうに椅子を引っ張った。まず一組のカーテンが閉められ、カーテンリングがカチャカチャと鳴った。

「さて、みなさん――」

「待ってくれ！」クロウ本部長が口からパイプを外して言った。

「ああ、わしの古びた帽子よ！」フェル博士がわめいた。「今度は何事かね？」

「そんなに興奮しなくてもいいだろう」本部長が抗議した。彼はパイプの柄を突きだす身振りをした。「仮にだよ――そう、仮に不都合がなにもないとして」

「それを確認しようと、わしたちは待っておるんじゃないか」

「仮に、わたしたちの期待するとおりのものが写されていたとしてだ。はっきりわかることがある。たとえば、ドクター・ネモの実際の身長だ。ここであらかじめ意見を出しあっておこうじゃないか。これからわたしたちが目にするものはなんだ？　ドクター・ネモは誰だ？　きみはどう思う、ボストウィック？」

ボストウィック警視は奥のソファから月のように丸い顔をむけた。パイプを頭のうしろで宙に浮いているように見える位置に掲げている。

「そうですね、本部長――ミスター・ウィルバー・エメットを見ることになると思っていますが」

「エメット！　エメットだと？　だが、エメットは死んだんだぞ！」

「寸劇のときは死んでいませんでした」警視が指摘する。

「だが――まあいい。きみはどう思うね、フェル？」

「本部長」フェル博士は慇懃《いんぎん》に対応した。「わしの見解は、見解をもたせていただくだけでありがたいということですわ。ある時点でわしたちが目にするものについては確信がある。ほかの点については、確信がもてませんが。さらにほかの部分については、なにを見ることになるのかさっぱりわかっていない。ですから、フィルムをもう観てみんかね」

「了解です！」スティーヴンソンが言う。

残りのカーテンもシュッと閉められた。こうして暗闇を破るのは暖炉のかすかな火、それからパイプのどこか不気味なきらめきだけとなった。エリオットは古い石造りの家にまとわりつく湿気を意識するようになった。風通しの悪さと煙も。同席者の姿や顔はなんなく見分けられる。部屋の奥にいるスティーヴンソンさえも。スティーヴンソンは動きまわり、映写機につながった電気コードをぎこちなく避けて踏み越えた。映写機のスイッチを入れる。カチリといって光が映写機の箱の部分から飛びだし、るつぼに身をかがめる錬金術師のようにスティーヴンソンを照らした。映写機から出た光はパイプの煙を照らしながら、スクリーンに縦横それぞれ四フィートの真っ白な四角を映しだした。

部屋の後方からカタカタという小さな音が連続して鳴り、なにかがひらいて閉まるカチリという音もした。映写機がうなりだし、着実なウーンという音が響いてきた。スクリーンがきらめき、揺らぎ、それから真っ暗になった。

故障ではない。ウーンという音はまだ部屋を満たしている。スクリーンは相変わらず暗く、かすかに灰色がかってかすかに揺れている。それがいつまでも続くように思えた。と、そこで、かすかなぼやけた光が現れ、それが目をくらますほどになった。スクリーンの中央で垂直にひびが走ったかのようだった。ぼんやりした黒い部分が押しやられ、光が押し広げられていく。エリオットはそれがなにかわかった。自分たちは事務室に面した音楽室に舞いもどっているのだ。

誰かが咳をした。マーカス・チェズニーが折れ戸を押し開けている。

画面が少しぶれた。続いて、暗闇の薄布で縁どられたような、ベルガード館の事務室が見えた。端に沿って動く影が揺れている。あきらかに机のむこうへ歩いてもどる男のものだ。ハーディングは少し左に寄りすぎた位置から撮影したため、画面にフランス窓は見えない。影はくっきりとしているが、照明はぼんやりとしてあまりうまくいっていない。それでもマントルピースできらめくものがはっきり見えた。振り子が照明を反射させている、時計の盤面だ。そして机の椅子の背もたれ、広い机の表面、模様が灰色に見えるチョコレートの箱、それにデスクマットに置かれた小さな鉛筆のようなふたつの品物。そのとき、光の端で動きがあった。マーカス・チェズニーの顔がスクリーンからこちらを見つめていた。

彼はカメラ写りがいいとは言えなかった。照明の位置のまずさと、舞台メイクをしていないことから、安定しないシネカメラが作りだすぐらぐら揺れる世界で、彼はすでに死人のように見える。血色が悪く、眉が目立っていて、眼窩《がんか》が落ち窪み、どちらをむいても頰に黒い縞が走る。だが、表情は高潔な静けさをたたえていた。彼はひょいと画面に入ってくると、ゆったりと動いた……

「時計を見て」エリオットの背後から、誰かが耳をつんざくような大声で言った。映写機の着実なうなりを押しやるほどの声だった。「時計を見てくれ！　何時だ！」

「なんてこった――」ボストウィックの声が言う。

部屋のなかにがさごそいう音が響いた。人ではなく家具が動いたような音だ。

「あの時計は何時だ？　何時だね？」

「みんな間違っていた」ボストウィックの声が言う。「そうだったのか。ひとりは深夜十二時だと言い、ひとりは十二時頃だと言い、イングラム教授は十一時五十九分だと言った。みんな間違っていた。十二時一分だ」

「シーッ！」

ささやかな偽りの世界は何事もなく続いていく。かなりもったいぶってマーカス・チェズニーは机の椅子を引き、腰を下ろした。手を伸ばしてチョコレートの箱を自分の少し右へ押しやる。映像が小刻みに揺れるのとは対照的に、とても慎重に位置を調整した。次に平たい鉛筆を手に取り、それでたくみに、いささか自意識過剰に書く真似をした。続いて——爪の先を少々デスクマットに食いこませるようにして、摑むのに多少苦労しながら——もうひとつのちっぽけな品物を握った。一同は照明を浴びたそれをはっきりと見た。

イングラム教授の表現がさっとエリオットの脳裏に甦《よみがえ》った。教授は万年筆のようなものだが、もっと細くて小さなものだと説明した。細い木切れで作られた、長さは三インチ足らずの黒っぽくて先の尖ったものとも言っていた。それは正しい描写だった。

「なにかわかったよ」クロウ本部長が言った。

椅子を引く音がした。クロウ本部長が一同からすばやく離れ、蟹歩きで進み、もっとよく見ようと映写機からの光に首を突っこんだ。本部長の影がスクリーンの半分を覆い、マーカス・チェズニーの映像が大幅に揺れる。一連の異様な図が本部長のレインコートの背にぼやけた輪郭となって踊った。

「フィルムをとめろ」クロウ本部長が映写機からの光を全身に浴びて振り返った。声が甲高くなっている。

「これがなにかはっきりわかった」本部長はそう繰り返す。「時計の分針だ」

「なんですって?」ボストウィックが訊きなおした。

「マントルピースの時計の分針だ」クロウ本部長が叫び、説明するように人差し指をあげた。

「時計の文字盤は直径六インチであることは確認したな。わからないのかね? 何分かを指す長針だ。マーカスは寸劇の前に針を留めるネジをゆるめ——ネジがあることはわたしたちも確認したな——分針を外し、ネジをもどしておいた。こうして時計には針が一本だけ残った。ぴたりと十二時を指す短針だ。

やあ、これは——まだわからないのかね? 時計には針が一本しか残っていなかった。目撃者たちはみな、自分は針を二本見ていると思っていた。本当は短針しか見ていないのに。下から照らすまばゆい電球の光によって、短針のくっきりとした黒い影が時計の白い盤面に落ちた」

本部長は指を掲げ、いまにも踊りだしたい気持ちと闘っているようだ。

「これも証言の食いちがいを生むよう計算されたものだったんだ。わかるかね? 見る角度によって影の落ちる位置が変わり、証言の違いが生じた。イングラム教授はかなり右に座っていて、影が十一時五十九分の位置に落ちたのを見たんだ。ミス・ウィルズは中央に座っていたから、十二時ちょうどに見えた。このフィルムはかなり左から撮影されているから、十二時一分に見えている。寸劇が終わって——マーカスが用心深く折れ戸を閉めてから——分針を時計にもどせばいいだけだ。五秒もあればできただろう。こうして時計はふたたび正しい時刻を示すようになった。だが、寸劇のあいだマーカスは大胆にも証人たちの目の前で分針を握って座っていたわけだ。そして誰ひとりとしてそれに気づかなかった」

沈黙が広がった。

暗がりからボストウィックが感心して膝を叩く音、フェル博士がなるほどとうめく声、スティーヴンソンがフィルムを途中でとめられてぶつくさいうつぶやきが聞こえた。クロウ本部長がぐっと穏やかな口調だが、誇らしさを前面に出してさらに話を続けた。

「時計にいんちきがされていると言っただろう？」

「ええ、たしかに、本部長」ボストウィックが言う。

「心理学的なトリックだな」フェル博士が熱心にうなずきながら認めた。「たとえ影がなくてもこのトリックで証人たちを騙したことに少し賭けてもいいぐらいだ。時計の針が十二時を指しておれば、針は重なって一本にしか見えん。それ以上詳しくは見ない。習慣が人を欺《あざむ》くんだな。だが、我らが賢いマーカスは絶対確実に騙せるよう、三重の準備をした。わしたちが理解できてきたように、彼が寸劇を十二時頃に始めると主張した理由はそこだったんだよ。影の錯覚はなるほど、文字盤のどこに針があっても発揮されるだろうて。だが、短針が垂直になる十二時に、三人の異なる証人に、三つの異なる位置から、時計にくっきりと落ちた三つの異なる影を確実に見せるようにした。こうして十の質問のうち、ふたつも罠にかけようとしていたんだ。だが、いいかね！　問題は――落ち着いて――問題は、では本当は何時だったかということだ」

「ううむ」ボストウィックが言う。

「短針は垂直だな？」

「そうだ」クロウ本部長が保証する。

「つまりそれは」博士が顔をしかめた。「時計をいくつもいじりまわした経験から思い出すことがあるとすれば、短針の位置は十一時五十五分から十二時五分のどの位置でもあり得るということだ。短針はその時間にはほぼ垂直に留まっておるよ。時計の大きさと仕組みに多少影響はされるだろうがね。十二時前の時間については気にせんでいい。十二時過ぎの時間なら注意が必要だ。それはつまり――」

クロウ本部長がパイプをポケットにしまった。

「それはつまり、ジョー・チェズニーのアリバイが吹き飛ぶという意味になる。彼のアリバイはエムズワースの家をちょうど十二時に出たという点にかかっている。ドクター・ネモがベルガード館の事務室に登場したとわたしたちが考えていた時間だったからね。ジョー・チェズニーは実際にエムズワースの家を十二時に出ている。だが、ドクター・ネモが事務室に踏みこみ、マーカスを殺害したのが十二時ちょうどではなかったとしたら。そうだ、本当の時間はすでに十二時をまわっていた。おそらく、五、六分過ぎていた。ジョー・チェズニーはエムズワースの家からベルガード館には三分あれば車で簡単に移動できたはずだ。証明終わり。誰かカーテンを開けてくれないか。わたしはジョー・チェズニーに含むところはない。しかし、わたしたちが追っている男は彼ではないかと考えたいね」

15　フィルムの写したもの

　窓ひとつぶんのカーテンを開けたのはエリオットだった。くすんだ陽射しが入って映写機からの光を薄め、クロウ本部長が折れ戸のあいだのシーツの前で身体をひねり、かすかにぶつかっている姿が見えた。

　そしてクロウ本部長はますます興奮していった。

「警部」そう声をかけた。「わたしは分析が得意だと思ったことはないんだがね。だが、こいつを見過ごせないのはあきらかだよ。そうだろう？　哀れなマーカス・チェズニーは自分が殺害される計画をしていたことになるんだぞ――」

「というと？」フェル博士が考えこみながら言う。

「ジョー・チェズニーは時計と影の錯覚についてすべて知っていたんじゃないか。そう思わないかね？　夕食後、マーカスとウィルバー・エメットが事務室で窓を開けたまま三時間近く過ごしたあいだ、ベルガード館にしばらく留まっていたのかもしれない。あるいは、このほうが可能性が高いだろうが、マーカスとエメットは何日も前にこの寸劇を計画していて、ジョーも事前にすべてを知っていたんじゃないか。

　ジョーは時計の針が垂直になるまでマーカスが寸劇を始めないことを知っていた。通常の方法では時計はいじれないから、マーカスは時刻をずらすことはできなかった。ジョーがエムズワースの家でアリバイを作り、ベルガード館にもどることができたならば、そしてマーカスが十二時より前ではなく、過ぎてから寸劇を始めることにしたならば、ジョー・チェズニーは安泰だ。それに待てよ！　もうひとつある。誓ってたったいま思いついたんだが、あとでジョーが確実にやらねばならなかったことがあるよ」

「どんなことですか？」エリオットは訊ねた。

「ジョーはウィルバー・エメットも殺さねばならなかった」本部長は言う。「エメットは時計のトリックをすべて知っていただろう。そしてこのあたりに、皮下注射器の使いかたを知っているのが何人いると思うかね？」本部長は言わんとすることが周囲に浸透するまで待った。「諸君、これははっきりしている。ジョーは賢い、あの男には知性がある。それに誰が彼を疑うね？」

「あんただ」フェル博士が言う。

「なんだって？」

「実際、本部長、あんたが疑ったじゃないか」博士が指摘した。「真っ先にジョーが犯人ではないかと疑った。あんたの規律正しいウリッジ陸軍士官学校育ちの頭のなかじゃ、ジョゼフ・チェズニーの騒がしすぎる態度に対して、前々から深い疑問があったんだろうね。まあともかく、話を続けてくれんか」

「いやはや、わたしはジョーに対して反感などもっていないぞ！」クロウ本部長はかなり愚痴っぽく反論した。ふたたび堅苦しい態度となってエリオットを見やった。「警部、これはきみの事件だ。今朝からはわたしに口出しする権利はない。だが、きみが知っていたほうがいい理由があってね。ジョー・チェズニーが仕事嫌いであるのはよく知られていることだ。それにマーカスがどうにかして、ときにはおどしすかして仕事を続けさせていることも。だから、逮捕のための理由としては――」

「理由とは?」フェル博士が口を挟む。

「どういうことかね」

「理由とはなにか、と訊いたんだよ」フェル博士が繰り返す。「あんたはとても知的に事件の再現をしておるが、とても小さな、だが、重要であるかもしれん事実を忘れてしまっておるようだ。時計であんたを騙したのはジョゼフ・チェズニーではない。兄のマーカスだ。証拠の方向性をごっちゃにしておる。ピーターが盗みを働いたのに、ポールを縛り首にしようとしているようなもんだ」

「そうかもしれないが――」

「それゆえに」フェル博士が強調する。「心理的な早業《はやわざ》によって、あんたは自分を納得させてしまった。ほかの誰かが構築したアリバイが破れたからというだけの理由で、その男を逮捕せねばならんとな。本人がそのアリバイを構築したとさえ、あんたは考えておらんのに。アリバイがないというだけの理由で逮捕したがっておる。あんたの仮説にある紛れもない弱点については、指摘するまい。あんたはジョーを逮捕などできんと単純に言っておくにとどめよう」

クロウ本部長はいきりたった。

「彼を逮捕するなどとはまだ言ってないぞ。証拠は手に入るはずだが。しかし、あんたの提案を聞いてみようか」

「本部長、続きを見ませんかね」ボストウィックが勧めた。「調べるんです」

「なにをだね？」

「シルクハット姿の男をです。まだ見てませんよ」

「――それにいいかな」指示が出されてカーテンがふたたび閉められると、フェル博士が熱烈な口調で言った。「今度はフィルムが終わるまで誰も遮らんこと。わかったかね？　よし！　では、どうかじっと耐えて、言いたいことはこらえ、なにが起こるか見てみよう。頼む、ミスター・スティーヴンソン」

ふたたび、映写機のカチリという音とうなりが部屋を満たした。演技の場面が始まると一同は静かになり、咳払いと衣擦れの音をたてる程度になった。こうしてスクリーンを見ると映像はあまりにも明確で、視覚から解釈した意見というのはこれほどに誤ってしまうものかとエリオットは考えざるをえなかった。時計の長いほうの針はあきらかに影でしかなかった。マーカス・チェズニーは本物の時計の針を手に、熱心にそれで書く真似をするも、顔にはいっさい騙していることを出していない。

マーカス・チェズニーは針をデスクマットに落とした。なにか聞こえたようだ。少し右をむいた。その顔は骨ばって不気味なほどに窪みの影ができていた。さらに顔をこちらにむけたので、一同にははっきりと見えた。

そこで画面に殺人者が入ってきた。

ドクター・ネモはゆっくりと一同のほうをむき、見つめてきた。

ひょろりとした体型だ。クラウンの高い帽子はひどく毛羽立っていて、虫に食われたように見える。レインコートはくすんだ明るめの灰色で、耳があるべき位置まで襟を立てていた。ぼやけた汚れのような灰色、これは昆虫の顔にも見えれば、マフラーの皺《しわ》のようにも見えるが、これが顔のあるべき場所を覆っていた。目の透けない黒いサングラスが一同をにらんでいる。

左から撮影されていたが、登場の場面からよく見えた。明るい電球に照らされてはいても立ちどまったときは中央からはだいぶ離れたところにいて、照明は高すぎる位置にあったため、男のズボンと靴は暗くて見分けられなかった。手袋をした右手の指はマネキンのもののようになめらかで関節がなく、その手で黒い鞄をもっていた。こちら側に名前が書かれているのが見える。

それから男は目にもとまらぬすばやさで動いた。

これを予想していたエリオットは彼の行動がはっきり見えた。背中をこちらに斜めにむけるようにして、マーカス・チェズニーに視線を据えている。その動きを追うのは簡単なくらいだった。机に近づき、鞄をチョコレートの箱のすぐ奥に置いた。まるで気が変わったようにすぐさま鞄をもちあげ、今度はチョコレートの箱の上に置いた。最初の動きでバネ式底の鞄から偽のチョコレートの箱を出した。二度目の動きで、最初にあったチョコレートの箱を鞄の底に取りこんだ。

「こうやってすり替えたのか！」クロウ本部長の声が暗闇から聞こえた。

「シーッッッッ！」フェル博士が鋭くたしなめた。

だが、考える時間もなく、すべての動作はあまりにすぐ終わった。ネモが照明の届かない範囲を歩いて机の奥へむかうと、そのまま音を立てて消えてしまいそうに思えた。まるで存在しておらず、実体がないような嫌な感じだった。

続いて、一同は人が殺されるのを見た。

ネモは机の向こう側にふたたび姿を現した。マーカス・チェズニーが話しかけるが声はしない。ネモの右手――これが見えたのは、今度はネモが一同に対して斜めに身体をむけていたからだ――がポケットに入れられた。手が出る。この動きはあっという間だったが、小さな厚紙の箱のようなものを取りだした。

ここまで彼の動きはすばやく正確だった。今度は悪意に満ちたように動きだした。左手の指先がマーカス・チェズニーの喉を軽く支えた。それが動いてあごをもちあげた。眼窩《がんか》が落ち窪んでいても、マーカス・チェズニーが驚きの色を目に浮かべたのがわかった。ネモの右手が平たくつぶれたカプセルを、押さえつけた相手の口にねじこんだ。

ボストウィック警視が暗がりでしゃべった。

「おお。ここで例の女性は叫んだんだな。〝やめて！　やめて！〟と」

ネモはふたたび姿を消した。

机をまわって強烈な光の影の部分を移動してくると、黒い鞄をもちあげた。だが、今回は部屋のずっと奥を通って外へむかった。ほのかにではあるが、照明が彼の全身をくまなく照らした。正装用のズボンとイブニング・シューズが見えた。床からレインコートの裾までの距離も見える。一瞬のことだったが、測ったようにはっきりと男の身長が推測できた。

「フィルムをとめろ!」クロウ本部長が叫んだ。「そこでとめろ! 見たか――」

フィルムをとめる必要はなかった。ここで終わりだった。映写機からパタパタという音がして、スクリーンは揺らぎ、暗くなり、真っ白になった。

「以上です」スティーヴンソンの声はかなりしゃがれていた。

そのとき、動いていたのはスティーヴンソンだけだった。映写機のスイッチをとめ、身をくねらせて映写機の背後をまわってカーテンを開けにいった。こうしてその場の情景をあきらかにした。クロウ本部長は満足し切っている。ボストウィック警視はパイプを吸いながら静かに謎めいた笑みを浮かべている。だが、フェル博士の顔はまさに雷に打たれたような仰天した表情で、本部長は思わず笑いだしたほどだった。

「びっくりした者がいるらしいな」本部長はそう言った。「さて、警部。聞かせてくれ。ドクター・ネモの身長は?」

「少なくとも六フィートですね」エリオットはしぶしぶ認めた。「もちろん、虫眼鏡を使ってフィルムを測らねばなりませんが。彼はあのマントルピースとぴったり同じ背の高さでしたから、測るのは簡単でしょう。比べてみればいい。ですが、六フィートに見えました」

「ああ」ボストウィックも賛成した。「六フィートだった。それにあの男の歩きかたに気づいたかね?」

「あんたはどうだね、フェル?」

「気づくわけがあるか」フェル博士が怒鳴った。

「だが、自分の目を信じないのか?」

「信じないぞ」フェル博士は言う。「絶対に信じん。どうしても信じん。自分の目を信じてすでにどれだけ混乱したか考えてみい。わしたちは錯覚の家やトリックの箱のなかを、特別に奇っ怪な幽霊列車のなかを移動しておるんだ。時計のトリックを考えてみると、あまりの出来のよさに感服してしまうわい。マーカスがあのぐらい創意工夫に富んだものを考えだすのなら、ほかのトリックだっていいものを——いやさらにいいものを考えてもおかしくない。わしは見たものなど信じんぞ。誓って、信じたりせん」

「でも、この点もトリックだと考える理由があるのかね?」

「あるとも」フェル博士が自信をもって答える。「わしはそいつを〝まったく必要のない質問の問題〟と呼ぶ。だが、わしたちにはもっと重大で、もっとあたらしい問題が提示されたばかりだ——」

「どのような?」

「うむ、専門家である証人がいかに一杯食わされたか考えてみなさい」フェル博士はそう主張し、絞り染めのハンカチを取りだしてひらひらと振りまわした。「三人の証人がドクター・ネモの身長についての質問に答えた。マージョリー・ウィルズはとくにいい証人というわけではない。ハーディングはまったく役に立たん証人だ。一方、イングラム教授はなるほどじつに優れた証人だ。それでも、この身長の質問については観察力のないふたりが正しく、イングラム教授はどうしようもないほど間違った」

「だが、男は身長六フィートじゃないと、あなたはどうしてそこまで言い張るんだね?」

「わしは言い張ってはおらんよ。なにか疑わしいことがあると言っておるだけだ。この事件のことを聞いてからの、厄介で、慌ただしくて、落ち着かない状態のあいだずっと、ひとつの疑問が地獄の炎のようにわしを悩ませてきた。そいつがいままで以上に気にかかる。それはこういう疑問だよ。フィルムはどうして破棄されなかったんだ?——繰り返そう」フェル博士はまたハンカチを振る。「フィルムが犯人によって破棄されなかったのはなぜだ? マーカスが亡くなり、エメットが二階に運ばれて、あの家の一階は無人になった。そうさ、破棄するならたっぷりと、容易にやってのけられる機会があったわけさ。きみたちが到着したとき、音楽室には誰もおらず、カメラは蓄音機に適当に突っこまれておった。犯人はシネカメラを開けてフィルムを光にさらしさえすれば、一丁上がりだった。まさか、人殺しが警察によって顕微鏡でしっかり調べられるであろう、犯行中の自分の映像をほしがったなどとは言わんだろうね。いやいや、それはないな」

「だが、ジョー・チェズニーは——」クロウ本部長が口をひらいた。

「よろしい。犯人はジョー・チェズニーだと仮定しよう。時計のトリックでアリバイを作ってジョーがマーカスを殺害し、あんたが言ったとおりのことをしたとする。だが、ジョーというのは、完全におかしくなってまともに考えられん男じゃないだろう。彼がドクター・ネモを演じるのであれば、ハーディングがはりきって残らず撮影することは知っておったはずだ。フィルムを調べられたら、すぐさま消えた分針とからくりの時計の秘密がばれて、すべての計画が崩れる。そして実際にそうなった。では、彼が警察署のあんたのところに通報したのは何時だったね？」

「十二時二十分だった」

「そうだ。そしてあんたたちがベルガード館に到着したのは？」

「十二時二十五分頃だ」

「まさにそうだ。それで、ジョーがあんたに電話したということは、彼は一階にいて、音楽室まで三歩の場所にいたことになる。ほかの者たちは二階にいた。なんで二秒だけ時間を割《さ》いて音楽室に入り、自分を絞首刑にするであろう証拠を破棄せんかった？」

クロウ本部長の顔はだいぶ赤くなっていた。

「やられましたな、本部長」ボストウィックがあっさり言う。

「やられたとは、どういう意味だ？」クロウ本部長がどこまでも頑なに言う。「なにもそうとは言い切れない。ジョーはシネカメラを見つけられなかったのかもしれないぞ」

「チッチッ、それもないな」フェル博士が言う。

「じゃあ、警視」クロウ本部長が口を尖らせて言った。「きみはそこまでこの件に詳しいのだから、きみなら助け舟を出せるんじゃないかね。犯人がフィルムを破棄しなかった理由を説明できるか？」

「ええ、本部長。できそうです。つまりこういうことですよ。犯人はフィルムを破棄できる状況になく、もうひとりの犯人はフィルムを破棄したくなかった」

「なんだと？　犯人がふたりいるというのか？」

「はい、本部長。ミスター・エメットとミス・ウィルズです」

ボストウィックはパイプをなでて、しげしげとそれを見つめた。重苦しく、暗澹《あんたん》と考えこむ表情を浮かべている。そしていささか言いにくそうに話しだした。

「わたしはここまで事件についてあまり意見を述べませんでした。でも、あれこれたくさん考えましてね。本部長がわたしの考えを知りたいと言われるならば、もちろんお話しします。それに証拠についてもほんの少し提示できます。まず、そこに映っていた男ですが」彼はスクリーンを指さした。「あれはミスター・エメットです。疑う余地はありませんな。あの身長を見てください。あの歩きかたも。村の誰に訊いてもいい、いまのを見せてあんなふうに歩くのは誰かと訊ねれば、みんなミスター・エメットだと言いますよ。

わたしは何者かがミスター・エメットを殴って入れ替わったという説は一度も信じていませんでした。そしてそのとおりでした。ミス・ウィルズが、そのような先入観をわたしたちの喉に押しこんだ。こちらに彼女の企《たくら》みを気づかせる暇もなく。フィルムの場面とそっくりです。考えられませんよ」彼は身体を起こした。「いつでも好きな日に、老紳士の紅茶へ青酸カリを少し垂らせばいいだけなのに、わざわざこんなに手の込んだことを誰がしますかね？　寸劇でもしも正体を見抜かれたら？　帽子が落ちたら、あるいはマフラーが外れたらどうするんです？　実際はそうなりませんでしたが、そうなったかもしれないんですよ。もしも老紳士が摑みかかってきたら？　その可能性だってもちろんありました。そうです、本部長、違いますよ。フェル博士の言うとおりだ。老紳士を殺害したのが誰にしても、わたしたちが犯行を見ることができるようなフィルムは残したくなかったはずですから、それを取り除かなかったのはなぜか？

昨夜はそのことを考えて少しも眠れませんでしたな。そんなとき、急にこんなことをつぶやいていました。〝いや待てよ〟」――彼は膝をぴしゃりと打ってみせた――「〝いや待てよ、もうひとつのカプセルはどこにある？〟と」

エリオットは警視を見やった。

「もうひとつのカプセルとは？」そう訊ねると、見つめ返された。

「ほら。もうひとつのカプセルだよ。何者かがミスター・エメットを気絶させ、普通のカプセルを毒入りカプセルとすり替えたとわたしたちは思っていた――いや、ミス・ウィルズにそう思わされていた。仮にそうだとしよう。だったら、もうひとつのカプセルはどこにある？　無害なカプセルの行方は？　わたしたちは徹底的に捜索したよ、家の隅々までをな。レインコートも黒い鞄もすべて。それでもうひとつのカプセルは見つかったか？　いいや、見つからなかった。つまり、カプセルはひとつしかなかったということだ。ミスター・エメットがもっていたもの、つまり老紳士の喉に無理やり押しこんだもの」

クロウ本部長が口笛を吹いた。

「続きを聞かせてくれ」

「それに、もうひとつわたしたちが見つけられなかったものがある」ボストウィックはエリオットにむけて語った。「小さな箱だよ。彼がカプセルを取りだした小さな厚紙の箱。レインコートのなかで見つかったか？　いいや、見つからなかった。だが、わたしはこう思いついた。〝あそこか！　そうじゃないか？〟。それで今朝、思った場所を探した。するとあったんだよ」

「どこにですか？」

「ミスター・エメットの上着の右ポケットさ。寝室の椅子にかけてあったものだ。手当で服を脱がせたときに、彼女がそこに入れたんだな」

「これは」クロウ本部長が言う。「いかにも怪しいな」

「最後までお話ししてしまいますね、本部長。あと少しです」ボストウィックがそう断って、さらに早口だが重苦しい口調でしゃべった。「何者かがゆうべ、ミスター・エメットを殺害しました。何者かというのは、老紳士を亡き者にするため、ミスター・エメットとぐるになった人物です。ミスター・エメットが彼女のためならなんでもしたことは有名ですからね。あるいは、彼女は毒入りのカプセルをミスター・エメットにはそうと知らせず手渡したのかもしれません。そして、老紳士に無理やり飲ませるよう命じたのです。ですが、最後の部分についてははっきりしませんね。なぜならば、ミスター・エメットはアリバイを手に入れるために自分で自分を殴った。ですから、すべてふたりとも承知の上だったように見えます。とにかく、彼女は老紳士が殺害されるとき、なぜ〝やめて！　やめて！〟と叫び――その後、そんなことは覚えていないと否定したんでしょう？

そんなことをするのは納得いかないし、自然な行動とも思えない。ただし、なにが起こっているのか彼女が知っていたのなら話は別ですな。それが殺人だと彼女はよくわかっていた。土壇場で彼女は自分を押しとどめられなかった。そうした例は前にもある。ミスター・エリオット、きみは意外かもしれないが、わたしはロンドンの殺人事件についての本をたくさん読んでいる。だから、そうしたことがいつあったのか教えてあげられるんだ。女というのは思わずそうしてしまうんだよ、騒ぎを起こしたのが自分たちでも。〝やめて！　やめて！〟というのは、劇場からの帰り道にエディス・トンプスンが叫んだ言葉と同じだ。共犯者のバイウォーターズが物陰から躍りでて彼女の夫を刺殺したときに」

彼は口をつぐみ、重々しく呼吸した。

クロウ本部長は落ち着かないらしく身じろぎした。

「フィルムがウィルバー・エメットに不利な証拠になりうるかは」エリオットはこう認めた。「例の男がエメットだと断定できるかどうか、それ次第です」かなり混乱して気分も悪くなりかけていたが、事実にむきあった。「ここまでは納得できる説明でした。ですが、ミス・ウィルズに不利な証拠はありますか？　彼女が〝やめて！　やめて！〟と言ったからというだけでは逮捕できませんよ。それはじゅうぶんな証拠にならない」

「証拠ならあるとも」ボストウィックは切り返した。ふたたび彼の顔は真っ赤になっていた。しばらくためらっていたが、椅子から振り返って叫んだ。「ホバート・スティーヴンソン、この部屋で聞いたことを一言でも漏らそうものなら、わたしがここにやってきてその首をへし折るからな。はったりじゃないぞ」

「なにも漏らしませんよ、警視」スティーヴンソンは目を丸くして言った。「誓います」

「それでいい。しゃべったら、かならずわたしの耳に入るからな」ボストウィックはそう警告して怖い顔でにらむと、ふたたびほかの者たちにむきなおった。「フィルムを見てすぐにこの話をもちだすつもりでした。このことはまだ誰にも話していないんですよ、本部長にさえもね。確実を期したかったもので。とにかく、証拠ならある。本部長は先ほど、医者以外に皮下注射器の使いかたを知る者は多くないと言われましたね。だが、あの女は使えた。六、七年前のインフルエンザ流行の兆《きざ》しのとき、教わっています。ドクター・チェズニーを手伝って村人に予防接種をしたんです」

「そしてきみはこう言っていたね」今度はエリオットにむかって話しかける。「彼女に石を投げる者をわたしたちが逮捕したがっているように見えないと。そんなことはないし、そう思われるとは心外だ。まったくもって気に入らないよ。村の平和をかき乱す者がいれば、わたしは職務を果たす。それが誰であっても、治安判事たちが正しく処分を下すと請けあおう。だが、わたしはあの女が有罪だという証拠を握っていると警告したはずだ。どんな証拠だと思う？」

警視は上着の内ポケットから封筒を取りだし、中身が見えるように口を開けてみせた。そしてそれを見せようと一同の前を歩いた。入っていたのは小型の皮下注射器だった。プランジャーはニッケルでできており、細いガラスのバレルに通っていて、無色の染みがあるのがわかった。ビター・アーモンドのにおいがはっきりしている。

「なるほど」エリオットは言った。「そうですか」喉がカラカラで目が熱くなってきた。「どこで見つけたのです？」

「わたしは覗きまわる癖があってね」ボストウィックは言う。「だから本部長に頼んで、ここへきみを迎えにくるようミス・ウィルズを使いに出してもらった。こいつは、ミス・ウィルズの寝室の鏡台にあった宝石箱の隠し底で見つけたんだ」

彼は封筒をエリオットに手渡して、腕組みをした。

「それだと」クロウ本部長が咳払いをして言った。「どうにも言い逃れできんようだな。きみの意見はどうだね、警部？　逮捕状を取りたいかね？」

「その前に、この件で本人と話す機会をもちたいのですが」エリオットは穏やかに言った。深呼吸をする。「けれど、あなたが言われるように――ええ、残念ながら言い逃れできないようですね。ご意見はどうですか、博士？」

フェル博士は白髪まじりのもじゃもじゃ頭に両手を押しつけてうめいた。考えを決めきれずに思い悩む形相だ。

「確信さえもてたら！　それさえあれば」博士は主張した。「目下、崩壊しておるわしのいつもの秩序と調和を取りもどせさえしたら！　意見もなにも、どう言えばいいかわからん。この事件はわしの考えなど関係なしに、耳のなかでガタガタいいよるわい。あんたたちの言うとおりという可能性も大いにあるが――」

エリオット自身の希望も耳のなかでガタガタいっていた。

「――もちろん、あの娘さんとちょっとばかり話したほうがいいな。警部が言うとおり――」

「話をするですって!」ボストウィック警視がついに自分を抑えられなくなって大声をあげた。「話ですか! ハハ! それが警察の仕事ではありますからね、そりゃそうだ。でも、あの女は絶対に有罪ですよ、博士。そのことはわたしたちはよくわかっているんだ。あの女にはいくらでもまともな生活ができた。まともな女だと思って、わたしたちだってこれ以上ないくらい公平に接してきた。それでどうなった? その仕打ちがこれだ。彼女は第二のエディス・トンプスンだが、もっとたちが悪い。トンプスンと言えば、わたしはこんなことも聞いた」――彼はエリオットを一瞥《いちべつ》した――「夫を殺害後に聴取にきた警官さえたらしこもうとしたと。つまり、やはり歴史は繰り返すということだね」

16 厚紙の手がかり

午後四時三十分に、フェル博士とエリオット警部はボストウィック警視ともどもマージョリー・ウィルズの寝室へむかった。

博士と警部は《青獅子亭》で黙りこくって昼食を済ませていた。クロウ本部長が一緒だったからだ。そして本部長はこれからする捜査が終われば、もう自分はいっさい口を出さないと宣言したが、エリオットはそれが果たして本当かどうか怪しんでいた。胸中穏やかでなく、肉の大きな切り身が運ばれてくると若干胃がむかついた。頭のなかで、ああでもない、こうでもないと自問自答を繰り返していた。思いだしてみると、マージョリーに話を聞いたとき、彼女が訴えてきたことはあまりにも芝居めいて嘘くさく感じられて、苦い薬のように耐えられなくなった。彼女は縛り首にされてしまうだろう。きっとそうだ。だがあのとき、彼女はこちらの心をどうやって読んだのだろう?

エリオットは絞首刑に二度立ち会ったことがある。細かなことは思いだしたくもなかった。

ベルガード館に到着してみると、ほっとしたことにマージョリーは外出しているとわかった。ハーディングと車で出かけたと、愛らしいメイドのパメラが告げた。バースかブリストルに行ったのだと赤毛のメイドのリーナは言った。メイドはふたりともピリピリしていて、それは料理人のミセス・グリンリーも同じだった。館に自分たちしかいないからだ。ミスター・マクラケンという人物――温室でのエメットの助手らしき男――が時折、家に顔を出しては彼女たちに声をかけ、問題がないか確認していた。ドクター・チェズニーは昨夜ベルガード館に泊まったものの、この頃には引きあげていた。メイドたちも料理人も、昨夜の二件の殺人事件のどちらにも加えられるような証言はなかった。

ベルガード館は秋の陽射しを受けて心地よく活気があるように見えた。黄色と青の煉瓦、それにオランダ式切妻の三角屋根が隠している秘密などなさそうだった。ウィルバー・エメットもまた、とても穏やかに亡くなっていた。彼の寝室の窓は西に面していて、柔らかな陽射しがカーテンのひらいた窓からベッドに注がれていた。頭には包帯がされ、顔にかすかなチアノーゼが見られた。だが、表情は安らかで、亡くなって魅力が出たように思えるほどだった。まっすぐに横たわり、上掛けが胸元を覆い、パジャマの袖をめくりあげられた右腕が外に突きでていた。ドクター・ウエストは検死のために遺体を搬送する許可をもらった。この現場では、エメットはおそらく皮下注射によって青酸を打たれて亡くなったらしいということしか言えなかった。これほど穏やかで恐怖のない死にかたもなかっただろう。それでもさすがのフェル博士でさえ、陽射しの注ぐ桃の模様の壁紙の部屋を見まわして、かすかな身震いを抑えているようだった。

「そうです、ぞっとします」ボストウィックが博士を見つめて同意した。「さあ、こちらへ」

マージョリーの寝室は家の前面にあった。ここも広々として活気ある部屋で、羽目板のようなデザインのクリーム色の壁紙が貼られていた。家具は明るい色のクルミ材のもので、窓にはフリルのカーテンに黄金色寄りの茶色のカーテン飾りがかけてある。ベッドの隣に扉のない低い書棚が置かれて二、三十冊の本が収められていたので、エリオットはタイトルをちらりとながめた。フランス、イタリア、ギリシャ、エジプトの旅行案内のシリーズ。フランス語の辞書、ペイパーバックの『簡単なイタリア語』、『海とジャングル』、『青が始まる場所』、『道化踊り』、『ドリアン・グレイの肖像』、『J・M・バリ戯曲集』、『アンデルセン童話集』、『自堕落な愛人《ラ・クロニーク・ダン・ア》の年代記《マン・ヴイシユー》』。そして――ボストウィックはもう気づいているだろうか――化学の教科書が何冊か。

ボストウィックは気づいていた。「おやおや。そこにある数冊を見てみるといいですな。下の棚の」

「うーん。かなり多様な蔵書じゃないか？」フェル博士がボストウィックの肩越しに覗いてつぶやいた。「あの若いご婦人の性格は、わしが考えておったよりずっと興味深いものに思えてきたぞ」

「わたしにはすでに興味深いものですがね、博士」ボストウィックが断固とした口調で言った。「こちらを見てください」

鏡台は窓と窓のあいだにあった。円形の鏡につけて台の中央に置いてあるのが装飾が施《ほどこ》された黄金の箱で、縦横それぞれ五インチほどの大きさだ。横手は丸みを帯びていて、四本の短い脚がついている。イタリア製で、蓋には聖母とキリストの着色された絵があしらってあった。二重底はわずか四分の一インチの深さでたくみに隠してあり、脚の一本のちっぽけなバラ飾りを押すとバネでにひらくようになっていた。ボストウィックがどうやるか実演した。

「どうやら」エリオットはのろのろとしゃべった。「彼女は海外旅行でこの宝石箱を手に入れたんでしょうね」

「かもしれんね」ボストウィックは無関心だった。「肝心なのは――」

「ということは、旅行に出たほかの者たちも二重底については知っていたということでは？」

「つまり？」フェル博士があたりを見ながら轟《とどろ》くような声を出す。「注射器は彼女を罠にかけるために置かれたものだと言いたいのかね？」

エリオットは正直だった。「わかりません。最初はたしかにそう思ったことを認めます。でも何者かがここにわざと置いたのだとしても、目的がさっぱりわからないことを、やはり認めるしかありません。正面から検討してみましょう」彼は懸命に考えながら部屋を行ったり来たりした。「真犯人はこの家の者か、チェズニー家にとても近い者であるという事実は受け入れるべきです。そこから離れて考えることはできません。これが小説ならば、犯人は都合よく完全に外部の者と判明するかもしれませんが——たとえば、薬剤師であるスティーヴンソンだとか」

ボストウィックが目を開けた。「いやはや！　それはいくらなんでも——」

「ええ。そんなはずはない。それはわかっています。ですが、この家の者にどんな動機があって——」

エリオットはそこで言葉を飲みこみ、ボストウィックと振り返った。それというのも、フェル博士が小さな叫び声をあげたからだ。博士は宝石箱に関心を示してはいなかった。そんなことはせずに、これといった目的もなく、無意識のようにして鏡台の右手の抽斗《ひきだし》をちょっと開け、撮影照明用電球の厚紙の箱を取りだしていた。からっぽだった。重みを手でたしかめている。鼻をくんくんいわせた。眼鏡を鼻にぐっと押しつけると、ワインのボトルの色をたしかめるときのように、入れ物を光にかざしてみせた。

「おや、これは」フェル博士はつぶやいた。

「どうされたのですか、博士？」

「ちょっとしたことだが、そのちょっとしたことがいかに重要か」フェル博士は言う。「いいかね、誰も異議がなければ、この部屋の掃除をしておるメイドとぜひ話したいんだが」

エリオットがメイドを探しにいき、フェル博士はドアをドンドンとノックして押し入ろうと構えている者のように意気込んで待った。部屋の掃除の担当は赤毛のメイドのリーナだとわかった。しかし、愛くるしいメイドのパメラも精神的な支えのために同席すると言い張ったので、ふたりともフェル博士の前に緊張してまじめくさった雰囲気で立つことになった。もっともエリオットがあとで知ったところによると、くすくす笑いをしたくて仕方がないのを隠すためだったそうだ。

「やあ」フェル博士が愛想よく言った。

「こんにちは」赤毛のリーナがにこりともせず言った。だが、逆にパメラは人を惹きつける笑顔を見せた。

「ハハッ」フェル博士は笑う。「午前中にこの部屋を掃除するのはどちらだね？」

リーナがすばやくあたりを見まわし、自分だと挑むように答えた。

「こいつを見たことがあるかね？」フェル博士は電球の厚紙の箱を掲げた。

「はい、あります」リーナが答える。「あの人が昨日の朝、手に入れたものです」

「あの人？」

「ミス・マージョリーが手に入れたものです」同僚から激しく脇腹をつつかれてリーナは言いなおした。「早い時間に村へ出かけて買われたものです。もどられたとき、わたしはちょうどこの部屋を掃除しておりましたので見ました」

「これは手がかりなんでしょうか、旦那様」パメラが無邪気に興奮して訊ねた。

「そうだよ。お嬢さんはこれをどうしたかね？　知ってるかい？」

リーナは渋い顔つきになった。「そこの鏡台の抽斗に入れました。あなたが開けられた抽斗に。そこから取りだしたのならば、もどしておいてください」

「その後、こいつを見かけたかね？」

「いいえ、見ていません」

リーナは事情聴取などされて心からすくみあがっているようだが、パメラはそうではないようだ。

「わたしは見ました」みずから進んで答えた。

「そうかい？　いつだね？」

「ゆうべの十一時四十五分に」すぐにパメラは答えた。

「ほおお！」フェル博士は気を抜いて無神経に吠えるように返答したので、さすがのパメラもたじたじとなり、リーナの顔は土気色になった。「これは失礼。驚かせてすまんかった」博士は両手を振りまわして、ますますメイドたちを怯《ひる》ませる。ボストウィックが博士を見つめていた。

「あんた、余計なことを言っちゃだめじゃない」リーナが激しい口調でパメラに言った。「刑務所に入れられちゃう。きっとそういうはめになるんだから」

「わたしは刑務所になんか入れられませんよね?」パメラが言う。「それとも入れられるんですか?」

「もちろん、そんなことにはならん」フェル博士が安心させた。「そのときの話をしてくれんか? お願いする」

パメラは間を置いて、同僚にこっそりと勝ち誇ったように顔をしかめてみせた。「わたしはミスター・チェズニーの言いつけで、これを取りにきたんです。夜遅くまで起きて、ラジオを聞いていたので――」

「ラジオはどこにあるのかね?」

「台所です。もう休もうと階段をあがろうとしたら、ちょうどミスター・チェズニーが事務室から出てこられました」

「ほう、それで?」

「旦那様は〝やあ、なにをしているのかね? もう休んでいるはずの時間だろうに〟と言われました。わたしはラジオを聞いていて、いまから休むつもりだと返事をしました。旦那様がなにか言おうとなさったとき、イングラム教授がちょうど書斎から出てこられました。旦那様はわたしに〝ミス・マージョリーが今日買ってきた撮影照明用電球のことを知っているか。どこにあるかね?〟と訊かれました。わたしはたしかに知っていました。リーナから聞いていて

――」

「わたしを巻きこまないでよ！」リーナが叫んだ。

「そんなにプンプンしなくたっていいじゃない！」パメラは急に我慢できなくなったらしく言った。「別に悪いことはなにもしてないでしょ？　わたしは二階にありますと返事をしました。旦那様は〝では、ひとっ走りして、もってきてくれないか？〟と言われましたので、わたしはそのとおりにして、電球をもってもどってきました。旦那様は教授と話しこんでおられましたね。それからわたしは休みました」

フェル博士が続いてどんなことを訊ねるつもりだったかはわからないが、リーナがそれを邪魔した。

「悪いことはしてないとかなんとか、どうでもいい」リーナは怒りを爆発させた。「とにかくもう、うんざり。あっちでもこっちでも、あの人についてのこそこそ話ばかりで嫌になる」

「リーナ！　黙って！」

「いいえ、黙ったりしない」リーナは腕組みをした。「あの人が噂されていることをやったなんて、一分だって信じやしないわ。そうでなくちゃ、うちの父さんがわたしをここで奉公させておくはずないもの、一分だって。父さんもそう言ってる。それにわたしはあの人を怖いとは思わない。あの人が十人いたって平気よ。でも、常識外れのことをするから、あんなふうに言われるの。あの人ったら、どうして昨日ひとりでイングラム教授のところなんかに行ったの。午前中から午後の半分も。あんなに素敵な恋人をここにひとり残して。それにレディングのミセス・モリソンの家に行くなんて言って、何度もロンドンに出かけてる。男に会いにいったのよ、そうに決まってる」

　ここで初めて、ボストウィック警視は関心を示した。

「何度もロンドンに？　どんな目的があって？」警視は訊ねた。

「ええ、わたしにはわかりますとも」リーナは暗い口調で言う。

「ロンドンに出かけたのはいつの話なのかね？」

「いつだったかなんて、どうでもいいの」リーナは完全にいきりたち、震えはじめた。「男に会いにいった、そういうことです。それだけわかればじゅうぶん」

「いいかね、きみ」ボストウィックも癇癪《かんしゃく》を起こしそうになりながら言った。「こんなことは許せないぞ。どうしていままで黙っていたんだね？」

「だって、こんなことを誰かにしゃべったら、お尻をぶつぞと父さんに言われたからよ。どっちにしても、それは五、六カ月前のことだから、今度の事件には関係なんかありませんよ。あなたが関心をもつようなことじゃないもの、ミスター・ボストウィック。わたしが言いたいのは、女がみんなあの人みたいなことをしていいってことになったら――」

「彼女がロンドンに会いにいった男は誰かね？」

「あの、もうわたしたち失礼してもいいですか？」パメラが口を挟み、同僚の脇腹を肘でつついた。

「いいや、絶対にだめだ！　彼女がロンドンに会いにいった男の名は？」

「そんなの知りませんた。尾行したわけじゃないんですから」

「いいや、知っているんだろう」

「ちょっと、メイドがなんでも嗅ぎまわってると思ってるの？」赤毛のリーナが目を見ひらいて言う。「何度訊かれても知らないものは知らないし、知っているべきでもないわ。あなたがイングランド銀行のお金を全部わたしにくれると言ってもね。わたしが知っているのは、その男が研究所かどこかで働いているってことだけよ。男から来た手紙にそう書いてあったから。いいえ、あなたが考えてるようなことじゃないから。封筒に研究所の名前が印刷してあっただけ！　だからわかったの」

「研究所だと？」ボストウィックはゆっくりと重々しく聞き返した。口調が変わっていた。

「では、もう下がっていい。呼びもどすまで表で待つように」

メイドたちはこの指示にあっさり従った。というのは、この瞬間にリーナがついに泣きじゃくりはじめたからだ。昨夜の事件とそれに続く第二の事件は、心への負担が大きすぎた。ずっと冷静なパメラは案じるようにリーナを連れていき、ボストウィックは額をこすった。

「研究所だと？」彼はふたたびその件で考えこんでいる。

「おもしろいとお考えですか？」エリオットは訊ねた。

「なんだって？　そうに決まっているじゃないか。ようやく少しばかりの運に恵まれたんだ。行き詰まっていた点が打開できた。あの女が毒を手に入れた場所だ」警視は断言した。「経験上、幸運も悪運もいっぺんにやってくるものだよ。今回もまさにそうだ。研究所！　なんとまあ！　しかしまあ、この若いご婦人は化学者ばかりに熱をあげるようだな。最初はこの男、次にミスター・ハーディング……」

エリオットは話すことにした。

「〝この男〟というのも、ハーディングです」そして経緯を説明した。

説明のあいだ、ボストウィックの目はどんどん見ひらかれていき、フェル博士はむっつりと窓の外をながめていた。エリオットはこの話が博士には目新しいものではないのだと思った。午前中の記憶が甦《よみがえ》る。フェル博士はうろついていたが、立ち聞きできる程度の距離にいたのだ。ボストウィックが吹いてみせた口笛は長く凝ったもので、音楽を奏《かな》でているようだった。

「いつから――いつその話を知ったんだね？」警視が訊ねる。

「あなたの言葉を借りれば、彼女が警官をたらしこもうとしたときに」

エリオットはフェル博士の視線を意識した。

「ほほう」ボストウィックはわかったという口調で言った。「つまり、まだそれほど――いや気にしないでくれ」そしてかすかにいらだちを滲《にじ》ませて溜め息を漏らした。「肝心なことは、これで事件の全貌がわかったということだよ。これで安泰だ。彼女が毒を入手した場所が判明した。ミスター・ハーディングから手に入れたんだ。おそらく彼の研究所を訪ねたときに。あらゆるものに手をふれられ、ほしいものを盗むことができたわけだ。こんな簡単なことはないだろう？　どうだね？　あるいは――」警視はいったん口をつぐみ、暗く重苦しい表情になった。「はて、これはどう考えたものか。ミスター・ハーディングは大変話しやすい気さくな紳士だが、今度の事件はわたしたちが考えていたよりずっと奥が深い。最初から欺《あざむ》かれていたとしたら？　彼女とミスター・ハーディングがふたりですべてを計画したのだとしたらどうだ？　きみはどう思う？」

「どちらも成り立たないでしょう、警視」

「というと？」

「警視、事件の要《かなめ》の動機はいったいどうなったんですか」エリオットはいまにも怒鳴りそうになっていた。「全貌が見えたということは、動機も判明したということになりますよね。どんな動機です？　最初は彼女が単独で殺人に手を染めたと言われた。次にエメットと共謀したと。そして今度は彼女がエメットを殺害し、ハーディングと共謀して殺人に手を染めたという。お願いですから、冷静に考えてください。彼女が出会った者と片っ端から殺人の共犯になるとは考えられませんよ」

ボストウィックは悠々とポケットに両手を入れた。

「ほう？　それはどういう意味なのかね、きみ？」

「わかりづらかったですか？」

「ああ、そうだな。わかったことはあったが、解せないこともある。きみはいまだに、この若いご婦人が有罪だとは信じていないように聞こえるがね」

「厳密に言えば」エリオットは答えた。「おっしゃるとおりですよ。いまでも信じていません」

ここで小さく、かすかにぶつかる音がした。身のこなしに注意するタイプとはお世辞にも言えないフェル博士が、マージョリーの鏡台から香水の瓶を叩き落とすことに成功したところだった。何度もまばたきしてそれを見つめ、瓶が割れていないことがわかると、そのまま拾いもせずに、博士は嬉しくてたまらない表情でのしのしともどってきた。かまどから湯気があがるように安堵感が博士から立ちのぼっている。

フェル博士は言った。

「〝いまや語ることができるのはわたしだけ。ルーアンの肉屋、哀れなベロルドだ。大地はどこも王たちが支配する――〟（ロセッティ『白い船』より）」

「なんですかそれは?」

「アアアー!」フェル博士はターザンのように胸を叩いた。格調高い引用を口にした雰囲気を投げ捨てて、一、二度、肩でぜいぜいと息をすると、窓の外を指さした。「作戦を決めたほうがいい。誰を攻撃するか、どこで攻撃するか、なぜ攻撃するか決めるべきだよ。ミス・ウィルズ、ミスター・ハーディング、ドクター・チェズニーがこの瞬間にも車でやってくる。だから、ちょっとしたおしゃべりを仕向けんとな。だが、いまはひとつだけ言っておく。エリオット君。きみがいま言ったことが、わしはとても嬉しいぞ」

「嬉しい?　どうしてですか?」

「きみは極めて正しいからさ」フェル博士はあっさり答える。「あのお嬢さんはこの犯罪にはわしと同じぐらい無関係だ」

沈黙が続いた。

頭が真っ白になったのを隠そうと、エリオットは手近な窓のカーテンを閉めながら窓の外を見た。ベルガード館のよく手の入った前庭の芝生に、整えられた砂利道の私道と一般道とを仕切る背の低い石壁がある。ハーディングの運転するオープンカーがちょうど門から入ってきたところだった。マージョリーが隣に座り、ドクター・チェズニーが後部座席に座っている。この距離からでもエリオットは、ドクター・チェズニーが黒いスーツを着ているというのに、ボタンホールに白い花を挿している異様さに目を留めた。

エリオットはボストウィックの表情を見ていなかった。

「なあ、あんたはこう計画していたんだろう」フェル博士はボストウィックを追及した。「とっておきの凄みを利かせた目つきをして、お嬢さんを怒鳴りつけようとな。そして目の前に注射器をこれ見よがしに突きだす。自白するまでしつこく責めるつもりだったんだろうて。あんたは一番手っ取り早い方法をもちいてお嬢さんを追い詰め、なにか愚かなことをさせようとした。まあ、わしからあんたへの短い助言はこれだよ。やめておきなさい。そんなことは一言も口にしないことだ。第一、お嬢さんは犯人ではないし——」

ボストウィックは博士を見つめた。「では、あなたも無実だと思っているのか」彼は重い口調で言った。

「そうとも」フェル博士は言った。「まったく、そうだとも！　わしがここにいるのは、脚の悪い者、目の悪い者、虐《しいた》げられておる弱い者のためだ。さもなければ、わしにはこの世界でバーミンガム（工業が盛んな都市）の山羊《やぎ》ほどの価値もないわい。いいかね、どうかそんな考えはあんたのパイプに詰めて火をつけてしまいなさい。あんたが自分の説を押し通そうとすれば、自分の手で自殺者を出して事件を締めくくることになる。そうなれば大変だよ、あのお嬢さんは犯人ではないし、わしはそれを証明できるからだ。わしたちは見たこともないような、とてつもなく大きくて、ちらちら光るめくらましに騙されていたんだ——やれやれ！——だがようやく、あんたは真相を聞くことになる。だから、ろくでもない研究所のことなんか忘れなさい。マージョリー・ウィルズはこの事件になんの関係もない。ハーディングの研究所からなんの毒も盗んだり、借りたり、手に入れたりしておらん。そしてこう言わねばならんのは残念なくらいだが、ハーディングも関係ない。そこはわかったかね？」

博士は興奮しているのか、怒っているのか、窓の外を見るよう手振りでうながした。それで下でなにが起こっているのかエリオットたちも見ることになった。

車は私道でアイドリングしていた。玄関まで二十フィートほどの距離だ。かなり顔を赤くしてとまどっている様子のマージョリーを見おろすようにして、ハーディングがなにか声をかけている。彼はバックミラーを見ていないから、うしろがどうなっているか気づいていない——それに実際、気づく理由もなかった。ドクター・ジョゼフ・チェズニーが後部座席で身を乗りだし、拳を膝に置いてほほえみを浮かべている。二階からながめる者たちは、すべての細かい点まで鮮やかに見ることができた。雨のためにまだ濡れている芝生、一般道沿いの葉が黄色くなった栗の木、ドクター・チェズニーの少々酔っていることを匂わす笑顔。

ドクター・チェズニーはちらりと家を見て、ボタンホールの白い花を抜き、車の窓の縁から私道へと弾き飛ばした。後部座席で身体を揺らしながら上着のポケットに手を入れる。取りだしたのは三八口径のリボルバー。そばかすの散った顔にまだ笑みを浮かべている。さらに身を乗りだし、シートの背で肘を安定させると、銃口をジョージ・ハーディングのうなじに押しつけ、引き金を引いた。銃声に驚いた鳥たちが蔓から飛びたち、咳のような音をたてて車体がびくりと揺れ、エンジンをふかす音がしなくなった。

17　白いカーネーション

ボストウィック警視はエリオットよりたっぷり二十歳は年上だ。しかし、階段を降りるエリオットからほんの一、二歩しか遅れずについてきた。最初ほんの一瞬、自分が見たのは錯覚だとエリオットは思った。静かな前庭で起こったことをマーカス・チェズニーの企《たくら》んだ実験のようなものだと、捉えたのかもしれない。けれど錯覚などではなく、ハーディングは運転席から横倒しになって崩れ、悲鳴をあげた。

ブレーキを踏まれなくなった車はゆっくりと動いて、玄関の階段にぶつかりそうなほど近づいたが、マージョリーが我に返ってハンドブレーキを引いた。エリオットが駆けつけたとき、ドクター・チェズニーは後部座席で立ちあがり、見るからにまったくのしらふにもどっていた。エリオットはてっきり、ハーディングが脳に弾丸を撃ちこまれて車の横に倒れているものと思っていた。実際にはドアの取っ手を手さぐりしてなんとか開けたらしく、砂利の私道を這って前庭の芝生へ行き、そこで倒れていた。肩を弾ませて大きく呼吸し、うなじの襟のあたりから流れる血に怯えて逆上していた。とりとめのないことをしゃべっている。ほかの状況なら滑稽《こっけい》に思えたことだろう。

「撃たれた」彼は囁《ささや》きより少し大きなくらいの声で繰り返している。「撃たれた。ああ、神様。撃たれたよ」

そこで彼は足を蹴りだし、芝生の上で身体をよじったので、エリオットはハーディングがまだ死体にはなっていないし、死体になるにはほど遠いとわかった。

「じっとして！」エリオットは叫んだ。「動かずに――」

ハーディングの苦痛を訴える声は恐怖の叫びのようになってきた。違う意味で、ドクター・チェズニーもまともなことが言えていなかった。「弾が出たよ」ドクターはそう言ってリボルバーを差しだした。「弾が出たよ」話を聞いている者たちに、弾が出たことにびっくり仰天したと繰り返し印象づけたいようだった。

「それはわかりましたよ」エリオットは言った。「ええ、あなたは撃たれた」これはハーディングにむけた言葉だ。「でも、あなたは死んでいない。死ぬようにも思わないでしょう？　ほらしっかり！」

「ぼくは――」

「傷を見せて。こちらの話を聞いて！」エリオットはそのようにうながしてハーディングの肩を摑むと、彼はどんよりして虚《うつ》ろな目をむけた。「大怪我ではありませんよ、聞こえますか？　ドクターの腕が震えたんでしょう。弾丸は横に逸れ、うなじの皮膚をかすめただけです。火傷を負っていますが、傷の深さは十分の一インチもない。大怪我ではありません」

「大丈夫」ハーディングがつぶやく。「文句を言っても仕方がない。現実を見ましょう。頭を高くあげて、ですか？　ハハハハ」エリオットの話はまともに聞こえていないようだが、ぼんやりしながらも滑稽なほど落ち着いて小声でそう言った。エリオットがもっていたハーディングの印象は変わった。よほど鋭い頭の持ち主でなければ、恐怖でどうしてもぼんやりしてしまって当然のときに、傷は浅いという診断を聞いてすぐさまそれを咀嚼《そしやく》し、撃たれたこと自体を笑い事にして、態度に表してみせることはできない。

エリオットはふうっと息を吐きだした。

「手当をしてくださいますか？」彼はドクター・チェズニーに頼んだ。

「鞄」医師は一、二度、喉をごくりといわせ、玄関のほうへ手首をよじった。「黒い鞄。おれの鞄。廊下の階段の下にある」

「やあ、診てくださいよ」ハーディングが好ましい口調で告げる。

エリオットはハーディングを賞賛しないではいられなかった。というのは、いまでは芝生で身体を起こして笑っているからだ。

しかもしっかりしゃべっている。だが傷は火薬によるものだから、それだけでもかなり痛むはずだ。かすり傷があと半インチ深ければ、死を意味したに違いない。いまでもかなりの出血量だ。なのに青ざめてはいるが、ハーディングは輝かしい顔つきになっている。心からこの体験を楽しんでいるようにも見えた。

「あなた、銃が下手ですね、ドクター・ジョー」ハーディングはそう指摘する。「こんな至近距離で失敗するようでは、まともに当たることがあるとは思えません。ねえ、マージョリー?」

マージョリーは車を降りて、彼のもとに駆け寄った。

ドクター・チェズニー――同時に動いたものだからマージョリーとぶつかった――は震えながら車のサイドステップに足を置いて見つめている。

「なんだって。きみ、おれがわざとやったと思っているんじゃないだろうね?」

「違うんですか?」ハーディングがにやりとする。「しっかりして、マージョリー。血に気をつけて」目を見ひらき、視線も定まっているし、からかうようなきらめきを漂わせてもいるが、ハーディングは彼女の肩をなでながらか細い声を出した。「いえいえ、すみません。あなたにそんなつもりがなかったのは、わかっています。でも、うなじを撃たれるなんて愉快とは言えないですよ」

エリオットが聞いたのはそこまでだった。医師の鞄を取りに家に入ったからだ。もどってくると、ドクター・チェズニーが肝をつぶして、同じことをボストウィックに訴えていた。

「おれがわざとやったなどとは思っていないだろうね、警視?」ボストウィックはいままでになく悲しげな表情をむけた。

「どういうことかね。わたしはこの目で見たぞ」警視はそう指摘した。「あの窓辺に立っていたから。あなたが故意にポケットからあのリボルバーを取りだし、ミスター・ハーディングのうなじにむけ、そして――」

「でも、冗談だったんだぞ。銃に弾は入っていなかった！」

「入っていなかった？」

ボストウィックは振り返った。玄関のドアの両側に装飾を施《ほどこ》された小さな柱がある。くすんだ黄色に塗られ、戸口の上の平らな三角形の雨除けを支えているものだ。弾丸が左側の柱に食いこんでいる。本当に際どいところで、弾丸はハーディングとマージョリーのあいだを飛び、車のフロントガラスに当たらなかったばかりか、奇跡的にマージョリーにも当たらなかったのだ。

「だが、弾は入っていなかったのに」ドクター・チェズニーはまだ言い張っている。「誓うぞ！絶対だ。事前に何度も引き金を引いてたしかめたんだからな。大丈夫だったんだ、おれたちがあそこへ――」彼はそこで黙ってしまった。

「あそことは？」

「なんでもない。なあ、おれがそんなことをするとは、思わないだろう？　だって、そんなことをすれば」ドクターは言いよどんだ。「人殺しになってしまうじゃないか」

人に銃をむけておいて説得力がないと言えばそれまでだが、絶対に弾は入っていなかったというドクター・チェズニーの声の調子には自分で主張しながら大笑いしたいのが窺えて、逆に説得力があった。まるで子供の言い訳だ。彼は目下みんなに非難されている気のいい人物そのものだった。喩えると、酒をおごると周囲に勧めたのに断られたときのような雰囲気。赤毛のあごひげと口ひげさえも、傷ついて驚き、逆立《さか》っている。

「何度も引き金を引いてたしかめた」彼は繰り返した。「弾は入っていなかった」

「何度も引き金を引いたから」ボストウィックが言う。「一発だけ残っていた弾が、ちょうど発射位置にまわってきたんだろう。だが、それは問題ではない。弾の入った銃をもちあるくなど、どういうつもりだったのかね？」

「弾は入っていなかった」

「弾が入っているいないにかかわらず、なぜ、銃をもちあるいていたのかと訊いているんだよ」

ドクター・チェズニーは口をひらいたが、また閉じ、結局こう言った。「冗談だったんだ」

「冗談？」

「冗談のようなものだった」

「リボルバーを携帯する許可はもっているかね？」

「もっているわけではない。だが、許可なら簡単に手に入る」ドクターは鼻を鳴らし、突然、喧嘩腰になった。ぐいとあごひげを突きだす。「このくだらんやりとりはなんだ？　おれが誰かを撃ちたくなったら、わざわざこの家の前まで来るのを待って、銃を取りだし、ことに及ぶと思うか？　ああ、馬鹿らしい。戯言《たわごと》だよ。それにだな、おれの目の前で患者を死なせたいのかね？　彼を見てくれ。豚みたいに血を流している！　手当をさせてくれ。鞄をくれ。一緒に家へ入ろう、ジョージ。きみがまだおれを信用しているならだが」

「していますとも」ハーディングが言う。「運に身を任せましょう」

ボストウィックはカンカンに怒っていたが、口出しはできなかった。エリオットはフェル博士が外に出てきているのに気づいた。ハーディングもドクター・チェズニーも家に入るとき、驚いて博士を見やった。

ボストウィックはマージョリーにむきなおった。

「さて、お嬢さん」

「なんでしょう？」マージョリーは冷静に言った。

「おじさんがリボルバーをもちあるいている理由を知っているかね」

「冗談だと話していたじゃないですか。ジョーおじさんのことはよく知っているでしょう」

またもやエリオットは彼女の態度が解せなくなった。車の横手にもたれ、湿った靴底にこびりついた白いちっぽけな斑点を砂利でこすり落とすことに夢中のようだ。彼にちらりとむけた視線は短かった。

エリオットは怒る警視の前へ割って入った。

「午後はずっとおじ様と一緒だったのですか、ミス・ウィルズ？」

「そうよ」

「どちらへ行かれたのですか？」

「ドライブに」

「どちらへ？」

「ただ――ドライブしただけ」

「どこかに立ち寄りましたか?」

「一、二軒のパブ、それにイングラム教授のコテージに」

「おじ様がここでリボルバーを取りだして発砲する以前に、あの銃を見たことはありますか?」

「それはおじさんに訊いてもらうしかありません」マージョリーは相変わらず感情を出さずに答えた。「わたしにはなにもわかるはずがないから」

ボストウィック警視の表情はこう語っていた。〝ほう、そうかね?〟。だが、彼はぐっとこらえた。「あなたにわかるかどうかはとにかくだな、お嬢さん」声に出してはそう言った。「あなた自身について、お答えいただけるはずの質問がひとつ、ふたつあると言えば、興味をもつだろうね」

「なんのことでしょう?」

警視の背後で、フェル博士の表情がみるみる気色ばんだ。頰を膨らませ、さあ、しゃべり倒すぞという顔つきになったが、博士が邪魔する必要はなかった。邪魔はほかから入った。忠実なメイドのパメラが玄関のドアを開け、顔を突きだし、捜査関係者たちを身振りで示し、声を出さずに大急ぎでくちびるを動かしてから、ふたたびドアを閉めたのだ。マージョリーを除けば、それを見たのはエリオットだけだった。ふたりの声はほぼ同時にあがった。

「じゃあ、あなたたちはわたしの部屋を探っていたのね?」マージョリーは言った。

「じゃあ、あなたはそうやったのか!」エリオットは言った。

彼にマージョリーをぎょっとさせる狙いがあったならば、それは思った以上に成功した。彼女はぴくりと顔をむけた。目が異様にきらめいていた。そこで彼女は口早に言った。

「そうやったって、なんのことですか?」

「人の心を読んでいるように見えた方法ですよ。もちろん、あなたはくちびるを読んでいたんだ」

マージョリーは本気で驚いたようだ。「まあ。つまり」彼女はかなりいたずらっぽく言いした。「あなたが可哀想なジョージを、人でなしの豚と呼んだときのことね? ええ、そう。わたしは読唇術が得意なんです。たぶん、わたしが得意なただひとつのこと。うちで働いていたお年寄りに教わったの。彼はバースで暮らしていて、彼の——」

「彼の名前はトレランスかね?」フェル博士が訊ねた。

のちに打ち明けたのだが、ボストウィックはこの頃にはフェル博士がどうかしているという結論に至ろうとしていた。半時間前までは、博士はたしかに正気に思えた。ボストウィックは剣の八事件や水落邸事件での博士の偉業を思いだすにつけ、感服してきた。だが、マージョリー・ウィルズの寝室で会話をしたときから、なにかがフェル博士の脳から滑り落ちてしまったようだ。喜び勇んで、どこかまがまがしいほどの喜びを込めて、トレランスという名を口に出している。

「彼の名前はヘンリー・S・トレランスかね? エイヴォン・ストリートに暮らしておる? ボー・ナッシュ・ホテルの給仕かね?」

「ええ、そうですけど――」

「なんと世間は狭いことか」フェル博士は言葉を振り絞るように言った。「この耳にタコのできた有名な言い回しがこれほどぴったりくることもない。わしは優秀で耳の悪い給仕のことを、友人のエリオットに今朝ちょうど話したところだったんだよ。おじさんの事件について最初にトレランスから聞いたんだ。トレランスに感謝しなさい、お嬢さん。彼を大事にして、クリスマスには五ポンドを送ってやんなさい。それだけのことをしてくれた」

「いったい、なんのお話ですか？」

「おじさんを殺したのが誰か、トレランスが証明してくれるからだよ」フェル博士は声の調子を変えてまじめにしゃべった。「あるいは少なくとも、証明する礎《いしずえ》を彼が作ってくれる」

「わたしがやったとは思わないんですか？」

「きみがやってないことはわかっておる」

「でも、誰がやったかわかっているんですか？」

「そうだよ」フェル博士はそう言って首を傾けた。

ずいぶんと長く、マージョリーは博士を見つめていたように思われた。猫の目と同じくらいの感情しか読みとれない目で。それから彼女はぼんやりと手さぐりし、そのまま家に急ぐかのように車の助手席からハンドバッグを引っ張りだした。

「この人たちはそれを信じるでしょうか？」彼女は突然、ボストウィックとエリオットにあごをしゃくった。

「わたしたちがどう信じようが、お嬢さん」ボストウィックがぴしゃりと言った。「そんなことは取るに足りないことだ。しかし警部が」彼はエリオットを見やった。「ここにわざわざやってきたのは、あなたに質問があるからで——」

「注射器についてですか？」マージョリーが言った。

彼女の指先の震えは全身に広がったようだった。ハンドバッグの留め金を見つめて、カチカチといわせながら何度も開けたり閉めたりしている。うつむいていたので、柔らかな灰色の帽子の縁で顔が隠れていた。

「見つけたのでしょ」彼女は咳払いして話を続けた。「わたしも今朝見つけました。宝石箱の底に。どこかに隠したかったけれど、家のなかでそこよりいい場所は思いつけなかったし、家の外にもちだすのも不安だった。そんなもの、どうやって捨てたらいいの？ どうやれば、どこかに捨てて誰にも見られずに済む？ わたしの指紋はついていませんよ、あったとしても、拭いたから。でも、最初に宝石箱に入れたのはわたしじゃない。わたしじゃないの」

エリオットはポケットから封筒を取りだし、彼女に中身が見えるようにした。

マージョリーは彼を見なかった。ふたりのあいだにあった以心伝心といった感覚は、最初から存在したこともなかったかのようだ。ふたりをつなぐコードは引きちぎられ、ふたりのあいだに越えられない一線ができ、あたらしい壁が出現したらしい。

「これがその注射器ですか、ミス・ウィルズ？」

「ええ、そう思いますけど」

「あなたのものですか？」

「いいえ。ジョーおじさんのものです。とにかく、おじさんが使っているものみたい。《カートライト商会》のマーク、それに等級と商品番号もあるから」

「できるなら」フェル博士がうんざりしたように頼んだ。「ちょっとのあいだ、その注射器のことは忘れるというのはどうかな？　さらにいえば、わしたちの頭からその注射器のことを消去するというのはできんかね？　いまいましい注射器め！　どんな印があろうが、誰のものだろうが、誰が入れたかわかっているとしても、あるいはどうやって宝石箱に入れられたか判明したところで、真相になにか違いがあるか？　いいやないな。だが、ついさっきわしが言ったことを本当にミス・ウィルズが信じてくれるならば」――博士はじっと彼女を見つめた――「注射器のことではなく、リボルバーについて話してもらえるはずだよ」

「リボルバー？」

「つまり」フェル博士は言う。「ハーディングやドクター・チェズニーと一緒に本当はいままでどこに行っておったか、話してくれということさ」

「おわかりにならないの？」

「いやはや、わしには断言できんよ！」フェル博士は大声を出して恐ろしい顔つきになった。「わしの勘違いかもしれんからな。ただ、雰囲気からピンときたんだ。ドクター・チェズニーのあの雰囲気から。ハーディングもある種の雰囲気をたたえておった。お嬢さんのその様子もな。わしがとんちんかんならそう言ってくれていいが、なにがあったか知らせる印がほかにもあると思うよ」

杖をあげて、博士は私道に落ちた白いカーネーションを指した。ドクター・チェズニーがボタンホールから外して車から外に投げたものだ。続いてフェル博士は杖のむきを下げ、マージョリーの靴を指した。とっさにあとずさった彼女の靴の裏が見え、靴底にくっついていた白い斑点が一瞬のうちに博士の杖の石づきに移った。

「お嬢さんはもちろん、紙吹雪《ふぶき》を投げられてはおらんだろうが」博士は言う。「たしか、キャッスル・ストリートの登記所前の歩道はいつもこいつが積もっているんじゃなかったかな。それに今日のように雨まじりの日なら——こういうふうになるんじゃないか?」博士は激しい口調で言いたした。

マージョリーはうなずいた。

「ええ」彼女はそっけなく言った。「ジョージとわたしは今日の午後にブリストルの登記所で結婚しました」

誰も口をひらかず、家から物音が聞こえるくらいの間があって、彼女はふたたび話を始めた。

「特別許可をもらったの。一昨日《おととい》」彼女の声は少々うわずっていた。「わたしたち——わたしたち秘密にしておくつもりだった、一年間は」声はますますうわずっていく。「でも、あなたたちはとても賢い刑事さんに探偵さんで、わたしたちは卑《いや》しい犯罪者ですもの、すぐに見破られても仕方がない。お見事ね」

ボストウィック警視は彼女を見つめ、そしてショックのあまり本音をしゃべった。

「お嬢さん」彼はあっけにとられた口調で言った。「なんとまあ！　信じられない。あなたはどこかまともではないと思っていたわたしでもびっくりだ――まあ、細かいことは言うまい。しかし、いくらあなたでもこんなときに結婚するなどとは思わなかった。それにドクター・チェズニーがそれをとめなかったとは。あきれたよ」

「あなたは結婚というものに賛成じゃないんですか、ミスター・ボストウィック？」

「結婚というものに賛成か？」ボストウィックはそんな言葉が彼にはまったく意味のないものだというように繰り返した。「あなた、いつこんなことをしようと決めたのかね」

「もともと今日結婚するつもりでした。そう計画していたんです。最初から登記所でひっそりと結婚するつもりだった。ジョージが教会での派手な式を嫌ったから。そんなときマーカスおじさんが亡くなって、わたし思ったんですけど――まあとにかく、今朝、予定どおり結婚しようとふたりで決めたの。そうする理由があったんです。本当なんだから！」

彼女は警視に叫ぶようにして言った。

「いやはや」ボストウィックはつぶやいた。「あきれたよ。あなたの家族とは十六年間のつきあいがある。だが率直に言わせてもらおう。それにドクターもあなたにこんなことを許したというのもね。ミスター・チェズニーの葬儀さえ終わっていないというのに――」

マージョリーは怯《ひる》んだ。

「あの」そう言う彼女の目には涙が浮かんできた。「誰も祝福さえしてくれないの？　わたしがしあわせになるよう祈っていると言ってくれる人さえいないの？」

「わたしはもちろんそう祈っていますよ」エリオットが言った。「それはおわかりのはずです」

「ミセス・ハーディング」フェル博士がまじめな口調で切りだし、マージョリーはそう呼ばれてぴくりと驚いた。「これは失礼しましたな。わしの機転の足りなさというのは悪名を轟《とどろ》かせておりまして、うっかりせんほうが驚かれるという按配なんですわ。お祝いを申し上げますとも。そして、しあわせになることを祈っておるだけではありませんぞ。しあわせになると約束しましょう」

ここにきてマージョリーの様子はたちどころに変わった。

「結婚に気持ちを優先しちゃいけないとでもいうんですか?」彼女は顔をしかめ、あてこするように叫んだ。「それから、ここにいる間抜けな警官は」彼女はボストウィックを見つめた。「わたしの一家と、いえ、少なくともチェズニー一家と知り合いだと急に思いだしたんですね。わたしを縛り首にしたがっているくせに! ええ、わたしは結婚した。そうよ。理由があるの。あなたには理解できないかもしれないけれど、わたしには理由があったの」

「わたしはただあなたのしあわせを――」エリオットは話そうとした。

「やめて」マージョリーがきわめて冷静に話の腰を折った。「もう言いたいことは言ったでしょう。フクロウのように取り澄まして、もったいぶった顔をしていればいい。イングラム教授みたいにね。あの顔は見ものでした。車で教授の家に寄って、二人目の結婚立会人になってほしいと頼んだときの。ええ、そう。ぎょっとするような顔だった。教授は結婚を認めてくれなかったんです。

でも、そんなことはもういいの。あなたたちが知りたいのはリボルバーのことだけですか？　すぐに説明してあげられるから。あれは本当に冗談だった。ジョーおじさんのユーモアの感覚はあまり洗練されていないかもしれないけれど、ほかの人がなにもしたくないときでも元気づけてやる気にさせてくれるんですよ。ジョーおじさんはこれを〝ショットガン・ウェディング〟（父親が相手に銃をつきつけ、身重にならった娘との結婚を強要したことが由来）だと考えたらとても愉快だと思ったの。それで、登記所で人に見られないようにしてずっとあのリボルバーを握って、わたしに対してジョージに責任を取らせているふりをしたんです」

ボストウィックは舌を鳴らした。

「なんとまあ！」彼はどうやら納得してほっとしたようにつぶやいた。「どうしてそう言わなかったんだね？　つまり、あなたは――」

「いえ、そうじゃない」マージョリーはまるで哀れむようにして言った。「本当に拍子抜けさせる人ね！　わたしは殺人罪で縛り首にならないよう結婚したのに、未婚の母にならないよう結婚したのだと勝手に思って、納得したつもりになってる。あきれちゃうわ」そう話すうちに楽しくなってきたらしい。「違います、ミスター・ボストウィック。ふしだらなことをしてきたと思っているようだから仰天するかもしれないけれど、あなたが言いたそうにしているわたしの純潔は守られています。ひどいわ、こんなことを言わせて。とにかく、そんなことはどうでもいいわね、あなたが知りたいのはリボルバーのことだから。どうして弾が入っていたのかはわかりません。たぶんジョーおじさんがうっかりしたんでしょうけど、あれは正真正銘の事故よ。誰も人を殺そうとはしていなかった」

フェル博士が丁重に口をひらいた。

「それがあんたの印象かね？」

呑み込みの早いマージョリーでも、すぐには博士の意味するところがわからなかった。「ジョージが撃たれたのは事故じゃないとでも――」そう言いはじめたが、口をつぐみ、言いなおした。「まさか、犯人がまたやったという意味じゃないでしょう？」

フェル博士は首を傾げた。

ベルガード館に夕闇が迫りつつあった。東の低い丘が灰色に変わりかけていたが、西の空はまだ燃えている。音楽室や事務室のフランス窓、そしてその上のウィルバー・エメットの寝室の窓に面した空だ。そうした窓のひとつから、昨夜はドクター・チェズニーが顔を覗かせていたことをエリオットはぼんやりと思いだしていた。

「まだわたしに用事がありますか？」マージョリーが低い声で言う。「なければ、もう失礼していいかしら」

「もちろん、いいとも」フェル博士は言った。「だが、夜になったらまた話を伺いますのでな」

彼女は家に引きあげ、残りの三人は弾丸の穴が開いた黄色い柱の隣に突っ立っていた。エリオットはマージョリーがいなくなったことに気づいてもいなかった。あとになって思いだしたのだが、夕陽を受けたあの窓を見て、彼の意識の窓がひらいたのだった。あるいは、この状況とマージョリー・ウィルズの言葉と考えと行動が組み合わさって、思考力が麻痺したようになっていた状態から彼を揺さぶり起こしたのだ。見えなかった目がカッと見ひらかれたように、判断力を取りもどした。どういうことだったのか怒濤《どとう》のように理解しながら、彼は自分と自分の仕事ぶりに毒づいた。AとBとCとDを足してみると、たちどころに図式が見えて、はっきりと形になってきた。自分はいままで刑事とは言えなかった。ひどい間抜けだった。曲がり角を間違う可能性のあるとき、ことごとく間違ってきた。物事を誤った意味に読みとる可能性のあるとき、ことごとく誤ってきた。どんな人間でも一度は愚かなことをする時期があるのなら、まさしくそいつを経験したというわけだ！　だが、ようやく——

フェル博士が振り返っていた。エリオットは鋭く小さな目が自分にむけられているのを感じた。

「ほう？」博士が突然言った。「わかったかね？」

「ええ、博士。わかったようです」

そしてエリオットは拳で宙を殴る仕草をした。

「だったら」フェル博士が穏やかに言う。「宿へもどって話しあったほうがいい。警視もいかがかな？」

エリオットはふたたび自分に毒づき、またもや証拠のあれこれを頭のなかで並べることにすっかり没頭していたので、車にむかいながらフェル博士がある曲を口笛で吹いていたのをぼんやりとしか聞いていなかった。足並みを揃えて歩きたくなるような曲だった。じつはメンデルスゾーンの〈結婚行進曲〉だったが、これほど邪悪に、あるいは不吉に聞こえたことはなかった。

18　毒殺者とは

その夜の八時、《青獅子亭》のエリオットの部屋で、暖炉の前に四人の男が座っていた。フェル博士がこう言った。

「いまではわかっておるな」手を掲げ、指で数えあげていく。「犯人は誰か。どんな手口だったか。なぜ犯行に及んだか。一連の犯罪はすべて、誰とも共謀することなく行動したひとりの男によるものだとわかっておる。この男が有罪である証拠が決定的であることも。証拠を追えば、おのずと罪は立証されるはずだよ」

ボストウィック警視は断固として、不服を示すうめき声をあげた。

クロウ本部長は大満足でうなずいた。

「もちろん異議はないし、喜んで認めたいぐらいだ」本部長は言った。「そいつがわたしたちの村で思うように暮らして――！」

「そして村の雰囲気を乱しておった」フェル博士が続きを引きとった。「まさにそうなんだよ。だから警視もこれだけ意固地になってしまったのさ。犯人の影響はあらゆるものに及んだ、なんてことがないものにまで。紅茶のカップを手に取る、ドライブに出かける、カメラのフィルムを買うといったことでさえ、その影響を受けて、なぜかこれらがもつ意味をねじ曲げてしまう。世界のなかでも静かな部類に入っていたこの村は、そのせいでひっくり返ってしまった。いままでだったら、銃なんか見ただけでみんな目を丸くしたはずなのに、前庭で銃がぶっ放される。通りで石が投げつけられる。本部長のボンネットのなかで邪念に満ちた蜂が一匹ぶんぶん飛んで、警視の帽子の下でももう一匹が飛ぶ、といった具合だよ。それもすべて、ある人物が世間に及ぼすことにした影響、あるいは感化というのかな、とにかくそいつのせいだった」

フェル博士は懐中時計を取りだすとちらりと見やり、隣のテーブルに置いた。じっくり考えこみながらパイプに煙草を詰めて火をつけ、ふかしてから、話を続ける。

「それゆえに、事件の証拠について考えるにあたって、わしは毒殺者というものについて講釈を――オッホン！――議論をして、きみたちにいくつかヒントをやりたい。

この事件にもあてはまることだから、犯人たちを分析してみよう。妙なことだが、毒殺者とはどういう者なのか、定義されているのを見たことがなくてね。もっとも、一般的に性格はびっくりするほど似ておる。雑か巧妙かの差はあってもな。とにかくどこまでも偽善者であり、妻たちにとってはどこまでも警戒すべき人物だ。男の毒殺者の場合にはだな。

女の毒殺者もそりゃあ危険だ。けれど男のほうが社会にとってはより厄介な脅威といえるよ。毒殺に及ぶという狡猾《こうかつ》さに加えて、悪魔のような手腕を備えていることが多い。常日頃おこなっているみずからの仕事の行動原理を応用したり、砒素やストリキニーネを使うことで確実にしとめようという意志もあったりするからね。そういう輩《やから》は数は多くないが、どいつも極めて悪名高い。顔まで似通っておる。この分類に合わない例外はあるよ。たとえば、フレデリック・セドン*原注だ。しかし、実際に起こった有名事件から十例ほど集めてみれば、そっくりな顔つきと、そっくりな邪悪なる脳が見つかるだろう。ソドベリー・クロスの我らが毒殺者もこのグループにあてはまることに要注意だ。

まず、彼らはたいてい、それなりの想像力、教育、それに教養すらある男たちだ。職業が多くを物語っておる。パーマー、プリチャード、ラムスン、ブキャナン、それにクリームは医者だった。リッチスンは聖職者、ウェインライトは画家、アームストロングは事務弁護士、ホックは化学者、ウェイトは歯科医、ヴァキエは発明家、カーライル・ハリスは医学生。となると、すぐさまわしたちの好奇心は膨らむな。

酒場で人を殴るような無学のとんまは気にせんでいい。気にすべきはもっと分別のある犯罪者だ。もちろん、いま名前をあげたのは――全員ではないが――大半はとんまであることを否定はせんよ。だが、連中はなんというか、手口にひねりがあり、想像力はとても豊かで、演技力も一級のとんまなんだ。そしてなかには、殺害方法や疑いを逸らす創意工夫がわしたちの度肝を抜くような者もいる。

ドクター・ジョージ・ハーヴェイ・ラムスン、ドクター・ロバート・ブキャナン、それにアーサー・ウェイトはそれぞれ、一八八一年、一八九二年、一九一六年に金銭目的で人を殺害しておる。当時、わしたちの知る探偵小説という虚構の形式は、まだよちよち歩きを始めたところだった。だが、この犯人たちがどんな犯罪をやってのけたか、考えてみなさい。

ドクター・ラムスンは十八歳の足の不自由な義理の弟を寄宿学校に訪ね、アコニチン（トリカブトに含まれる有毒成分）を含ませたレーズンを入れて焼いたダンディー・ケーキを使って毒殺したんだ。この男は少年と少年の校長の前でケーキを切り分けることまでやってのけた。お茶の席で三人とも一切れずつ食べておってな、具合が悪くなったのは少年だけだったから、ラムスンは自分の無実を主張したものだった。なあ、この手口はどこかの探偵小説で聞いたことがあるように思うね。

ドクター・ブキャナンは妻にモルヒネを盛った。被害者の瞳孔《どうこう》が収縮するせいで、モルヒネはどんな医師でも簡単に発見できると知っていてな。だから、モルヒネに少量のベラドンナを加えた。こちらは瞳孔の収縮を防ぐ役割を果たすからだよ。こうして被害者の様子をまともに見せて、主治医から自然死という証明書を手に入れた。鮮やかな手口だわい。ドクター・ブキャナンが友人との迂闊《うかつ》なおしゃべりで手口を漏らすことがなければ、完全犯罪になったろうね。

アーサー・ウォーレン・ウェイトは少年のように楽天的な犯罪者で、裕福な義理の父母を肺炎、ジフテリア、インフルエンザの菌で殺害しようとした。義理の父親を殺そうとしたときなど、鼻スプレーに結核菌を入れおった。これではあまりに時間がかかったので、業を煮やしてはっきり毒とばれるものに手を出してしまった」

フェル博士はいったん黙った。

博士は口を挟む暇も与えず、熱心に語った。この場にハドリー警視がいたら、暴走バスは取り押さえろと叫び、講釈は終わっていたはずだ。しかしエリオット、クロウ本部長、ボストウイック警視はうなずくだけだった。ここまでの説明がソドベリー・クロスの殺人犯にあてはまることがわかったからだ。

「さて」フェル博士は口を尖らせる。「こうした毒殺者においてもっとも目立つ特徴とはなんだね？　それはこうだ——友人たちのあいだでは、たいていとてもいい奴だという評判であること。彼らは快活な男なんだ。物惜しみもしない。本当に気の置けない奴。たまには、厳格な宗教の決まりや、品行正しい人づきあいという点で、ちょっとばかり堅苦しい一面を見せることもあるが、親密な仲間たちは彼がまともな人間だからそんなことには簡単に目をつぶる。

トーマス・グリフィス・ウェインライトは社会の決まりについてうるさい男で、保険金を手に入れるために何人にも毒を盛った人物だが、百年前、客をもてなすことにかけては断トツの評判だった。ルージリー在住だったウィリー・パーマーなど、本人は禁酒家だったが、友人たちに気前よく酒をおごることが大好きだったそうだよ。ボストン在住だったクラレンス・V・T・リッチスン師はどこへ行っても信者を魅了した。ドクター・エドワード・ウィリアム・プリチャードは大きな禿頭《とくとう》と茶色のあごひげで、グラスゴーの同業者たちの人気者だった。こういったところが、わしたちの考える男にあてはまるのがわかるかね？」

クロウ本部長はうなずいた。

「ええ」エリオットも断然満足してそう言った。《青獅子亭》の暖炉に照らされた部屋に、ある姿が浮かんできた。

「同じ絵の裏面としてじつは彼らの性格に存在し、おそらくは枢要な部分でもあるのが、他人に苦痛を与えることがまったく気にならないという点で――もっとも苦しい形で冷淡に殺すのだからな――普通の人間の想像力では理解できないことだよ。なにより驚かされるのは、人の命を奪うのをどうでもいいと思っているだけではなく、死に際の痛みなど頭の片隅にもないことだ。みんな、ウェインライトの有名な返事については聞いておろう。〝なぜミス・アバークロンビーに毒を盛ったのか？〟というのに対して、〝正直、わからなくてね。ただいえるのは、彼女の足首がとても太かったというぐらいかな〟。

そいつはもちろん気取った答えだが、人の命というものに対しての毒殺者の態度をよく表現しておるよ。ウェインライトは金を手に入れるために、誰かを殺すしかなかった。ウィリー・パーマーは馬に賭ける金が必要だったから、妻、兄弟、友人にストリキニーネを盛らねばならん、これはパーマーにとってはわかり切ったことだった。奴の自明の理だったんだよ。淡々と、むしろ物悲しいほどに、ある目的のために〝やるしかない〟と思う犯人の場合もそれは言えていた。人を惹きつける目をしたクラレンス・V・T・リッチスン師は、ミス・エドマンズの金や地位が目当てで結婚したなどということは、涙ながらに否定しただろう。しかし、結婚を邪魔されんように、前の愛人に青酸を盛った。涙もろいドクター・エドワード・プリチャードは、四カ月かけて吐酒石《としゆせき》をゆっくりと摂取させることで妻を殺害し、多少の財産を得た。さらに妻の母を殺害することでわずか数千ポンドを手に入れたんだ。だが、彼は本当は自由になることを願っていた。そのために〝やるしかない〟ということだったのさ。

それらを考えると、毒殺者の次の性格が浮かびあがってくるぞ。極端なほどの虚栄心だ。

すべての殺人犯はそいつをもっておる。だが、毒殺者のそれは膨らみすぎていまにも破裂しそうなほどだ。自分の知性、外見、物腰、欺《あざむ》く力を鼻にかけておる。どこか役者めいたところがあり、自己顕示欲さえある。そして総じて、実際にとてもうまい役者なんだよ。プリチャードは柩を開けて亡くなった妻のくちびるに最後のくちづけをしようとした。カーライル・ハリスは自分が処刑される電気椅子にむかいながら、科学や神学について刑務所つきの牧師と意見をかわした。パーマーは捜査官の前で驚くような癇癪《かんしゃく》を見せておる。こうして彼らが脚光を浴びる場面はあげればきりがないが、その根底には虚栄心があるんだ。

虚栄心は表には出ない。きみたちの考える毒殺者はおそらく穏やかで無邪気でプロフェッショナルに徹した目立たん男さ。ヘイの事務弁護士だったハーバート・アームストロングのようにな。妻を始末したのち、お茶の時間のスコーンに砒素を盛って仕事の相手を始末しようとした。うぬぼれがついにあふれだしてますますひどくなるのは、捜査の対象となったとき、あるいは法廷に立ったときさ。そして男の毒殺者の虚栄心がはっきりと表れるのは、言いなりにする力を握ったとき、あるいは力を握っていると思ったときなんだよ——そう、女性に対してな。

こうした毒殺者のほぼ全員が、女性に対して力を握っていた、あるいは握ったと考えておった。アームストロングは隠していたが、力をもっていた。ウェインライト、パーマー、プリチャードはそいつを利用して殺人をおこなったな。ハリス、ブキャナン、リッチスンはそいつをもっておったから、破滅を招いた。外見に劣等感を抱えておったニール・クリームにさえも、そいつがあった。彼らのしでかしたことの裏にはつねに、馬鹿でかい自尊心と威張った気持ちがあったんだよ。青ひげ殺人鬼と呼ばれたホックは、うまく隠した砒素入りの万年筆で十何人もの妻を始末した。バイフリートの毒殺魔と呼ばれたジャン・ピエール・ヴァキエのように、もみあげを油でなでつけ、きざに笑った姿が滑稽《こっけい》だった者はおらんよ。ヴァキエはパブの主人の胃薬にストリキニーネを混ぜた。被害者の妻と被害者のパブも手に入れるため、女性を言いなりにする力を自分がもっておると信じてな。彼は主張を叫びながら逮捕された。〝わたしは《ジュ・デマ》正義を要求する《ン・ラ・ジュステュス》〟と。そして自分が正義をもって扱われていないと本気で信じていた可能性は極めて高いね。

とまあ、煎じ詰めれば、こうした立派な男たちは、金銭的な利益のために殺人に手を染めたということになる。

クリームについては例外だと言っておこう。というのは、クリームは正気ではなく、狂気に駆られて人をゆすったんだが、相手にまともに受けとられなかった。だが、ほかの者の犯罪の根底にあるのは金を手に入れたいという欲、世間でもっといい立場を求める欲と言ってよかろう。妻や愛人でさえも始末されるのは、毒殺者がもっと裕福な相手を手に入れるためなんだ。毒殺者の才能を邪魔する立場になったからだな。しかし、その女性にとって毒殺者は親切で優秀な存在なんだ。男は内心、とっくに自分は特別になっていると思いこんでおる。世間にたっぷり貸しがあるとも思っておる。そのため、望ましくない妻や愛人、それにおばや隣人や歌に出てくる船乗りのバーナクル・ビルでも、象徴的な存在にすぎなくなる。わしたちが考慮すべきは、かように腐れ切った考えかたの持ち主だ。そしてみんな同意できると思うが、そいつこそがソドベリー・クロスの殺人者だ」

クロウ本部長はふさいだ様子で暖炉の火を見つめていたが、激しく身体を揺さぶった。

「そのとおりだな」本部長はエリオットを見やった。「そしてきみがそれを証明したのか」

「ええ、本部長。できたと思います」

「犯人のやったことを思えば、このならず者を縛り首にしてやりたくてたまらないね」クロウ本部長はぴしゃりと言う。「きみの言うことをわたしが正しく理解しているとすれば、本件の捜査から逃げ切れなかった理由さえもあきれる。完全犯罪にすることが失敗したのはひとえに――」

「失敗したのは、犯人が犯罪の全歴史を変えようとしたからだよ」フェル博士が答えた。「そういうことは、けっしてうまくいかん。わしの言うことを信じなさい」

「ちょっと黙ってもらえませんかね！」ボストウィックが言った。「話についていけません」

「毒で人を殺したくなったら」フェル博士が真剣そのものの口調で言った。「これを覚えておきなさい。あらゆる形の殺人のうち、毒殺は逃げおおせることがもっともむずかしいとな」

クロウ本部長は博士を見つめた。

「待ってくれ」本部長は反論した。「もっとも簡単だと言いたかったんじゃなくてかね？　あんたも賛成されるだろうが、わたしはいわゆる想像力あふれる男ではない。しかしここだけの話だが、時々想像してしまうことを認めよう！　毎日わたしたちの周囲では人が死んでいく。自然死と考えられ、医師もそのように証明書を作る。だが、そのうち殺人が何件含まれているか、わかる者がいるだろうか？　わたしたちには知り得ないことなのだ」

「ハハア！」フェル博士が深々と息を吸いこんだ。

「〝ハハア〟とはどういう意味かね？」

「その意見は前にも聞いたことがあるという意味だよ」フェル博士が言う。「あんたの言うとおりだろうて。わしたちには知り得ない。知り得ないと、とにかく強調しておきたいね。それゆえ、その主張には手のつけようがなく、わしの脳もてっぺんから混乱し切ってしまうよ。たとえば、百人がマンチェスターのウィガンで今年中に亡くなるとしよう。そのうちかなりの数が毒殺されたと、あんたはぼんやりと疑う。それであんたはわしに、だから毒殺はとても簡単なんだと言ってくる。あんたの言うとおりかもしれん。わしにわかっているのは、ここからイギリス最北のジョン・オ・グローツまで、墓地には報復を求めて騒ぐ殺された遺体がいっぱいかもしれんということだけさ。だが、そいつはやめておこう！　あることを本当だと仮定するには、まず証拠を手に入れることとさ」

「なるほどそう考えているのかね。それで証拠の次に必要なのは？」

「議論だ」フェル博士はだいぶ穏やかな口調になって言った。「試金石として使えそうな事件だけを議論するといい。実際に遺体から毒物が検出された事件だよ。そうすれば、毒殺は逃げおおせるのがもっともむずかしいとはっきりする。実際、逃げおおせた者はほとんどおらんのだからな。

毒殺者というのは生まれついた性格から、そもそも運命は決まっているということだよ。けっして、一度で犯行を終わりにしない。最初にたまたま逃げおおせると、毒殺を繰り返し、最後には捕まってしまう。わしがあげた毒殺者たちのことを考えてみなさい。犯人は自分の性格に裏切られておるのさ。あんたやわしは人を撃ったり、刺したり、殴ったり、首を絞めたりするかもしれん。だが、輝くリボルバーや、まばゆいあたらしい短剣や、護身用の仕込み杖や、絹のハンカチを使いつづけるほど情熱的に気に入ることはないよ。けれど毒殺者にはそれが起こるんだな。

想定される危険だけでも毒殺者は不利だわい。通常の殺人犯は一度だけ危険をおかす。毒殺者は三倍の危険を引き受ける。銃殺や刺殺と違って、やったからといって仕事が終わったとはかぎらない。自分が犯人だと名指しされるまで悠長に被害者を生かしてはおけない——危険なことだよ。毒を盛る機会も理由もなかったと示さねばならん——危険すぎることさ。そして見破られない毒を手に入れねばならん——これがおそらく一番危険だろう。

何度も繰り返された無様な物語さ。被害者Xが疑わしい状況で死亡する。YにはXを亡き者にと願うだけの理由があり、Xの食事や飲み物をいじる機会がいくらでもあったことがあきらかになる。遺体が掘りおこされる。毒物が検出される。そこからは一般的に、Yが毒物を購入した形跡をたどるだけが問題となるな。そして教訓を収めたアルバムの連続する写真のように、避けられない道行きを経験する。逮捕、裁判、判決、八時の絞首台へと。

さて、ソドベリー・クロスの我らが友はそれをわかっていた。この男は犯罪学を深く研究しなくとも、毎日新聞を読むだけでそれがわかっていた。そのうえで、三重のアリバイのようなもので、いまの三倍の危険をすべて覆い隠せる殺人を考えはじめた。そうした試みに成功した犯罪者はいないことに挑戦しようとしたんだ。そして失敗した。あんたのような知性ある人間には、三重のプロットの詳細を見抜くことが可能だからだよ。さあ、今度は別のものをお見せしよう」

内ポケットを探り、フェル博士はいろいろ紙類が詰まった小型の書類入れを取りだした。つねに身につけてポケットに突っこみ、手離すことを断固拒否しているものだ。このなかから、なんとか手紙を一通見つけだした。

「すでに伝えたように」博士は説明を続ける。「マーカス・チェズニーがほんの数日前に手紙を寄越《よこ》した。わしは油断なくこの手紙を懐《ふところ》に入れておったんだ。あんたたちを誤った方向に導きたくなかったからな。本物の証拠ならばたくさんある。けれど、この手紙は諸君をひどく誤解させることになったろう。だが、いまこそ読んでみたまえ。なにが真実か決めたいまならば。そして自分ならどう解釈するか考えてみたまえ」

博士はテーブルの懐中時計の隣に手紙を広げた。一番上には〝ベルガード館にて、十月一日〟とあり、一同がすでに耳にしていたものと同じ仮説が書きつらねてあった。だが、フェル博士の指がおしまいあたりの文章を示した。

喩えれば、すべての目撃者は黒いサングラスをかけているようなものだ。はっきり見ることもできなければ、自分が目にした正しい色の解釈もできない。ステージでなにが起きているかもわからず、観客のなかでなにが起きているのかさえもわからない。あとではっきりした記録を見せれば、彼らはそれを信じるだろうが、それでも自分が見たものを解釈することはできないだろう。

いまもなく、友人たちの前でちょっとした娯楽を披露するつもりでいる。それがうまくいったら、どうか数日後にここに来て見てもらえないだろうか？　バース滞在中、いつでも都合のいいときに、迎えの車を送る。この娯楽ではあらゆる方法であなたを騙してみせると約束する。だが、あなたはこの地方にやってきて日が浅く、知り合いはほとんどいないはずであるから、わたしは公平にきちんとしたヒントを与えておく。姪のマージョリーをよく観察するように。

クロウ本部長は口笛を吹いた。

「たしかに」フェル博士はうめいて手紙を折りたたんだ。「こいつと、今夜わしたちが見聞きするだろうことを考えあわせれば、事件は解決するだろうて」

ドアを控え目にノックする音がした。フェル博士が深々と息を吐いて懐中時計をたしかめた。その場の一同をちらりと見やると、全員が準備はできているとうなずいた。フェル博士は懐中時計をしまってドアを開けた。いつもの白衣ではなく見慣れない普段着姿の見慣れた人影が、ドアから顔を突きだした。

「入んなさい、ミスター・スティーヴンソン」フェル博士が言った。

原注：ここにあげたなかにクリッペンの名前がないことにお気づきだろう。故意に入れなかったのである。わたしたち多くのなかに、クリッペンがベル・エルモアを殺すつもりがなく、スコポラミンの過剰投与は事故だったのではないかという強い懸念がいまだに残っているからだ。これは権威筋に加え弁護士サー・エドワード・マージョリバンクの『弁護のために――サー・エドワード・マーシャル・ホールの見解でもあった（ミスター・エドワード・マーシャル・ホールの生涯』の二七七ページ付近を参照のこと）。クリッペンは過失致死だと訴えることを拒否したが、これはおそらくエセル・ド・ニーヴをかばってのことだったのだろう――Ｊ・Ｄ・Ｃ

19　読みあげられる記録

エリオットの車がベルガード館に到着した。ボストウィックとクロウ本部長は別の車であとに続いているというのに、車内はぎゅう詰めだった。後部座席のほとんどはフェル博士が占め、残りをスティーヴンソンが持参するよう指示された大型のケースが埋めている。スティーヴンソン本人は成り行きに夢中になっているが落ち着かない様子で、エリオットの隣に座っていた。

そうだ、もうじき事件解決だ。エリオットはハンドブレーキを引き、明かりの灯った家の正面を見あげた。全員が揃うまで待ってから、呼び鈴を鳴らした。肌寒い夜で、うっすらと霧が出ていた。

マージョリーその人がドアを開けた。一同の仕事にむけた重々しい表情を見るや、すばやく視線を動かした。

「ええ、伝言は受けとりました」マージョリーは言った。「今夜はみんな家にいます。どちらにしても、出かけるつもりはなかったけれど。何事なの？」

「大変申し訳ないね、お嬢さん」ボストウィックが言った。「結婚式の夜をお邪魔して」彼はこの話題を繰り返さずにはいられないようだ。強迫観念のようになっている。「だが、長くは煩《わずら》わせない。終わったらさっさと引きあげるよ」

彼は皮肉を言うのをやめた。クロウ本部長に冷たい怒りの視線をむけられたからだ。

「警視」

「なんでしょうか、本部長」

「こちらのご婦人の私生活を話しあう必要はない。わかったかね？ ならよろしい」クロウ本部長は落ち着かないながらも、快活そうにマージョリーに話しかけた。「しかしながら、ボストウィックはある点については正しい。できるだけ早く引きあげるという点だ。ハッハッハ。ああ、そうするとも。さて、どこまで話したかな？ ああ、そうだ。ほかの人たちのいる場所へ案内してもらえるかね」

本部長にも得意なことはあるだろうが、演技は下手だった。マージョリーはちらりと本部長を、それにスティーヴンソンが取っ手をもって運んでいる大型のケースを見やったが、無言でいた。彼女の顔は赤くなっている。夕食にブランデーを飲んだことはあきらかだ。

案内された書斎でも、ほろ酔いと緊張の混ざった雰囲気が一行を待っていた。そこは家の奥で、居心地のよいイングランド式の伝統的な部屋であり、扉のない書棚と大型でゴツゴツした石の暖炉があった。薪の炎が穏やかに揺れている。暖炉の前の敷物にカードテーブルが置いてあり、ドクター・チェズニーとイングラム教授がバックギャモンに興じていた。ハーディングはゆったりと椅子に座って新聞を読んでいたが、うなじにガーゼが分厚くあててあり、頭が不自然にこわばっているように見える。

ドクター・チェズニーもハーディングも少々酔っているようだ。イングラム教授だけは冷静で、どこから見てもしらふだった。床置きのランプだけが照らす部屋はとても暑く、コーヒー、葉巻、丸々としたグラスのブランデーのにおいに満ちていた。バックギャモンで遊んでいるのは形ばかりのようで、イングラム教授はサイコロをもってボードの上でぼんやりと転がしつづけている。

両手をカードテーブルにぺたりと乗せ、ドクター・チェズニーが紅潮したそばかすだらけの顔で様子を窺った。うめくように言う。

「それで、何事だね。話してくれ」

クロウ本部長がうなずいたのを合図に、エリオットは話を始めた。

「こんばんは、ドクター、そしてみなさん。どなたもフェル博士には一、二度会われているのではないかと思います。それから、ミスター・スティーヴンソンのことはもちろんご存じですね」

「知っているが」ドクター・チェズニーはまだ様子を窺い、ブランデーのせいで声がしゃがれそうになるのをこらえた。「なにをもってきたんだ、ホバート?」

「映写機ですよ」エリオットが答えた。

「あなたは今日の午後」エリオットはイングラム教授に話しかけた。「ミスター・チェズニーの寸劇を撮影したフィルムをとても見たがってらっしゃいましたね。ご都合がよろしければ、みなさんで見てみましょう。ミスター・スティーヴンソンが大変ご親切に、映写機などの機器を運ぶことに同意してくださいました。こちらで機器を準備することに、みなさん反対などなさらないですよね」彼はハドリー警視に叩きこまれた話しぶりで進めた。「ご覧になるのはとても愉快とはいかないでしょうから、先にお詫びします。ですが、鑑賞することがわたしたちにとって有益であるとみなさんにお約束できますし、ご覧になれば、みなさんにとっても有益であるとわかるはずです」

かすかに鋭いカラカラという音がした。イングラム教授がボードにサイコロを転がしていた。出た目を読もうと一瞥《いちべつ》してからサイコロを拾い、エリオットを見やった。

「これはこれは」教授はつぶやいた。

「なんでしょう?」

「いいかね」イングラム教授が言う。「正直にいこうじゃないか。これは」――彼はふたたびサイコロを転がした――「フランスの警察が犯行を再現するやりかたじゃないかね、犯人である卑劣漢が悲鳴をあげて自白するあれだろう? 建前なんか口にするのはやめてくれないか、警部。こんなことをしても、自白など引きだせないし、心理学の見地からもお粗末だね。少なくとも、この場合は」

口調は明るかったが、言葉に込めた意味は冗談どころではなかった。エリオットがほほえみかけてみると、イングラム教授も笑い返してきたことに安堵した。急いで一同を再度安心させた。

「いえ、教授。誓ってこれはそのようなことではないのです。どなたかを怖がらせたくはありません。ただ、あなたがたにフィルムを見てほしいだけです。そのうえで、ご自身で納得を――」

「なにを納得するんだね?」

「――ドクター・ネモが本当は誰だったのかを納得してほしいんです。わたしたちはこのフィルムを徹底的に調べました。あなたがたも正しい場所で正しい方法でしっかりとご覧になれば、ミスター・チェズニーを殺害したのが誰かわかるはずです」

イングラム教授はサイコロをカップに落とし、振ってから、ふたたび転がした。

「では、これで犯人がわかるんだね?」

「ええ、そう考えています。だから、みなさんにフィルムを見てもらい、わたしたちの意見に同意されるか確認したいのです。きっと賛成していただけるでしょうが。フィルムにはっきり写っているのです。わたしたちもフィルムを初めて見たとき、目にしているものがなにか気づかないままでした。あなたがたなら、初回で気づかれるのではないでしょうか。そうなればもちろん、すべては簡単になります。今夜、犯人を逮捕する準備をしております」

「こりゃまた」ジョー・チェズニーが言った。「フィルムを証拠にして誰かを逮捕して縛り首にするということかね」

思ってもいなかったことを聞いて衝撃を受け、とにかく驚いたような口調だった。顔がますます赤くなっていく。

「それは陪審員が決めることです、ドクター・チェズニー。ですが、あなたは反対されるのですか？　フィルムを見ることに？」

「えっ？　いやいや、ちっとも。正直言って、おれも見てみたい」

「あなたは反対されますか、ミスター・ハーディング？」

ハーディングはそわそわと襟の内側をなで、うなじにあてたガーゼをさわっていた。咳払いをする。近くにあるブランデーグラスに手を伸ばし、飲み干した。

「いいえ」彼は決断して言った。「あの――いいフィルムでしょうか？」

「いいフィルムとは？」

「鮮明かということです」

「とても鮮明ですよ。あなたは反対されますか、ミス・ウィルズ？」

「いいえ、もちろん反対しません」

「この娘も見ないとならないのか？」ドクター・チェズニーが聞き返した。

「ミス・ウィルズこそ」エリオットはゆっくりと言う。「誰よりもフィルムを見なければならない人です。ほかの誰が見なくても」

またもやイングラム教授がサイコロを転がし、ぼんやりと出た目をたしかめた。「わたしとしては、文句のひとつも言いたいね。たしかに、このフィルムが見たくてたまらなかったよ。昼間わざわざ出かけたのに、冷たくあしらわれた。それだからわたしは」部屋の暑さに額が光っている。「知ったことかときみに言いたいよ。だが、それは言えない。あの身の毛のよだつ吹き矢のことが一晩じゅう、頭から離れなかった。それにドクター・ネモの本当の身長のことも」彼はテーブルにダイスカップをドンと置いた。「教えてくれ。フィルムでドクター・ネモの身長はわかるかね？　どのくらいの高さなんだ？」

「ええ、六フィートぐらいです」

イングラム教授はダイスカップを置いたままにした。ドクター・チェズニーはとまどった顔つきになってから好奇心を浮かべ、そして最後に愉快げな表情を見せた。

「それは立証されたことかね？」教授が険しい口調で訊ねる。

「教授ご自身もおわかりになるはずです。フィルムのどこに注意して見ろとは、こちらとしてはできれば言いたくありません。ですが、身長については立証されたと受けとられてよろしいかと。さて、フィルムの上映に音楽室を使ってもよろしいでしょうか？」

「ああ、どこでも好きな部屋を使うといいよ」ジョー・チェズニーが大声で言った。彼はビーカーに入った薬が泡立って色を変えるように、身震いして態度を一変させた。すっかり愛想がよくなっている。「おれが案内しようか？　ぜひそうさせてくれ。むこうでなにか飲むといい。

最後までフィルムを見るが、酒は必要だぞ」

「自分で行けますので大丈夫です」エリオットはドクターに断ってから、にっこりとイングラム教授に笑いかけた。「いえ、教授、そんな顔をなさることはありません。音楽室で上映することは、フランス式の厳しい尋問の一環ではありませんからね。場所を移すのは、あの部屋のほうがよく見えるものがあるはずだからです。ミスター・スティーヴンソンとわたしが先に行って準備し、五分ほどしたらクロウ本部長にみなさんを連れてきてもらいます」

部屋をあとにしてようやく、額がどれだけ熱くなっていたか気づいた。そして犯人のことをまったく考えていなかったことにも気づいた。犯人が誰か知っている。いまや、犯人には皮がむかれたタマネギ並みの防御力しかない。けれど、エリオットはほかのことを考えつづけていて、そのせいで気分が悪くなりそうだった。

廊下は凍えるようで、それは音楽室も同じだった。エリオットはブール象嵌《ぞうがん》飾り棚の裏に照明のスイッチを見つけた。灰色のカーテンを閉めるときに見たフランス窓の外では霧がさらに濃くなっていた。ラジエーターに近づき、スチーム暖房をつけた。

「スクリーンは折れ戸を開けたスペースに取りつけるといい。映写機はできればかなり近くに置いてもらえませんか。できるだけ大きな画面にしたいので。ラジオ蓄音機を転がしてきたら、映写機の台に使えるかもしれませんね」

スティーヴンソンがうなずき、ふたりは黙って作業に取りかかった。シーツを折れ戸の枠に張りつけ、蓄音機に使われていたコンセントに映写機をつないだ。長い時間がかかったように感じられてからようやく、スクリーンに光の大きな四角が映しだされた。そのむこうは暗い事務室――マーカス・チェズニーが座っていた事務室で、例の置き時計がいまでもチクタクと時を刻んでいる。エリオットはブロケード織りの張り地の椅子をスクリーンの両脇に二脚ずつ置いた。

「準備できましたね」エリオットは言った。

そう言いおわらぬうちに、奇妙で短い行列が音楽室にやってきた。フェル博士がこの儀式の責任者らしい。マージョリーとハーディングがスクリーンの片端の二脚に、イングラム教授とドクター・チェズニーがその反対側に座った。クロウ本部長は昨夜と同様にグランドピアノにもたれる。ボストウィックはドアの片側の場所を陣取った。エリオットはその反対側。フェル博士は映写機を前にしたスティーヴンソンの背後に立った。

「あらかじめ断っておくが」フェル博士が肩を上下させて息を切らしながら言った。「あんたたちはこいつを気軽に見ることはできんだろう――とくにミス・ウィルズは。だが、もう少しスクリーンに椅子を近づけてもらえんかね？」

マージョリーは博士を見つめたが、なにも言わず、そのとおりにしようとした。しかし両手がかなり震えていて、エリオットが手を伸ばしてかわりに椅子を動かしてやった。かなり端の位置ではあるが、マージョリーはひらいた折れ戸に垂れさがるシーツから半歩足らずまで近づくことになった。

「ありがとう」うめくように言うフェル博士の顔は、いつもほど血色がよくはない。その声が響く。「よろしい！　始めよう」

ボストウィックが照明のスイッチを切った。またもやエリオットは濃い闇が、スティーヴンソンの動かす映写機の光で貫かれるのを見た。スクリーンのすぐ手前にいる者たちの顔をかすかに照らしている。映写機はスクリーンから五フィートの位置にあるため、シーツに映るイメージは実物大どころではなく、特大だった。

規則正しいウーンという音が鳴りだし、スクリーンがぱっと暗くなった。ここにいる人々の呼吸の音が簡単に聞きとれるようになった。エリオットはフェル博士の巨大な山賊のような姿が、椅子の人々の横にそびえているのを意識したが、背景として感じているだけだった。ふたたび見ることになる映像に集中していた。一度じっくり考えさえすれば、その意味は明白になる。

スクリーンの暗闇に垂直の光が縁をチカチカさせながら滲《にじ》んできた。ふたたび映像上の折れ戸が押し開けられたのだ。滲んだ光に、一同が見つめる折れ戸のむこうにある実際の部屋のはっきりした映像が徐々に現れた。きらめくマントルピース、机の白い照明、時計の白い盤面を見ていると、エリオットは映像ではなくて本物の事務室を覗いているようなふしぎな気持ちになった。透明なベール越しに本物の部屋を見ているようで、そのベールはすべての色味を洗い流して灰色と黒に変えていた。この錯覚は本物の時計が鳴っていることで一層増した。チクタクという音が映像の時計の振り子の動きと合っているのだ。一同の前に実体のない、鏡に映ったような部屋が現れた。そこではゆうべの時刻を時計が記録し、ゆうべの空気を取りこむ窓がひらいていた。

ここで、マーカス・チェズニーが事務室から彼らを覗きこんだ。

無理もないが、マージョリーが悲鳴をあげた。マーカスはほぼ等身大だったからだ。真っ白な照明を浴びて病的に見える彼の顔が悲鳴をあげさせたのではない。現実に起こっているように錯覚したためだ。鏡のようなスクリーンで、マーカスはいたってまじめに作業に取りかかった。彼らにむかいあって椅子に座り、灰色の模様のチョコレートの箱を片側に押しやり、机にあったふたつの小さな品物を使ったパントマイムを始めた……

「わたしはなんと目が見えていなかったのか」イングラム教授がつぶやき、頭が映写機の光にふれそうなほど身を乗りだした。「わかったぞ。吹き矢だと思ったとは。やっとわかった！

——」

「いまはいいから！」フェル博士がぴしゃりと言った。「気にせんでいい。そいつのことは忘れろ。スクリーンの左を見ていなさい。ドクター・ネモが現れる」

召喚されたかのように、シルクハット姿の背の高い人影が現れるや、音楽室のほうへ顔をむけた。一同は至近距離で、まったく透けない黒いサングラスを見ることになった。細かな点まではっきりと拡大されている。シルクハットが擦れて毛羽立っていることや、柔らかなマフラーが鼻のところでは横に隙間があること、映像の部屋を移動するネモの独特の歩きかた。こちらに対して背中を斜めにむけるようにして机のほうへ歩き、チョコレートの箱をすばやくすり替える……

「これは誰だね？」シルクハットの人影が動くなかで、フェル博士が訊ねた。「よく見て。誰だね？」

「ウィルバー」マージョリーが言う。「ウィルバーよ」そう繰り返し、椅子から腰を浮かした。「わからないの？　あの歩きかたでわかるでしょ？　あれを見て！　ウィルバーよ」

ドクター・チェズニーの声は力強いがまごついていた。「この娘の言うとおりだ」彼は断言した。「なんと、あまりにわかり切ったことだ。だが、ウィルバーのはずはないじゃないか。彼は死んだのに」

「たしかにウィルバーのようだね」イングラム教授も認めた。暗がりで教授の全人格が研ぎ澄まされたようになり、身じろぎして集中していくのを周囲も感じた。「待ってください！　これはなにかおかしいぞ。トリックだ。間違いないと断言できそう――」

フェル博士がこれを遮った。映写機の回転する揺るぎない音が一同の耳に執拗に響く。

「さあ、ここに注目だ」フェル博士はそう言った。ドクター・ネモが机の奥へ移動する場面だ。「ミス・ウィルズ！　二秒後に、おじさんがなにかしゃべる。ネモを見て、なにか言おうとするんだ。くちびるの動きを読んでくれんかね。わしたちのためにくちびるを読んで、なんと言っておるのか教えてくれ！　しっかり！」

マージョリーはスクリーンの横手に立って身を乗りだしたため、その影がスクリーンにふれそうになった。あのしつこい映写機の音さえも聞こえなくなったようだ。不自然な静寂が広がる。マーカス・チェズニーの灰色のくちびるが鏡の部屋で動き、マージョリーが読みとったことを口に出した。まともに考えられないらしく、声は異様なほど甲高くなった。幽霊の囁《ささや》きのようで、歌うようなリズムだった。

その内容はこうだった。


あなたが嫌いだ、フェル博士。

理由は、わからない。

でも——（マザーグースより。フェル博士命名の由来とも言われる）

ちょっとした騒ぎが起こった。

「なんだね、それは？」イングラム教授が嚙みつくように言った。

「なにを言ってるんだ？」

「わたしはおじさんが話していること、いえ、話したことをそのまま繰り返しているだけよ」マージョリーが叫んだ。

「〝あなたが嫌いだ、フェル博士〟だと——」

「これはトリックに決まっている」イングラム教授が言った。「このまま信じるほどいかれていないからね。わたしは現場にいて、マーカスを観察し、話を聞いていた。そのようなことは断じて言わなかった」

答えたのはフェル博士だった。

「もちろん、彼はそのようなことは言わんかった」フェル博士はうんざりしたように、重苦しく辛辣《しんらつ》な声をあげた。「すなわち、あんたは昨夜目撃したものを撮影したフィルムを見ておるのじゃない。つまり、違うフィルムをわしたちは摑まされたのさ。ということは、犯人はこれが本物だと保証して、違うフィルムをわしたちに見せた人物だ。すなわち、犯人は——」

博士は最後まで言う必要はなかった。

エリオットが映写機の光を三歩で横切り、立ちあがったジョージ・ハーディングのもとに急いだ。ハーディングはこれを見て、顔をめがけてぎこちなく右手を繰りだしてきた。エリオットはこの男を一発殴りたいと願ってきた。なんとかして殴りたいと夢に見てさえいた。すべての反感が沸騰して憎悪となり、押さえつけてきたあらゆる感情と、ジョージ・ハーディングがおこなったこととその理由についてのあらゆる知識、それらすべてが心のなかの叫びのようになってエリオットの脳裏に押し寄せ、喜び勇んで敵に躍りかかった。だが、対決は長続きしなかった。一度の悪あがきでハーディングの最後の抵抗は消えた。目が虚《うつ》ろになる。自己憐憫《れんびん》で顔を歪《ゆが》め、マージョリーのスカートを摑みながら足元に倒れ、完全に気絶した。逮捕時の権利の通告をおこなうために、まずブランデーで気つけを施さなければならなかった。

20　心理学的殺人事件

一時間後、フェル博士は書斎の暖炉の炎の前で一同と腰を下ろしていた。だが、マージョリーはそこにいなかった。あきらかな理由からボストウィックやハーディングも同様だった。そのほかの者たちが炎をかこんで座る様子を、脳は擦り切れそうに疲れていたが風刺めいた見方はまだできたエリオットは、オランダの静物画になぞらえていた。

ドクター・チェズニーがまず口をひらいた。ブリッジテーブルに頬杖をついて座っていたのだが、ここで顔をあげた。

「では、やはり外部の者の仕業《しわざ》だったんだな」そうつぶやいた。「ふう！　最初から、そうじゃないかと心のどこかで悟っていた気がするぞ」

イングラム教授が丁寧な口調で話しかけた。「そうかね？　ハーディングがどれだけ気持ちのいい青年か褒めちぎっていたのは、きみだったと思うが。今日の午後は立派で趣味のよい結婚式まで挙げさせたくらいだからね――」

ドクターは真っ赤になった。

「おい、そうするしかなかったのがわからないか？　とにかく、そうするしかないと思った。ハーディングの言葉を信じた。あの男は――」

「あの男の流暢《りゅうちょう》な言葉にはついのせられたな」クロウ本部長が顔をしかめて割って入る。「――だが、今夜のマージョリーはいたたまれないだろうと想像すると、おれは――」

「きみはそんなふうに想像しているのかね？」イングラム教授はそう訊ね、サイコロを手にしてダイスカップに落とした。「きみは昔から人の心理を読むことが下手だ。彼女があの男を愛していると思うのかね？　愛したことがあると思うのか？　今日の午後、とんでもない吐き気のするような結婚に、わたしがなぜあれだけ強烈に反対したと思うんだ？」彼はダイスカップを摑んで振った。フェル博士からエリオットへ、そしてクロウ本部長へと視線を移した。「だが、みなさん、あなたがたは説明する義務があると思いますよ。ハーディングが犯人だという結論にどうやってたどり着いたか、どうやって有罪を立証しようとしているのか知りたいですな。物語の最後にはそうした話が聞けるものではありませんか。あなたたちには明白なのかもしれませんが、わたしたちにはそうじゃない」

エリオットはフェル博士を見やった。

「博士が説明してください」むっつりとそう提案し、クロウ本部長もうなずいた。「わたしの頭はいま絶好調とはいいがたいのです」

フェル博士はパイプに火をつけ、手元にビールのジョッキを置き、黙想にふけるようにして炎を見つめた。

「わしもこの事件では後悔することが多い」博士にしては静かな声で切りだした。「後悔しておるのは、四カ月近く前、このとっ散らかった頭の産物にすぎない考えだと思ってしまったものが、まさに解決の第一歩であったことさ。たぶんあれは、第一歩よりもっと前と言ったほうがいいだろうが。出来事を時系列に並べ、今日までのことをおさらいしてみよう。

六月十七日、子供たちがミセス・テリーの店のチョコレートを使って毒を盛られた。わしが今日、エリオット警部にあらましを教えたように、犯人がひとつかみの毒入りチョコレート・

ボンボンを蓋のない箱に入れるなどという無様な手口を使ったとは考えられん。それが当時からわしの推理だった。バネ式底の鞄などを使ったトリックのほうがずっと可能性は高いと思ったんだよ。そのほうが蓋のない箱をすり替えるといういくぶん困難なことでも、簡単になるからな。たとえば一週間前あたりに、店へ鞄をもちこんだ人物を探すほうがずっといいと思った。そうすると、鞄をもちこんでも、注目もされず、あとからめずらしいことだったと思いだされることもない人物にすぐさま見当がつく。ドクター・チェズニーやミスター・エメットといった人たちだよ。しかしだ」フェル博士はパイプを突きだした。「警部に指摘したとおり、別の可能性もあった。いくらドクター・チェズニーやミスター・エメットが鞄をもっておるのはいつものことだとしても、それはそれとして記憶に残ることもあり得る。だが、鞄をもちこんでも、ミセス・テリーがその場でも、あとになって振り返っても、深く考えようとはしないほかのタイプの者たちがいる」

「ほかのタイプの者たちとは？」イングラム教授が訊いた。

「旅人だよ」

フェル博士が答えて話を続けた。

「知ってのとおり、ソドベリー・クロスは大きな道路が通る旅人の多い村だ。いつもたくさんの旅人が訪れるし、特定の時期にはさらに混雑する。犯人X、あるいはY、またはZは旅人やよそ者だったかもしれん。車で旅をしておって、鞄を手に店へ入って煙草を一箱買い求め、その後、店主に鞄のことも当の本人のことも思いだされないまま消えることのできる人物だよ。

ドクター・チェズニーやミスター・エメットは村の人間だから店主の目に留まるかもしれん。そこへいくと、犯人X、あるいはY、またはZといった外部の者は店を出るより早く店主の記憶から拭い去られるだろう。

だが、そんなのは頭のどうかした戯言《たわごと》にしか思えんかった。なんでまた外部の者がそんなことをしたがる？　外部の者かつ理性で行動せん者がやったというのはあり得る。だが、いくらなんでもクロウ本部長にこうは言えん。〝ソドベリー・クロスにやってきたイギリスじゅうの外部の者を探すといい。風貌はわからんが外部の人間で、どんな型かさっぱりわからん車で旅をして、存在する証拠さえない仕掛けのある鞄をもっていたはずだ〟などとは。わしは自分があまりに飛躍している気がしてな、その考えを握りつぶしたんだよ。それをいまになって歯ぎしりしながら思いだしておるのさ。

そして、今朝になってどんなことがあったと思うね。

エリオットが会いにやってきて、彼の仮説でその楽しくない記憶を掘り返した。わしはすでにマーカス・チェズニーの手紙を受けとっておった。それに、耳の悪い給仕から事件の要点も聞いておったんだよ。エリオットからあらましを聞き、いささかびっくりしてな。イタリアでミス・ウィルズが黒い瞳の美男子ジョージ・ハーディングと出会って婚約したと教わった。教わって幸いだった！　ハーディングが外部の者だからといって疑う理由などない。だが、何者かを疑うだけの、どでかい理由ならある。マーカス・チェズニーを取り巻く、親密で小さいグループにいる人物、念入りに計画された早業《はやわざ》の寸劇に、特別に早業の殺人を加えることのできた人物だ。だから、次にこの寸劇の検証をやろう。
事件は前もって計画されたものだとわしたちは知っておった。自分の目が信じられなくなる早業で実行されたこともな。実際はそう信じこまされておっただけなんだが。それにこのちょっとした遊びがステージの上だけではなく、観客にまで広げられていたんじゃないかと考えられた。ここでマーカスの手紙を読もう。目撃者についての持論をこう語っておるよ。

……ステージでなにが起きているかもわからず、観客のなかでなにが起きているのかさえもわからない。あとではっきりした記録を見せれば、彼らはそれを信じるだろうが、それでも自分が見たものを解釈することはできないだろう。

さて、寸劇の謎を読み解くために、どうしても説明の必要な三つの矛盾する点がある。これだよ。
（A）なぜマーカスは質問リストに、まったく必要のない質問を入れたのか？　なぜ彼はドクター・ネモがウィルバー・エメットだときみたちに告げたのか？　その直後にシルクハットの人物の身長を訊ねるつもりだったのにだ。
（B）なぜ彼はその夜、全員に夕食のとき正装するよう主張したのか？　夕食用に着替えるのはきみたちの習慣ではなかった。だが、この夜にかぎって彼はそうするよう言い張った。
（C）なぜ彼は質問リストに十番目の質問を入れたのか？　十番目の質問はどちらかと言えば

見逃されているが、わしは引っかかった。彼はこう訊ねておるぞ、思いだしてくれ。〝ひとり、あるいは複数の者はなにを話したか？　その内容は？〟。その直後に、以上の各質問に対して厳密に正確といえる答えでなければ、正解と認められないと、但し書きをしておる。だが、そこにどんな罠があったんだ？　ステージで話したのはチェズニー本人だけだと証人たちが同意するのは目に見えておった。もっとも、実際は観客も短い言葉を囁《ささや》いたり、しゃべったりしているんだがな。しかし、この質問の罠はどこにある？

諸君、(A)と(B)の答えはほぼわかり切っておるな。マーカスがドクター・ネモはウィルバー・エメットだと言ったのは、極めて単純な理由からだった。ドクター・ネモはウィルバー・エメットではなかったのさ。そう、ドクター・ネモはエメットではなく、エメットと同じ正装用のズボンとイブニング・シューズを身につけていた何者かだった。だが、この人物がエメットと同じ身長だったというのは、あきらかにあり得んことだ。さもないと、〝フランス窓から入ってきた人物の身長は？〟という質問がやはり意味を失うことになる。この人物がエメットと同じ身長六フィートであれば、きみたちは六フィートと答え、結局は正解ということになる。だから、マーカスはエメットより数インチ背が低いが、正装用のズボンとイブニング・シューズを身につけた何者かを使って、きみたちに罠を仕掛けねばならんかった。

オッホン。さて、そのような人物をどこで探せばいいかね？　もちろん、外部の人間だったかもしれん。ソドベリー・クロスの村の知り合いだったかもしれん。だが、そうなると、引っかけという冗談が意味をなくすじゃないか。それではうまいトリックにはならんよ。たんなる嘘になってしまう。それに手紙にある言葉と齟齬《そご》が出る。〃ステージでなにが起きているかもわからず、観客のなかでなにが起きているのかさえもわからない〃。ここになにか意味があるとすれば、それはシルクハットの男は観客のひとりという意味だ。

さらに、そのものずばりのバネ底式の鞄を使ったトリック。マーカス・チェズニーには、エメットのほかにも協力者がいた。悪意のないように見える協力者だ。手品のショーのように観客にまぎれて座っておる協力者。照明が消えた二十秒の完全な暗闇のあいだに、エメットともうひとりの協力者は入れ替わったのさ。

観客にまぎれていた協力者はこの二十秒の暗闇のあいだに、ひらいたフランス窓からこっそり外へ出て、エメットのほうはこっそり入ってきて、かわりに観客にまじった。ドクター・ネモを演じたのはエメットではなく、もうひとりの協力者だった。エメット自身は寸劇のあいだずっと観客にまぎれて座っているか、立っているかした。そうだよ、諸君。マーカス・チェズニーはそうやって罠にかけようと計画したのさ。

だが、それは観客のうち、どの人物だろう？

エメットの替え玉は？

これを推理するのはむずかしいことではない。あきらかな理由から、ミス・ウィルズは除いていい。イングラム教授もだ。少なくとも三つの理由がある。まず、この人は音楽室のフランス窓から一番遠い場所に座っていた。マーカスが教授に割り当てた椅子にだよ。第二に艶光《つやびか》りして目立つ頭。そして最後に、マーカスが誰よりも騙したい人を協力者にするとはとても考えられないということだ。

では、ハーディングはどうだね？　ハーディングは身長五フィート九インチだ。彼もエメットも痩せており、体重は同じくらい。ふたりともきれいになでつけた黒髪だ。ハーディングは十一ストーンで、エメットは十一ストーン八ポンド。ふたりともステージを撮影したがる者にとっては最悪だろう位置で、じつのところ、あまりに素人くさいところだった。だが、マーカスが割り当てたその位置ならば、フランス窓まで二歩だった。最後に、ハーディングはシネカメラを目元にくっつけて立っておった。右手が顔の片面を自然と隠す格好で。そうじゃなかったかね？」

「そうでしたよ」イングラム教授がふさいだ口調で言った。

「こんなに簡単なことはなかった――心理学的に言えば――このような入れ替わりはな。身長の違いは気づかれないはずだよ、ほかのふたりの証人は座り、彼だけが立っておるんだから。それにまた、ハーディングは自分が〝前かがみになっていた〟と言った。つまり、エメットが前かがみになっておったのさ。あんたたちがみんな騙されたのなら、ふたりの外見上の違いは暗闇で簡単に隠せたということだな。ハーディングは顔立ちが整っており、エメットはお世辞にも同じとは言えんが、それは暗闇ではわからないし、撮影する男の顔は手で隠れておった。そう教授、あんたはあきらかにその男には集中しておらんかった。ろくすっぽ見てもおらん。そうでなきゃ、ステージで起こっていることが見えたはずがない。ハーディングもステージも見たと供述するのは、矛盾だよ。あんたはハーディングが〝つねに視界の隅にいた〟と話したね。それは真実だ。しかしあんたがぼんやりと認めたのは、人の形でしかなかった。あんたはそれがハーディングだと思いこんでおったからハーディングを見たと思ったのだ。

暗闇にはもうひとつ心理的なトリックが含まれておって、あんたたちに影響したと思う。シネカメラを抱えておる人影が、はっきりしゃべったとあんたは言う。人影はそのようなことはせんかったと、ささやかながら示唆させてもらおう。暗闇での娯楽は心理学的に人をしゃべりたくさせるもんだ。当然だが小声でな。そうした囁き声が、普通の言葉の大きさのように響くときには、耳をつんざくほどの大声に感じられることさえある。みんな賛成してくれるだろうが、劇場へ足を運び、けしからんことに、うしろの席でどこかの間抜けがぺらぺらしゃべっているのが聞こえたとしよう。実際は囁き声なんだが、暗くもなく静かにする必要もない場所で同じ声量を聞かんかぎりは、誰も囁き声だとは信じようともせんのさ。だからわしは、その人物が〝シーッ、透明人間だ！〟と声をあげたのは囁きにすぎんかったと思う。それであんたは騙された。囁かれると誰の声も同じに聞こえるからな。それがほかの人物だなどと思ってもいなかったから、あんたはハーディングの声を聞いたと思いこんだんだ。

実際、もうひとりの協力者を演じるのに、ハーディングだけがふさわしい人物だった。イングラム教授、マーカスはあんたを選んだりするはずがなかったよ。長年、あれこれ議論してきた相手だ。ドクター・チェズニー、あんたも選ばれるはずがなかった。マーカスが生涯、あれこれ議論してきた相手だ。それにあんたはエメットとほぼ同じ身長だという事実があるから、自動的に最初から除外された。そうとも。マーカスは慇懃《いんぎん》なおべっか使いのハーディングを選んだ。なにを言っても支持し、虚栄心をくすぐり、仮説を信じてくれる相手。なによりも、シネカメラをひとつどころではない利用法に使える人物だ。

　さらに、もうひとりの協力者としてまっすぐにハーディングを指し示す事実もある。この事件でわしたちが絶えず聞かされていたことがあるとしたら、ハーディングがマーカス・チェズニーに対して、絶対服従の態度をつねに見せていたという点だよ。けっしてぶれず、けっして目減りせず、けっしてぐらつかなかった。そう、けっしてぐらつかなかったが、例外的にぐらついてはならんはずの一点がぐらついた。この寸劇はマーカスの誇りを賭けたものだった。彼はごく真剣で、ほかの者も同じように真剣に受けとることを期待した。だが、寸劇のクライマックスで――フランス窓からドクター・ネモが劇的な登場をする場面――ハーディングと考えられていた人物は話をしてはならんと厳しく警告されていたにもかかわらず、〝シーッ、透明人間だ！〟と囁いてからかった。真剣なマーカスに対して、このように突然浮ついた声をかけるとは妙に思える。笑い声を誘うかもしれんから、寸劇そのものを台無しにしかねん。だが、このハーディングと考えられていた人物はそんなことを言ってのけたんだ。

　さてここで、そのような何気ない一言こそ、ハーディング有罪を証明する根拠となり得ることをすかさず指摘したい。わしはこう考えた。〝こいつはおかしい。あれは観客にまじってハーディングのふりをしたウィルバー・エメットだった。エメットもハーディング以上にマーカスの真剣さを茶化そうなどとは考えんはずだから――エレシウスの神殿よ、その一言もまた仕組まれたものだったのか〟。そう、思わず漏らしたはずのその言葉さえ、寸劇の台詞《せりふ》だった。そしてここでおなじみの質問を再考しよう。〝ひとり、あるいは複数の者はなにを話したか？その内容は？〟。

わしは一足飛びに説明するつもりはないぞ。物事があきらかになった順に話をしておる。エリオットに初めて話を聞いて、わしの頭にはこうした一連の考えが浮かんだ。最初からエリオットにハーディングが有罪だとあまり希望をもたせたくなかったので——」

ドクター・チェズニーがふたりを見つめた。

「希望ってなんだね？」いぶかしげにまばたきしてそう質問した。「どんな希望だね？　なぜ警部はハーディングが有罪であることを希望するんだ？」

フェル博士は長々と地響きするような音をたて咳払いをした。

「オッホン。口が滑ったわい。話を続けていいか？

だが、この時点でも、動機やそのほかいっさいの考慮をわしらの頭から締めだして、犯行の仕組みだけに集中すると、ハーディングがドクター・ネモの役柄を演じただろうことはあきらかなんだ。

寸劇を時系列に見ていこう。明かりが消されてマーカスが折れ戸を開けるまでの完全な暗闇だった二十秒間に、エメットは音楽室のフランス窓からそっと入ることができた。ハーディングからカメラを受けとり、今度はハーディングが同じ窓からこっそり外に出てドクター・ネモの衣装を身につける。入れ替わりは二、三秒もあればよかったはずだ。それでも、ドクター・

ネモが事務室に登場するまでさらに四十秒かかっておる。この一分近い時間にハーディングは扮装を整えることができた。イングラム教授ならば、人間がほんの一分でどれだけのことができるか驚くべきリストを教えてくれるはずだ。

事務室で三十秒を過ごしてから、ネモは外に出る。最終的にハーディングが音楽室へもどったときに、明かりがふたたびついたんじゃなかったか。時系列に適合するかな?

さて、ここまで考えた時点で、わしはまだフィルムを見ておらんかった。だが、エリオットがハーディングの証言を聞かせてくれた。ハーディングはこう言ったそうだ。〝シルクハットの男がファインダーのなかから消えた直後、ぼくは顔をあげて、あとずさって、シネカメラのスイッチを切りました〟。言い換えると、それがハーディングのふりをしたウィルバー・エメットが実際にやったことだった。ドクター・ネモが事務室をあとにしたとたん、撮影をやめておる。しかし、それはなぜだ?　寸劇はまだ終わっておらんかっただろう。マーカス・チェズニーはここから前のめりに倒れて派手に死んだ真似をすると、次に起きあがって折れ戸を閉めた。マーカスは協力者たちにふたたび入れ替わる時間をたっぷり与えたのさ。

ネモが事務室を出てすぐにエメットが〝あとずさった〟——観客たちの視界から消えて——そして音楽室をこっそり抜けだし、ハーディングと落ちあったことはあきらかだよ。それが彼らの、そしてマーカス・チェズニーの計画だった。だが、わしの説が正しければ、ハーディングは興味深い即興をやった。彼はマーカスに毒入りカプセルを飲ませたのだ。もちろん、カプセルはそもそもひとつしか存在しなかった。第二のカプセルについての議論は必要ない。ハーディングがドクター・ネモを演じる手はずだったのならば、第二のカプセルなんかいるかね？　カプセルはひとつだけだった。ハーディングがあらかじめ委ねられ、それに青酸を入れておいたものさ。毒を飲ませおわったハーディングには次の即興の準備ができておった。

ネモの退場でウィルバー・エメットは撮影をやめ、音楽室のフランス窓からこっそり外に出た。ハーディングは身につけるときとは反対に、ものの数秒もあれば衣装を脱げたから、すでに待ち構えておる。幅の狭い芝生の通路のすぐむこう、木陰に火かき棒を隠して。何時間もそこに置いてあったものさ。ハーディングは――ネモの衣装を事務室の窓の前に投げ捨てて――その木陰でエメットを待ち、手招きする。カメラを受けとる。身振りで家のほうを指さす。エメットが背中をむけたところで、ハーディングはハンカチを巻いた手で火かき棒を摑み、後頭部を殴りつける。続いて、明かりが灯る前にこっそり音楽室にもどる。イングラム教授が見積もったように、所要時間は五十秒」

イングラム教授はカップに入れたサイコロをカラカラと揺らし、顔をしかめて首を振った。

「もっともな説明ですな。彼にはじゅうぶんな時間があったでしょう。だが、正気とは思えない危険な真似をしたことになりませんかね？」

「いいや」フェル博士は言う。「彼は危険な真似などいっさいしておらん」

「だが、何者かが――わたしでも、ほかの誰でも――明かりをかなり早めにつけてしまったとしたら？　音楽室にもどる前に明かりがついたとしたらどうですかね？」

「あんたはマーカス本人のことを忘れておる」フェル博士が悲しそうに言う。「あの男は事実上、自分自身の殺人を計画したことになるのを忘れておるよ。誰よりも、マーカスこそは、明かりが灯る前にハーディングに無事にもとにもどってもらいたかった。ハーディングが見つかってしまえば、マーカスの計画は崩壊し、笑い物になってしまう。そんな事態は避けねばならんかった。少し前にわしが言ったことを覚えているかね、マーカスは寸劇をさらに続けた——しばらくじっと机に座ってから突っ伏しただろう、あれはあきらかにちょっとした即興だね。その点についてリストには質問がないからだ——ネモが退場してから寸劇をさらに続け、あんたたちの目を惹きつけたのさ。それでハーディングに時間稼ぎをさせてやれる。ハーディングはたとえば咳払いだとか、あらかじめ合図を決めていたことは間違いなかろう。音楽室にもどったことをマーカスに知らせられるようにな。合図を受けとったら、マーカスは折れ戸を閉めて寸劇を終わらせる。だから、ハーディングはエメットの頭を殴るのに長めにでも短めにでも好きなように時間を取れただろう。二十秒でも百二十秒でもあり得た。だが、マーカスはハーディングがもどるまで寸劇を終わらせるはずはなかったんだよ」

「いまいましい奴だ！」突然、ジョー・チェズニーが怒鳴り、拳でブリッジテーブルを叩いたのでバックギャモンのボードが浮いた。「では、奴は絶対の身の安全を保障されて演じていたってわけか」

「そういうことだね」

「話を続けてください」イングラム教授が静かに言った。

フェル博士は鼻を鳴らした。「それが今朝までの状況だった。あんたにはおわかりのとおり、わしはフィルムをどうしても見たかった。エメットが撮影したと考えられるフィルムをな。わしが最初に大きな挫折を味わう直前、ハーディングは絶対に怪しいとはいかなくても、興味深い存在に思えてきたところだった。あの男は化学者だ。青酸などいつでも作ることができる。本件の関係者であの男だけが、すぐさまゴム手袋をつけて脱ぐコツを知っておった。あんたたちがこの実験をやってみたことがあるかどうか知らんがね。ああした手袋をはめるのは比較的たやすいんだよ、内側に粉を振っておけばな。だが、急いで外すのは、コツを知らんかぎり不可能に近い。普通のやりかたじゃ、指から抜けてくれん。頭にきて手袋をびりびりに破るか、罵《ののし》りながら指からどうにか引っこ抜くしかない。ああいうのは、手首のところから指先へと丸めていくんだ。フランス窓の外でレインコートのポケットのなかできれいに丸まって発見されたとおりにな。わしがそいつに興味津々になったら、エリオット警部はふしぎがっていたようだ。

　だが、犯人としてのハーディングの姿は、フィルムを見る前からくっきりと浮かびあがっておった。スティーヴィンソンの薬局の二階で、エリオットがミス・ウィルズとかわした会話から確信した。わしは立ち聞きしておったんだよ、諸君。品格も恥じらいもなく耳を澄ましたのさ。居間と寝室を隔てる折れ戸のあいだにシーツが垂れさがっておったから、想像はつくかもしれんが、シーツの裏の寝室側に潜んだんだ。

　この頃まで、わしはハーディングについてはエリオットから聞いたことしか知らんかった。だが、なんと発見があった！　ハーディングは地中海の旅でミス・ウィルズに出会うまで、ソドベリー・クロスについて聞いたこともないと、エリオットは請けあっておった。じつはそれどころか、ずっと前、ミセス・テリーの店での毒殺事件が起こる前からふたりは知り合いだったとわかったんだよ。あの娘さんはハーディングに会うため、ロンドンまで何度も足を運んだとな。どうか驚いた顔をせんでくれ、諸君」フェル博士は不躾に言った。「そして、ドクター・チェズニー、わしの頭を火かき棒でぶん殴りたい衝動は抑えてくれ。この家のメイドたちでさえ、その話は知っておるよ。なんなら訊ねてみるといい。

だが、この本当の情報がミスター・ジョージ・ハーディングの性格の二面性に目をむけさせた。もちろん、娘さんと以前から知り合いだったことを、正直じゃないやりかたで家族に隠したがったからといって、ハーディングを責めることはできん。だいぶ手の込んだ派手な手に思えるが、だからといって責めることはできん。しかし次に教える点については、わしはハーディングを責めていいし、エリオット警部は殺していたかもしれんよ。あの男は、とにかく休暇が必要で、海外旅行に出たくて、しかも娘さんが旅費を出してやって家族と引きあわせるべきだと、哀れっぽくそそのかしたというんだぞ。だが、それだけじゃない。諸君、わしは薬剤師の寝室に突っ立って、信じてもらえるかはさておき、口も聞けんほど衝撃を受けた。名を馳せた毒殺者たちのことが思い浮かんだからだ。伊達男だったウェインライトのかぐわしい髪のにおいがしたと思った。ウォーレン・ウェイトの幽霊がそこのロッキングチェアに座っていると思った。窓の外に泣き妖精《バンシー》のような、リッチスンの人を惹きつける目やプリチャードの大きな禿頭《とくとう》が見えたと思った。

それに、このエピソードからはほかの事実も窺える。ジョージ・ハーディングがどんな人間だとしても、彼はすこぶるつきのすばらしい役者ということだ。わしはポンペイでのちょっとした一幕についてもすでに話を聞いていた。出処《でどころ》は気にせんでいい。だが、薬局で立ち聞きして知ったばかりのことが真実だとすれば、ポンペイでの一幕にどんな意味があったか、ちょっと考えてみるといい！　無邪気で誠実、高潔なハーディングがあんたたちのなかにまじって、あんたたちがソドベリー・クロスのことをしゃべるよう仕向けておる姿を想像してみい。あの男が毒殺者たちの話題を振り、意識をつついて、あんたたちに話をさせたやり口を考えるんだ。〝昔なら、大勢に毒を盛ったって楽に逃げることができただろうなあ〟。ハーディングがあんたたちにとって痛い話題をうっかり口にしたと気づいて、はっとして、とまどいながら謝り、ガイドブックをしまいこんだ慌てぶりを考えてみるといい。それに——

まあ、こいつは強調する必要はないか。だがこの一幕のことは、その後のすべての象徴として頭に入れておこう。ハーディングの心情を簡潔に描いたものになっておるんだ。ポンペイでこの男の言ったことや、おこなったことのすべては、完璧で綿密な偽善行為だったからだよ。人を押して、引いて、引きずりまわして、それらしく気取るやりかたからは、冥界入りした毒殺者たちのなかでも、教会のご立派な偽善者ウィリーの祈り《プレイヤー》（ロバート・バーンズの詩より）ならぬ、毒殺者ウィリー・パーマーの隣で歓迎されそうに思えた。

もうあまり小むずかしいことは言うまい。次にわしたちはフィルムを見た。あれが決め手だった。そこに映しだされたしくじりはあまりに致命的で、あのときあの場で、ハーディングがその犯人だとわしは思った。

ひとつ、最初にわしたちが見たとき、そのいまでは全員があのフィルムを見ておる。だが、うち何人かが見逃しそうだったことがある。こういうことだよ。ハーディングの言い分を受けどんなたぐいのいんちきもない入れ、あの男が撮影したのだと同意し、奴のアリバイを認め、ハーディングの視点で成りと思うならば、そのすべてを容認するならばだ――あのフィルムはハーディングの見たものすべてで成り立っているはずだった。どういうことか、わかるかね？」

フェル博士は熱を込めて訊ねる。「あのフィルムはハーディングの見たものすべてで成り立っているはずだ。事務室で起こったことを彼の目から見たままのはずだよ。わしたちはあの男自身の意識の映像を記録したものを手にしたのも同然さ。それゆえにだな、わしたちはハーディング自身が見たものだけを見ているはずだったんだ。

さて、ほかの目撃者や、ハーディング自身の証言から、なにが起こったとわかった？　マーカスの寸劇の始まりのほうへもどってみよう。シルクハット姿の不気味な人影がフランス窓から入ってくる。それが前方へ歩くと、ハーディングが囁く。〝シーッ！　透明人間だ！〟。そこで人影はふりむいて観客を見る。

フィルムに写っているのはどうだ？　人影はフィルムに現れてすぐに、ふりむいてわしたちを見る。そう、現れる。そしてふりむく。これがわしたちの見る初めてのドクター・ネモだ。顔をむけるのは疑問の余地なく、ハーディングが〝シーッ！　透明人間だ！〟と言った直後で、ドクター・ネモが観客のほうを見たのはその一回だけだ。だが、なんでまたハーディングはその注目すべき言葉をしゃべることになったのか？　その時点まで、わしたちには透明人間の顔はまだ見えておらんかった。ハーディングにもだ。

ハーディングの位置からはフランス窓がまったく見えん。あまりに左に寄っているからな。だからフィルム上ではわしたちにも見えん。人影が窓から入る場面はフィルムに映っておらんかった。そいつがふりむいてこちらに顔をむけるまで、見えんのだ。では、自分に問いかけてみなさい。ハーディングはドクター・ネモがどんな風貌なのかどうしてわかったんだ？　ドクター・ネモが視界に入ってもいないのに、どうやってぴったりの描写をすることができたんだね？

答えはむずかしくない。シネカメラをもって前のめりになっていたのが誰にしても、その人物は寸劇の協力者であり、ドクター・ネモがどのような風貌かすでに知っていた。台詞を囁くよう指示されていて、ネモがふりむくのを見ていまだと悟り、ほんの数秒だけ早く囁いた。ほかの者たちにはドクター・ネモの顔が見えたが、彼には見えなかったはずのタイミングでな。ハーディングはその言葉を口にしたとのちに何度も誓ったから、彼がフィルムを撮影したか、エメットが撮影したかどちらかだが、協力者には間違いない。このことは、エメットがフィルムを撮影し、ハーディングがドクター・ネモを演じたというわしのちょっと前の考えを裏づけると思った。

今日の午後一番にフィルムを見はじめたとき、そのことをもう少しで歌いあげ、宣言しそうになったよ。マーカス・チェズニーは自分が殺害される計画をしていたことになるんだぞと、クロウ本部長がひょっこり真実を言い当てたとき、すでに騒いでしまっていたがね。そのとおりだったのだが、本部長の言う意味は、ずれておった。だが、次の瞬間、わしの推理はガラガラと音をたてて崩れたんだよ。

フィルムにドクター・ネモの全身がはっきり映った。

そして身長は六フィートだった。

身長が六フィートであるだけじゃなく、歩きかたから、どう見てもウィルバー・エメットと特定された。

そのことで、わしはみぞおちに一発くらい、回復するのに何時間もかかった。

謙遜という美徳を大事にするようきみたちに勧めるよ。すがすがしい美徳だ。わしは自分の説が絶対だという大それた確信を抱いていた。塔を建てるだけではなく、補強のために煉瓦にモルタルを塗る勢いでな。それが崩れたんだ。しかし、午後遅くにミス・ウィルズの抽斗《ひきだし》で撮影照明用電球の箱を発見し、ようやく気づいた。もう何度目かわからんが、マーカスの創意工夫に富むトリックにこれまたかつがれておったとな。そいつが最後のトリックではあったが、それこそがハーディングの計画を三重の意味で安全にした。

無論、しばらくのあいだ、トゲトゲの藪に押しこまれるようにわしたちはある一点に悩まされてきた。犯人が誰かじゃない。それが誰だとしても、フィルムを破棄せんかったのはなぜかということだよ。人に見られず使い物にならなくする機会はいくらでもあった。誰もいない部屋で鍵もかからない場所に置いてあっただけだからな。光にさらせば、誰だって五秒あれば台無しにできただろう。現場を撮影して犯行の証拠となるフィルムを警察に渡したい犯人などおらんよ。たとえ頭のおかしい者でもそんなことはせん。だが、フィルムは無傷だった。この事実が明白に語るものを解釈できる分別が最初からわしにありさえすれば、フィルムはこちらに突きだされ、親切に押しつけられたのだと見なしていたはずだ。なぜなら、本物の殺人を撮影したフィルムなどではなかったからだ。

実際には、マーカス、エメット、ハーディングのリハーサルを撮影したフィルムだったのさ。当日の正午――本番の前にな――に撮ったもので、エメットがドクター・ネモを演じておった。

撮影照明用電球がそれを教えてくれた。すでに、熟考して穿鑿《せんさく》しながらも、まったく途方に暮れて、わしはあの電球についてあれこれ質問した。強く興味を引かれたのは、電球が焼き切れたと聞いてミス・ウィルズがあきらかにとまどったという報告だった。なぜあの娘さんはとまどわねばならなかったのか？　その問いはまったく重要ではない可能性もあった。だが、それはドアがつかえてどうしてもひらかないときに、どこかのボタンを押すようなたぐいの間違いだよ。ミス・ウィルズは当日の朝に電球を買った。夜まで使用されなかったはずだ。夜にはどのくらいの時間、灯されていたのか？

計算は簡単だ。マーカスの寸劇が始まったのは、およそ十二時五分。電球が灯される。警察が到着した十二時二十五分頃まで灯されたままだった。覚えておるかな、そのとき、いったん消された。まず、二十分ほどだな。その後、電球はすぐにまた灯された。警察が部屋を簡単に捜査して、イングラム教授、あんたの邪魔が入るまでだ。ここでまたもや明かりは消され、使っていたのはほんの数分、せいぜい五分だ。三度目にして最後に電球が灯されたのは、警察医と写真係が到着したとき。やはり時間は短いもので、エリオットがクロウ本部長にバネ式底の鞄について説明し、ふたりでマントルピースの時計を調べただけだ。そこで電球は焼き切れた。ここでさらに五分といったところかな。

すべての時間は概算だと譲っても、やはり大きな食いちがいが残る。あの電球は全部でたった三十分使っただけで焼き切れてしまった。薬剤師のスティーヴンソンの話では、ああした電球はたっぷり一時間はもつはずだということだった。

電球が三十分の使用で焼き切れたのは、何者かがその前に使っていたからだ。同じ日のもっと早い時間にな。

その単純な事実は、ミス・ウィルズの抽斗で厚紙の箱を探しだしたとき、わしをじっと見つめておったよ。ミス・ウィルズはその日の朝に電球を買い、抽斗に入れていた。あの娘さんがその後に電球を使ったということはない。メイドたちから午前中にイングラム教授の家へ行き、午後なかばまで滞在していたと聞いているからな。それにどちらにしても、何度も聞かされたように、ミス・ウィルズは写真のことがさっぱりわかっておらん。

実際、メイドのパメラが夜の十一時四十五分に電球を取りに二階へやられた時間まで、誰も使っていないと信じこまされるはずだった。だが、わしがいま証明したように、そんなはずはないんだ。それはもうひとつの理由からも強調していい。厚紙の箱だよ。さあ、パメラが二階へ行って電球をもってくるよう指示されたのならば、電球はまだ箱に入って封がされておったはずで、箱ごともってきただろう。だが、そうしなかった。電球だけをもってきた。それはつまり箱が開封されて、抽斗に剝きだしで入れられておったか、封のひらいた箱にもどされておったか、どちらかということさ。

マーカス、エメット、ハーディングがこのささやかな寸劇のために、長く念入りなリハーサルをしたに違いないことはあきらかじゃないかね。ひとつのつまずきもなく、進めなければならないものだった。問題は、いつリハーサルをやったかだ。疑いなく、その日の正午だ。マーカスは朝のうちに電球を買いにいかせた。ミス・ウィルズはその後、午前から午後のなかばまで留守で、ドクター・チェズニー、あんたはどちらにしろ、ここには住んでおらんし、ここにいる理由もなかった。だが、ハーディングはずっとここにいた。メイドがそう話しておったよ。

マーカスの最後のトリックと冗談、証人への最後のペテンの性質がそろそろわかっただろう。彼はすべての騙しを終えてからも、さらに証人を欺くつもりだった。あらかじめハーディングに寸劇を撮影させて──なんと、本物とはいくつかの微妙な点がまったく異なる寸劇だ──秘密の切り札にした。こう言うつもりだったのさ。〝さて、みんな答えを出したな。次に本当はなにがあったか見てみよう。カメラは嘘をつけない〟。だが、カメラは嘘をつけた。ドクター・ネモを演じたのはエメットで、マーカスがしゃべった言葉数はほぼ同じとはいえ、内容はまったく違うものだった。このペテンはどうやらわしのためだったと思うな。数日のうちに、マーカスはわしを招待して寸劇を見せるつもりだったんだ。きっとこんなふうに言っただろう。〝さて、先日の夜に撮影したフィルムを見よう〟。そしてわしもまた騙されることになっておったらしい。愉快で仕方がないマーカスがスクリーンで〝あなたが嫌いだ、フェル博士〟と言うのに気づきもせんでな。マーカスは手紙のなかでそのことをばらしそうになっておる。〝あとではっきりした記録を見せれば、彼らはそれを信じるだろうが、それでも自分が見たものを正しく解釈することはできないだろう〟。

わしたちに見せるフィルムをすり替えたのは、ジョージ・ハーディングの大きな、致命的な誤りだった。もちろん、シネカメラは二台あった。一台でエメットに本番を撮影させ、リハーサルで撮影したフィルムの入ったほうを親切にもわしたちに渡した。もう一台のシネカメラがハーディングの部屋に隠されているのを、ボストウィックが発見したことを知らせておこう。奇跡のように思えるが、フィルムはだめにされておらんかった。だからちょっとしたうぬぼれそのものが、ハーディングを縛り首にするだろう。

だが、フィルムが二本存在したという発見は、最後の答えを提供し、止《とど》めを刺した。長いこと、わしはぼんやりと考えておった。ジョージ・ハーディングがあれほど左に寄って撮影したのは、果たしてフランス窓の近くにいたいからというだけなのかと。そうしたら、別の理由が見つかったのさ。ネモが入ってくる事務室の窓を撮影できる場所に陣取らなかったのは、どうしてもそこは撮影できなかったからだ。昼間の陽射しが写ってしまうじゃないか――リハーサルをフィルムに撮影すれば――ネモが入ってくる窓は燦々《さんさん》と陽射しに照らされていたはずだ。事務室の窓は西に面しておるし、昨日は陽射しがあって天気がよかった。だから、ぐっと左側に寄って立つしかなかった。同じように、エメットも夜の寸劇のときに左に立った。エリオット警部は陽射しと窓に目をつけて、なにが起きておったのかふいに悟った。わしたちが〝左寄《レフト・ハ》り《ンデイッド》の（「偽りの」という意味もある）撮影位置〟とでも呼ぶべきものの意味も、急にひらめいた。真実の絵柄は壁にくっきりと明白に現れたのさ」

エリオットはうめいた。パイプの火が消えているフェル博士はジョッキのビールを飲み干した。

「さて、ジョージ・ハーディングとマージョリー・ウィルズのかなり痛々しい成り行きを要約するとしよう。

ハーディングは切れ味がよく、残酷で血も涙もない犯罪をいくつか数カ月前に計画した。たったひとつの目的のために。それは、金だよ。まず、ソドベリー・クロスで誰が毒殺者だと疑われても、ジョージ・ハーディングだけは疑われないように強化しておくつもりだった。手口はあたらしいものじゃない。前にも試された方法だ。きみたちは一八七一年のクリスティアナ・エドマンズ事件のことを引用してきたな。わしはエリオットにあの事件には教訓があると話したが、あんたたちのなかには、事件のことを話しあっても、あくまでも得るところなどないと拒否する者もいるだろう。教訓というのは、〝医者に恋して追いかける女には注意しろ〟じゃない。教訓とは、〝自分が毒殺者ではないと見せつけるために、手当たり次第に罪のない人々に毒を盛りそうな人物に注意しろ〟なんだ。それがクリスティアナ・エドマンズのしたことで、ジョージ・ハーディングのしたことでもあった。

あの男の肥えた虚栄心は、パーマーやプリチャードの虚栄心にも引けを取らず、マージョリー・ウィルズの気を引くことがかならずできると信じた。いいかな、彼にはそう思うだけの理由があった。数カ月ぶんの海外旅行の費用を払ってくれる女は甘い、あるいは愛に溺れていると表現して構わんだろう。それにもし、あの男にとって慰めがあるとすれば、死刑執行人に別の世界へ追放されるまでは裕福な女性の法律上の夫でいられる、ということだろうな。

マーカス・チェズニーはたいした資産家で、ミス・ウィルズはその遺産相続人だった。だが、マーカスはあらゆる点で強靭《きょうじん》な男であり、そんなマーカスが亡くなるまでハーディングは一ペンスも使える望みはない。それはずっとわかっていた。マーカスがその点をはっきりさせたそうだな。ハーディングはあたらしい電気メッキ製品を大規模に生産する事業を始めたくて仕方がなかった。わしの知るかぎりではとても優れた製法なのだ。あの男に事業を成功させるだけの力量があったとはとても思えんが、彼は自分を偉大な男であり、そうした事業をやって当然だと思っていたから、マーカス・チェズニーを亡き者にしなければならなかった。

ハーディングはその線に沿って考えつづけた。おそらくは、マージョリーに初めて会ったそのときからじゃないか。だから、ソドベリー・クロスに毒殺者を〝登場〟させた。なんの変装もせず、一度ミセス・テリーの店へ下見に行く。これで店内の配置とチョコレートの箱の位置がわかった。数日後の訪問で、箱の入れ替えをやったんだな。思慮深い理由からストリキニーネを使った。化学研究者が扱うことのできない数少ない例外的な毒物だからだよ。どこで買ったのかは知らんが、警察が彼のことを突きとめることができなかったのも、たいして驚くことではないな。警察はジョージ・ハーディングの名など聞いたこともなかったんだから」

「こりゃどうも」クロウ本部長が言った。

「マーカスを亡き者にするため、当初どんな計画を立てていたのかはわからん。だが、膝をぴしゃりと打つかのように、あるいは天からの贈り物のようにして、マーカスに毒を飲ませることを、被害者たるマーカスが事実上、推奨して協力してくれる機会が舞いこんできた。それに、マーカスはチョコレートの箱のからくりに気づいてしまっていた。ハーディングは急がねばならなかったんだ。皮肉なことに、マーカスはハーディングが犯人だなどと一瞬たりとも疑っていなかった。だが、マーカスに調査を進めさせることなど断じてできん。さもないと、知られてはこまることを暴かれるかもしれない。こうして、ひとつのことがハーディングの気がかりとなる。この方法で殺人をおこなうならば、即効性のある毒を使わねばならん。つまり、青酸のたぐいを。だが、ハーディングは仕事で青酸カリを扱っているから、すぐさま疑いがむけられるかもしれない。

そこを、見事な手際のよさで乗り切った。今日の午後、残念なことにハーディングは自分の研究所からは毒物をいっさいもちだしていないと、わしは言ったな。そう、そんなことはしておらん。奴はここで青酸を作ったのさ。みんな気づいてのとおり、この家もこの一帯もかすかなビター・アーモンドのにおいがいつも漂っておる。ほかのどこかで青酸を隠すことの難点のひとつに、どんなにしっかり蓋をしてもかすかなにおいがすることがあげられる。だが、このにおいはベルガード館では気づかれることはないよ。蓋のひらいた瓶をよくよく嗅いでみないかぎりは。そこであの男は青酸を作り、わざと浴室の戸棚にいくらか置いたんだ。化学の知識が少しあれば誰でも青酸を作ることができること、何者かが彼に疑いをむけようとしたことを警察に指摘できるようにと考えてだ。間違いなくいい作り話をしたことだろうな」

「たしかにそうだった」クロウ本部長が言った。

「ハーディングも、最初はマージョリーに疑いをむけさせようなどと考えてはおらんかったろうな。そんなことは馬鹿げているし危険でもあった。あの娘さんの金はほしいが、絶対に逮捕はさせたくなかったからな。ウィルバー・エメットのポケットに厚紙のカプセル入れを忍ばせ、彼に疑いをむけようとしただけだった。だが、運の巡りあわせでマージョリーに重い嫌疑がかけられることになり、ハーディングはそれを自分に有利に使えると見てとった。というのも、ほかに少々警戒するようになったことがあったからだ。娘さんの気持ちが冷めかけておった。みんな、それは気づいておったな。この数週間でミス・ウィルズの恋心はすっかりしぼんだ。もはや美男子の恋人をうっとりと見つめることはない。たぶん、本性が垣間見えたんだろう。恋人にあたるようになり、自殺さえ考えた。ハーディングはいくら虚栄心に満ちあふれておっても、そうした変化に何となくは気づく。ここにきて彼女を失うことはできなかった。さもないと、いくつもひどい危険をおかしたことが無駄骨になってしまう。それじゃあ元も子もない。できるだけ急いで結婚するよう仕向けることができれば、奴にとって都合がよかった。ハーディングは思いやりと脅しを組みあわせてそれを実行した。ウィルバー・エメットを殺害することは、彼の計画にとって必要なことであり、ドクター・チェズニー、あんたから盗んだ注射器で犯行に及んだんだよ。翌日その注射器を宝石箱の隠し底にわざと入れた。娘さんは怯えるあまりすでに半狂乱になっていたから、ハーディングは機会を逃さず、彼にしがみつきたくなるような心境に追いこんだ。冷静になればそれじゃ解決にならんとわかるはずなんだが、我が身の困難をハーディングにも背負ってもらえば安心感を得られると思わせる作戦さ。注射器を使った最後の一苦労が効いたわけだ。娘さん本人が、殺人罪で逮捕されるのを避けるために結婚したと、わしたちに話しておったよ。ハーディングはいくつものことを指摘したはずだが、なかでも、警察はミス・ウィルズが研究所にやってきたこと、さらには毒物を手に入れられる機会があったことを突きとめるだろうと言ったに違いない。だが、娘さんが逮捕されてもふたりが結婚していれば、夫としてハーディングは法廷で妻に不利な証言をしなくて済むとな。諸君、想像してみたまえ、こうした説得を淀みなく、落ち着いて、目で訴えながらできる図々しさといったら、まあ――」

フェル博士はうしろめたい様子ではっとして口をつぐんだ。クロウ本部長がしっと鋭く声をかけた。そして全員が内心激しくとまどって暖炉の炎をじっと見つめた。

マージョリーがいつのまにか部屋にいた。

エリオットが想像もできなかったほど、彼女はひどく青ざめ、目がぎらついていた。だが、両手は震えていない。

「大丈夫」マージョリーが言った。「続けてください。じつは、五分前からドアのところで聞いていたの。聞きたいんです」

「おっと！」クロウ本部長が椅子から弾みをつけて立ちあがり、騒ぎはじめた。「窓を開けてほしいかね？　煙草はどうだろう？　ブランデーは？　ほかになにかほしいものは？」

「このクッションを使いなさい」ドクター・チェズニーが熱心に勧める。

「なあ、きみ、横になりたかったら――」イングラム教授が話しだした。

マージョリーは彼らにほほえみかけた。

「わたしは本当に大丈夫。あなたたちが思っているほど、弱くないから。それから、フェル博士の言うとおりです。博士の推理したことを彼はすべて本当にやったの。二階の部屋に置いている化学の本のことまで、わたしに不利になると思わせました。彼の研究を少しでも理解しようと手に入れたものなのに、部屋にそんなものがあるのを警察が見たらどう思われるかと言うの。それどころか、彼は――彼はエリオット警部が知っていることを知っていた。わたしがロンドンで青酸カリを買おうとしたことを――」

「なんだって？」クロウ本部長が大声をあげた。

「知らなかったんですか？」彼女は本部長を見つめた。「で、でも、警部は話すって――いえ、話すような口ぶりで――」

ここにきてエリオットの顔はあまりに熱くなり、誰が見てもそれがどういうことか見過ごすことはあり得なかった。

「なるほど」クロウ本部長は思いやって言った。「いまのは気にしないでくれ」

「それに、彼は、マーカスおじさんが殺された寸劇にわたしが関係しているから、警察に疑われるだろうとまで言ったの。マーカスおじさんがフェル博士に手紙を書いたことは知っている、そこにはわたしの行動に注意しろと書いてあったって……」

「たしかにな」フェル博士は言う。「正確には、〝わたしは公平に率直なヒントを与えておく。姪のマージョリーをよく観察するように〟。だからこそ、わしは真犯人が誰か説明できるようになるまでは、影響されやすいボストウィック警視に手紙を見せんように配慮した。見せれば、彼を誤った方向に導くだけだったからな。あんたのおじさんはわしを騙そうとしたんだよ、ドクター・ネモがウィルバー・エメットだと言ってあんたたちを騙そうとしたようにな。だが、ボストウィックに与える影響は――」

「ちょっと待ってください」ミス・ウィルズは両手を握りしめてうながした。「真実を話したらわたしが気絶するかもしれないなんて、思わなくて結構ですよ。今日の午後にジョージを見たとき、つまり、彼が撃たれたと思ったときは、本当に気分が悪くなったわ。でも、そこを知りたいの。彼が撃たれたのは事故だったんですか?」

「事故でなければよかったのに」ドクター・チェズニーが振り絞るような声で言った。「まったく、事故でなければよかったんだ！　豚めの頭に、あのとき弾をお見舞いしてやればよかった。だが、そうは言ってもあれは事故だった。弾が入っていたとは知らなかったと誓うよ」

「でも、フェル博士の話では――」

「すまんな」フェル博士が気まずそうに身じろぎして切り返した。「わしはこの事件全体で一度と言わず、言葉やおこないやほのめかしで、あんたたちに誤った印象を与えつづけてきたんだ。だが、そのときは、そうすべきだったのさ。周囲に聞き耳を立てているのが多すぎたからの。とくに鋭いパメラと、さらに鋭いリーナだよ。ふたりの耳はそこらじゅうのドアの反対側にくっついとるようなもんだった。誰にでも聞かれる場所で、わしたちは大声で意見をかわすことが多かった。リーナはあきらかにハーディングに好意を寄せておって、わしの言うことはなんでも奴に報告しておったと思うな。それに、あれは事故じゃなかったとわしが言うのをハーディングに聞かせておけば、自分は疑われておらず、これ以上望めないほど安全だと思っただろうからな」

「本当によかった」マージョリーが言った。「わたし、おじさんかもしれないと心配だったので」

「おれがなんだって?」ドクター・チェズニーが訊いた。

「犯人よ、もちろん。最初は教授かもしれないと思ったんだけど――」

イングラム教授の穏やかな目が見ひらかれた。「これはかなりびっくりだね。褒められたと思うべきか、だが――」

「だって、完全な心理学的殺人をおこなうだとかなんとか、よく話をされていたからよ。それから、あなたの家に午前から午後までお邪魔して、ジョージと結婚すべきか訊ねたら、あなたはわたしの精神分析をして、わたしは彼を愛していないし、彼はわたしと似合うタイプでもないと言ったから――どう考えたらいいのか、わからなくなって。でも、あなたの言うとおりでした。本当に、そのとおり」

フェル博士はまばたきをした。「精神分析をしただと? それで、このお嬢さんはどんなタイプの男性と結婚すべきなんだね？」

　マージョリーの顔は真っ赤になった。

「わたし絶対」彼女は張り詰めた声で言った。「死ぬまで、絶対に、ほかの男性とはもうおつきあいしたくありません」

「ここにいる者たちは除いて、ということならいいね」イングラム教授はくだけた口調で言った。「わたしたちならば、ハーディングが追いこんだようにきみをノイローゼにはしないから、ね。秩序正しい人々とつきあえば、そうしたノイローゼも、墜落しても負傷しないで済んだ飛行士を治療するのと同じ原理で治せると思ったのだがね。そうした飛行士の精神的ダメージを修復するために、すぐさま別の飛行機に乗せてしまえというわけだよ。きみに似合うタイプ？そうだな、考えてみると、抑制が利いている男性で――」

「まわりくどいことは言わないでいい」クロウ本部長が口を挟んだ。「お嬢さんが求めるタイプは警官だ。いいかね、わたしは約束するし、名誉にかけてこれを守るが、この件が決着したら、わたしはもういっさい口出ししない。絶対だよ。だが、わたしに言わせてもらえば――」

解説

三橋　曉

——この犯罪をおこなった人物はキングコブラ並みの危険人物だ。（ギディオン・フェル）

通といえばカー、カーといえば密室。そんなしょうもないギャグを口にせずにはおれないほど、ミステリに精通している読者にこのジョン・ディクスン・カー（別名義：カーター・ディクスン）のファンは多いし、その小説は密室殺人をはじめとする不可能犯罪と切っても切れない関係にある。しかし、勿論カーは〝密室〟だけの作家ではない。〝オカルト〟〝時代ロマン〟〝笑劇《ファルス》〟〝恋愛《ロマンス》〟等々、持ち札は実に多彩だが、〝密室〟と並ぶこの作家のもうひとつの切り札はといえば、〝毒〟ということになるに違いない。

ここにご紹介する『緑のカプセルの謎』*The Problem of the Green Capsule*（イギリス版*The Black Spectacles*）は、その〝毒〟という主題に正面から挑んだカーの代表的な長編といっていいだろう。わが国への紹介は、一九五八年十二月、当時東京創元社より刊行中だった

〈ディクスン・カー作品集〉の第八巻（第五回配本）が最初で、その時のタイトルは『緑のカプセル』だった。その後一九六一年三月に、創元推理文庫に収められることになり、『緑のカプセルの謎』と改題された。この度の新訳版登場は、初訳からなんと五十八年ぶりのことで、旧訳の副題「心理学的推理小説」は、「心理学的殺人事件」に改められている。

いわゆる本格ミステリの黄金時代に、ドロシー・L・セイヤーズ、アガサ・クリスティ、アントニイ・バークリー、F・W・クロフツらによって創設された英国の〈ディテクション・クラブ〉は、本格ミステリ作家のサロンの役割を長い間果たしてきたと伝えられる。クラブは、サイモン・ブレットからバトンを受けたマーティン・エドワーズを会長として現在も継続されているが、新メンバーを迎える際に、フェアプレイの精神などを新参の会員が高らかに唱えるという、稚気《ちき》たっぷりの宣誓の儀式もまた、今も変わることなく執り行われているようだ。

一九三六年、アメリカ作家としては初めてクラブの一員となったカーも、やはり他のメンバーと同様にその式に臨んだと思《おぼ》しい。その時のことは、評伝『ジョン・ディクスン・カー――奇蹟を解く男』の第八章に詳しいが、宣誓の内容には、〝科学的に知られていない「謎の毒薬」を使用しない〟という項目が含まれていたという。

ちょっと面白いのは、この〈ディテクション・クラブ〉への入会を機に、カーの長編に、毒を使った殺人や毒殺魔の登場する作品が一気に増えることだ。当時、すでに『毒のたわむれ』（一九三二年。以下同様に原書刊行年）と『赤後家の殺人』（一九三五年）が発表されていたが、クラブ入会からの五年という短い期間に、『パンチとジュディ』（一九三六年）、『火刑法廷』『四つの兇器』（いずれも一九三七年）、『五つの箱の死』（一九三八年）、本書『緑のカプセルの謎』（一九三九年）、『連続殺人事件』（一九四一年）の、なんと六長編を矢継ぎ早に発表するのである。

カーのクラブ入会に際しての推薦人であったバークリーは『毒入りチョコレート事件』（一九二九年）で、またセイヤーズは『毒を食らわば』（一九三〇年）で、それぞれミステリ史に里程標《りていひょう》を刻んだ。そして『スタイルズの怪事件』（一九二〇年）で最初の一歩を踏み出したクリスティの作品では、犯人たちが毒薬を使うことを得意としたし、クイーンのドルリー・レーン四部作（一九三二―一九三三年）ほど、毒との繋がりが深い連作もなかった。

こうしてふり返ると、いわゆる探偵小説の黄金時代は、ミステリの世界で毒や毒殺が頻繁に取り上げられた時代だったことがわかる。〈ディテクション・クラブ〉の宣誓に毒の一節があったことにも十分頷くことができるが、やや穿《うが》った見方をすれば、黄金時代という去りゆく一時代を惜しむかのように、この時期のカーは〝毒〟という主題に情熱を注いでいたようにも映る。

さて、話を本作『緑のカプセルの謎』に絞ろう。最初のシーンは、ポンペイの遺跡である。イタリア南部の肥沃な土地で、紀元前にはナポリにも近い交通の要地として栄えたこの都市が、およそ千九百四十年前、ベスビオ火山の噴火で火山灰に埋没した悲劇は有名だ。ある日ざしの強い午後、白い服の女とサングラス姿の男たちが、静けさにつつまれた町の観光を楽しんでいた。一方、居合わせた男が、別名〝毒殺者の家〟に佇《たたず》む彼らを、柱の陰から見つめていた。さながら映画を思わせるこの古代遺跡の一場面は、後の展開に深くかかわる重要なプロローグとしてきわめて印象的といっていいだろう。（ちなみに墓場通り、アリウス・ディオメデス館、毒殺者アウルス・レピドゥスの家はそれぞれ実在するようだ）

それから半月後、ロンドン警視庁《スコットランド・ヤード》犯罪捜査部《CID》のエリオット警部は、上司のハドリー警視からソドベリー・クロス町行きを命ぜられる。町では四ヶ月ほど前に、菓子店のチョコレート・ボンボンを食べた子どもが死亡するという事件が起きていた。死因はストリキニーネ中毒で、犯人と目《もく》されているマージョリー・ウィルズは、彼がナポリに出張した折、立ち寄ったポンペイで見かけた白い服の女だった。容疑者の逮捕を求める声が高まる中、警部は村に到着するが、それを待っていたかのように、マージョリーのおじでベルガード館の主人マーカスが青酸中毒で亡くなったとの報が飛び込んでくる。

副題の Being the psychologist's murder case はストレートに解釈するなら、「心理学者の殺人事件」という意味で、このベルガード館のマーカス・チェズニー殺害を指すものだろう。資産家のマーカスは、桃の栽培で収入を得る実業家だが、実は心理学の素養もあり、それが自慢でもある。ある晩のこと、姪とその許婚者《フィアンセ》のハーディング、友人で心理学者のイングラム教授の三人に心理学の実験と称して寸劇を見せ、人間の観察力があてにならない事を実証しようとする。しかし、そのさ中、フランス窓から入ってきた謎の登場人物に、マーカスは毒入りのカプセルを呑まされてしまう。

謎の人物のマフラーを巻いた顔にサングラスという姿は、H・G・ウェルズ原作、クロード・レインズが姿の見えない科学者を演じた映画『透明人間』（一九三三年）を意識してのものだろう。本作のハイライトは、いうまでもなくこの謎の人物が登場する束の間の寸劇である。実は、マーカスはこの人物の役を使用人で果樹園の責任者のエメットに割り振っていたが、事件直後、彼は窓の外で昏倒《こんとう》しているのを発見される。マーカス殺しの容疑者は、三人の観客と往診中で寸劇を見ていないという、マーカスの弟のドクター・ジョーの四人に絞られるが、ほどなくして全員に鉄壁のアリバイがあったことが判明する。

おなじみのフェル博士が登場するのは物語も中程で、事件に手を焼くエリオット警部は、近隣のバースを湯治《とうじ》で訪れていた博士に助けを求める。カーは登場人物らに再三にわたり、謎めいた寸劇について検証させる念の入れようで、エリオット警部による関係者への事情聴取や、許婚者のハーディングが撮影していたという映画撮影機《シネカメラ》の録画映像を、フェル博士を中心に検証していくという形で、寸劇の意味を読者に問いかける。しかし、観客を試すために生前マーカスが用意していた狡知《こうち》な十の質問の回答は、マージョリーらの間で見事なくらいに食い違い、フィルムに映っていたある事実が、真犯人にあと一歩と迫ったフェル博士を切歯扼腕《せっしやくわん》させる。

かくしてソドベリー・クロスを襲った毒入りチョコレート・ボンボン事件とベルガード館の当主毒殺事件は、マージョリーとハーディングの結婚をめぐる新展開などもあって、風雲急を告げていく。フェル博士は、犯人逮捕の大団円へと駒を進めるため、投宿中の《青獅子亭》で、地元警察のクロウ少佐とボストウィック警視、エリオット警部を前に、講釈を始める。『三つの棺』（一九三五年）の中で密室殺人を分類整理して解説した密室講義は有名だが、ここでフェル博士は、数々の犯罪史上の毒殺者をエンサイクロペディア的に検証しながら、ソドベリー・クロスにおける毒殺事件の犯人像をあぶり出していく。レイモンド・T・ボンド編の『毒薬ミステリ傑作選』（一九五一年）にも、人類の歴史に寄り添うような毒殺史が編者の序論として付されていたが、18章をほとんど丸々費やした本作の毒殺講義は圧巻で、〈ディテクション・クラブ〉の儀式での宣誓どおり、実際の事件を渉猟し尽くしたカーの実証主義をとくと窺うことができる。

主人公さながらの活躍をみせるエリオット警部は、本文にもあるように、前年に刊行された『曲がった蝶番《ちょうつがい》』（一九三八年）に続いての登場だが、E・C・ベントリーの『トレント最後の事件』（一九一三年）の主人公を連想する読者は多かろう。ご存じのように、同作は恋愛の要素をミステリに持ち込んだ嚆矢《こうし》と言われる。その後もイーデン・フィルポッツの『だれがコマドリを殺したのか?』やフィリップ・マクドナルドの『鑢《やすり》――名探偵ゲスリン登場』（ともに一九二四年）、セイヤーズの『学寮祭の夜』（一九三五年）などが書かれているが、犯人と目される女性への彼の濃《こま》やかな葛藤を描き、クライマックスの逆転劇へと繋げていく展開は、ロマンスもお手のものの、この作家にしか描き得ないものだろう。独特のロマンチシズムがいつになく芳醇《ほうじゅん》に感じられるのは、今回の新訳のおかげもあるかもしれない。

新訳といえば、冒頭の部分だけを取っても、前日譚としてのプロローグの意味付けが明確となり、毒のモチーフや、真相へと向かって次々と浮かび上がる伏線など、鮮明になった箇所は数え切れない。例えば、旧訳ではやや腑に落ちなかった16章末尾の拳銃騒動も、この新訳では、なるほどと納得がいく。音楽に喩《たと》えるならば、経年のノイズを取り去り、ひとつひとつの構成要素を改めて磨き上げた絶妙のリマスターといったところだろうか。この新訳『緑のカプセルの謎』は、本作をめぐる評価を読者に再び問いかける新たなきっかけとなるに違いない。

参考文献

＊ダグラス・G・グリーン著、森英俊・高田朔・西村真裕美訳『ジョン・ディクスン・カー――奇蹟を解く男』（国書刊行会）
＊ジェイムズ・E・ケイランス著、平野義久訳『ジョン・ディクスン・カーの毒殺百録』（本の風景社）

訳者紹介　1965年福岡県生まれ。西南学院大学文学部外国語学科卒。英米文学翻訳家。カー「帽子収集狂事件」，アンズワース「埋葬された夏」，カーリイ「百番目の男」，ジョンスン「霧に橋を架ける」，テオリン「黄昏に眠る秋」など訳書多数。

緑のカプセルの謎

2016年10月14日　初版
2025年2月14日　3版

著　者　ジョン・ディクスン・カー
訳　者　三《み》　角《すみ》　和《かず》　代《よ》

発行所　(株)東京創元社
代表者　渋谷健太郎

162-0814 東京都新宿区新小川町1-5
電　話　03・3268・8231－営業部
　　　　03・3268・8201－代　表
URL　https://www.tsogen.co.jp
組　版　工　友　会　印　刷
印刷・製本　大　日　本　印　刷

ISBN978-4-488-11841-9　C0197